神々と戦士たち

II
再会の島で

GODS AND WARRIORS
THE BURNING SHADOW

MICHELLE PAVER
TRANSLATION BY YUKIKO NAKATANI
ミシェル・ペイヴァー＝著
中谷友紀子＝訳

あすなろ書房

GODS AND WARRIORS BOOK II

by Michelle Paver

Map by Fred Van Deelen

First published in Great Britain in the English language by Penguin Books Ltd.

Japanese translation rights arranged with
PENGUIN BOOKS LTD.
through Japan UNI Agency, Inc., Tokyo

神々と戦士たちの世界

マケドニア
アルザワ
アルカディア
ミケーネ
アカイア
メッセニア
ラピトス
リュコニア
リュカス山
黒曜石諸島
タラクレア
背びれ族の島
女神の館
白い山脈
ケフティウ
エジプトへ
Π
W
E
S

タラクレア

焼けこげた斜面
山
火口
黒曜石の道
黒い
野原
ハリエニシダのやぶ
番兵の
野営地
島の
くびれ
村
池
鉱山
五叉路
クレオン
の要砦
炉の丘
鍛冶場
森のなかの尾根
ヤマナシの木
黒曜石の
尾根
白い河口
緑の泥だまりの洞窟
N
W
E
S

目次

おもな登場人物

ヒュラス　よそ者と呼《よ》ばれるヤギ飼《か》いの少年

ピラ　ケフティウの大巫女《おおみこ》の娘《むすめ》

イシ　ヒュラスの妹

テラモン　ヒュラスの親友。テストールの息子《むすこ》

テストール　リュコニアの族長。コロノスの長男

コロノス　ミケーネの大族長。テラモンの祖父

クレオン　タラクレアを治めるテラモンのおじ

ファラクス　テラモンのおじ

アレクト　テラモンのおば

ザン　鉱山《こうざん》の奴隷《どれい》。穴グモのリーダー

コウモリ　鉱山の奴隷。穴グモ

コガネムシ　鉱山の奴隷。穴グモ

ガリガリ　鉱山の奴隷。穴グモ

ダミアス　鍛冶師《かじし》の親方

ヘカピ　女占《うらな》い師《し》

ユセレフ　エジプト人の奴隷。ピラの世話係

ヤササラ　ケフティウの大巫女《おおみこ》。ピラの母親

神々《かみがみ》と戦士たち

GODS AND WARRIORS

THE BURNING SHADOW

II 再会の島で

01 一年後

「あっちへ行け！」ヒュラスは叫《さけ》んだ。

母イノシシはうるさそうにちらっと見ただけで、泥《どろ》のなかを転げまわるのをやめようとしない。ウリ坊《ぼう》たちとの水遊びが楽しくて、のどのかわいたやせっぽちの少年に泉《いずみ》をゆずってくれる気なんてないらしい。

ひんやりとした東の風が丘《おか》を吹《ふ》きわたり、アザミをカサカサ揺《ゆ》らし、チュニック（ひざ上まである上着）の穴《あな》にしのびこむ。体はくたくたで、足も痛《いた》み、水袋《みずぶくろ》はゆうべから空《から》っぽだ。どうにかして泉のそばへ行かないと。

投石器に小石をしかけて尻《しり》に命中させてみたものの、母イノシシは知らん顔だ。ヒュラスは大きなため息をついた。どうしたらいい？

と、母イノシシが急に立ちあがり、尻尾《しっぽ》をぴんと立てて逃《に》げだした。ウリ坊たちもあとを追う。ヒュラスはイバラのしげみの陰《かげ》にうずくまった。いったいどうしたんだ？

風がぱたりとやんだ。うなじの毛がさかだつ。ただならぬ静寂《せいじゃく》があたりをおおっている。

そのとき、いきなりライオンがあらわれた。

丘《おか》をかけおりてくると、ヒュラスがかくれている場所から二歩のところで立ちどまった。ヒュラスは息を殺した。ジャコウのような毛皮のにおいさえかぎとれるほど、ライオンはすぐそばにいる。どっしりとした足のまわりに砂《すな》ぼこりが積もる音まで聞こえそうだ。黄色いたてがみは風もないのにはためいている。どうか食べないでくれ。ヒュラスは心のなかで祈《いの》った。

ライオンは巨大《きょだい》な頭をまわすと、こちらを向いた。日の光よりもまばゆい金色の瞳《ひとみ》は、ヒュラスに気づいている。すんだ水底《みなそこ》の小石をのぞきこむみたいに、魂《たましい》の奥《おく》まで見通すまなざし。なにかしてほしがっているみたいだ。なにかはわからないが、求められていることは伝わってくる。

ライオンは首をまっすぐにのばすと、鼻をひくつかせ、丘をかけおりはじめた。大きな岩のかたまりを飛びこえ、音もなく着地すると、やぶのなかに消えた。ジャコウのような香《かお》りと足跡《あしあと》だけを残して。

また風が吹《ふ》きはじめ、土ぼこりが目に入った。ヒュラスはふるえながら立ちあがった。

泉《いずみ》のそばにできたライオンの足跡は人間の頭くらいもあり、水がたまっていた。ヒュラスはしゃがみこんだ。ライオンの足跡にたまった水は力をあたえてくれる。水たまりに身をかがめて、それを飲んだ。

ガツンと衝撃《しょうげき》が走り、ヒュラスはくずれ落ちた。

「力はもらえても、ツキまではもらえなかったな」と声がした。

＊

「どこに連れていかれるんだろう」ヒュラスのとなりにいる少年がうめいた。

だれも答えない。だれにもわからないのだ。

船はぎゅうづめだった。左右の船べりにならんだ櫂《かい》には奴隷《どれい》が十人ずつつながれ、甲板《かんぱん》には二十人がおしこめられている。でぶっちょの男たちが八人、先っぽに銅《どう》のかたまりがついたむちを持って、目を光らせている。

ヒュラスは揺《ゆ》れてきしむ船のへりにおしつけられ、ちぢこまっていた。手首はズキズキし、生皮のかせがはめられた首はひりつき、頭皮も痛《いた》む。二日前、奴隷商人のひとりに金髪《きんぱつ》をかりあげられたからだ。

「おまえ、どこから来た」ヒュラスの持ち物を取りあげ、情《なさ》け容赦《ようしゃ》なくしばりあげながら、その男は怒鳴《どな》った。

「おたずね者さ」連れの男が言い、ヒュラスのくちびるをめくって歯をたしかめた。「見りゃわかる」

「へえ、そうなのか、ぼうず。なんで耳がちょん切れてるんだ。おまえの国じゃ、それが盗人《ぬすっと》の目じるしなのか？」

ヒュラスはだまりこくっていた。ピラからもらった金の最後のひとかけらで、ヒツジ飼《か》いに耳たぶの先を切り落としてもらったのだ。切れ目が入ったままだと、よそ者だとばれてしまうから。

「言葉は通じてるな」小柄《こがら》なほうの男が言った。「てことは、アカイア人だ。アカイアのどこだ、ぼうず。アルカディアか、メッセニアか。リュコニアか？」

「どこだっていいさ」もう一方の男がうなるように言った。「じょうぶそうだから、クモをやらせられる」

なんなんだ、クモって？　ヒュラスはぼんやりと思った。

それに、こいつらは何者なんだろう。ふたりともごわごわした羊毛のチュニックに、うす汚《よご》れた羊皮のマントをはおっていて、カラス族の戦士というより、農夫に見える。でも、カラス族にやとわれているのかもしれない。正体を知られるのはまずい……。

顔に波しぶきがかかり、ヒュラスはわれに返った。となりの少年がウウッとうめくと、ヒュラスのひざの上に吐《は》いた。

「ありがとうよ」ヒュラスはぼそりと言った。

少年は力なくうなった。

いやなにおいを気にしないようにしながら、ヒュラスは海のほうを向いた。船体が深く沈《しず》んでいるので、船べりからイルカが見えるかもしれないと思い、ずっとさがしているのだ。いまのところ、まだ見あたらない。前の年の夏に友だちになったスピリットのことが気がかりだった。きっと群《む》れの仲間たちといっしょに、のびのびと幸せに暮《く》らしているはずだ。ヒュラスはそう思いこもうとした。

それに、はるか遠いケフティウにいるピラだって、なんとか逃《に》げだせたかもしれない。ピラは大巫《おおみ》女《こ》の娘《むすめ》で、想像《そうぞう》もつかないほど恵《めぐ》まれた暮らしをしているくせに、自由になるためならなんだってやると言っていた。それを聞いたときは、どうかしていると思った。でも、いまならわかる。

すぐそばの水面《みなも》を背《せ》びれが横切り、ヒュラスはドキリとした。サメが暗い目でにらみ、水のなかに姿《すがた》を消した。

だからイルカがいないのだ。サメが多すぎるから。

「出港してから、もう七頭目だな」船酔《ふなよ》いした少年の向こうにいる男が言った。鼻は折れてゆがみ、茶色い目には、悪いことを見すぎてきたような、疲《つか》れた色が浮《う》かんでいる。

「なんでついてくるんだろう」少年が弱々《よわよわ》しくきいた。

男は肩《かた》をすくめた。「奴隷《どれい》が死んだら海に捨《す》てられるのさ。らくにえさにありつけるってわけだ」

むちが空《くう》を切り、男のほおを打った。「だまってろ！」太鼓腹《たいこばら》の見張《みは》りが怒鳴《どな》った。

男のあごひげを血が伝い落ちた。表情《ひょうじょう》は変わっていないが、目を見ると、見張りの毛むくじゃらの腹《はら》にナイフをつき立てたがっているのがわかった。

太陽の位置から考えて、船は夜明けからずっと東南に進んでいるらしい。アカイアとは逆《ぎゃく》の方角へ。ヒュラスは自分に腹が立ってたまらなかった。ちょっと油断《ゆだん》したせいで、いままでの努力が水の泡《あわ》だ。

ごめんよ、イシ。ヒュラスは心のなかでつぶやいた。

いつもの罪悪感《ざいあくかん》が胃をしめつける。妹を守ってやってねとたのまれたこと、それが母さんとのたったひとつの思い出なのに、その約束をやぶってしまった。カラス族に野営地《やえいち》を襲《おそ》われた夜、ヒュラスはおとりになってイシを逃がしたが、それっきりはぐれてしまったのだ。守ろうとしてやったんだと、イシはわかっているだろうか。自分だけ助かろうとして、見捨《みす》てたんだと思ってやしないだろうか。

それから一年になる。わかったことといえば、イシがいるかもしれない場所だけだった。アカイアの西のはずれにある族長領《ぞくちょうりょう》のメッセニアだ。去年の夏、金のかけらをわたして船に乗せてもらったが、島から島へと引っぱりまわされたあげく、ようやくたどりついたのは、はるか北のマケドニアだった。

それから八か月のあいだ、敵意《てきい》むきだしの農民たちや猛犬《もうけん》だらけの見知らぬ国を出ようと、必死で歩きつづけてきた。ずっと人目をさけ、ずっとひとりぼっちで。怒《おこ》りんぼでおしゃべりな妹の記憶《きおく》はだんだんとうすれ、顔さえおぼろげになっている。それがなによりもこわかった。

いつのまにかうとうとしていたらしい。奴隷たちの不安げなざわめきで、ヒュラスは目をさました。陸に近づいたのだ。

雲をいただく黒々《くろぐろ》とした巨大《きょだい》な山が、真っ赤な夕日を浴びながら海の上にそびえている。てっぺんはなぜか平らで、神々《かみがみ》のなかのだれかが怒《いか》りにまかせてもぎとったみたいに見える。

手前にある黒砂《くろすな》の入《い》り江《え》は両側をふたつの岬《みさき》にはさまれ、ぽっかりと開いた口のような形をしている。船がそこにすべりこむと、海鳥の鳴き声と、やかましい鎚音《つちおと》が聞こえてきた。くさった卵《たまご》みたいな、変なにおいもする。

入り江の西側の岬のほうへ首をひねると、丘《おか》の上から煙《けむり》があがっているのが見えた。反対側の岬にある岩だらけのけわしい丘のてっぺんには堂々《どうどう》とした石壁《いしかべ》がめぐらされ、すべてを見通す目のようなたいまつがともされている。族長の要砦《ようさい》だ。あそこからなら、島全体を見わたせるだろう。すみからすみまで。

「どこだよ、ここ」船酔《ふなよ》いした少年が情《なさ》けない声をあげた。

ゆがんだ鼻の男の風焼けした顔が青ざめている。「タラクレアだ。おれたちは、鉱山《こうざん》に送られる」

「鉱山って?」とヒュラスはきいた。

男はじろりとヒュラスを見たが、ちょうどそのとき、見張《みは》りがヒュラスの首かせをつかんで立ちあがらせた。「おまえらが死ぬまで暮《く》らすところさ」

02

タラクレア

「鉱山ってなんなんです？」ヒュラスはゆがんだ鼻の男にそっときいた。

さんざん歩かされたあと、ようやく五叉路《ごさろ》にたどりついた。左右の岬の先にのびた道と、別のどこかへつづく道が一本。そして四本目の道の先にあるのが鉱山だった。赤土の大きな丘の斜面《しゃめん》に、ろくに服も着ていない奴隷《どれい》たちがひしめきあっている。男たちは青みがかった緑色の石をたたいてくだき、女たちや少女たちはそれを桶《おけ》のなかで洗《あら》い、幼《おさな》い少年たちが選《よ》りわけている。見張りたちがそれに目を光らせている。丘の上のほうにはいくつも穴《あな》があいていて、傷口《きずぐち》にむらがるハエみたいに、そこから奴隷たちが出たり入ったりしている。

「鉱山ってのはな」とゆがんだ鼻の男が口を開いた。「青銅《せいどう》をつくるところだ。まずは緑の石が出るまで地面を掘《ほ》る。それを切りだしてきてくだき、火にかけると、銅がとれる。そこに錫《すず》をまぜるのさ」男は煙をあげる丘にあごをしゃくった。「あれが炉《ろ》だ。鍛冶師《かじし》がはたらいてる」

ヒュラスは息をのんだ。故郷《こきょう》のリュコニアでは、農民は大麦畑をたがやす前に、かならず大地におわびを言う。たがやしたくらいで母なる大地は傷《きず》ついたりしないし、鋤《すき》のあともすぐに消えてしまうけれど。この丘につけられた傷は、あまりに深くて、二度と元どおりになりそうにない。

ようやく縄《なわ》がとかれると、見張《みは》りが一列にならんだ奴隷《どれい》たちを選《よ》りわけはじめた。「石鎚屋《いしづちや》」見張りが言うと、ゆがんだ鼻の男はどこかに連れていかれた。「引きあげ屋。くだき屋」見張りはヒュラスを見た。「穴《あな》グモ」

体の大きい少年がくいっと首を動かし、ついてこいとヒュラスに合図した。ふたりは赤っぽい岩のかたまりを乗りこえながら斜面《しゃめん》をのぼった。岩にはところどころ、黒光りするかけらがまじっている。黒曜石だ。カラス族の戦士たちはそれで矢尻《やじり》をつくる。去年の夏、腕《うで》から引っこぬいたやつだ。ヒュラスはつまずいたふりをしてかけらをひとつ拾うと、手のなかにかくした。

丘《おか》の中腹《ちゅうふく》にあいた穴までたどりつくと、少年はほかの穴グモたちが来るのを待てとヒュラスに言いのこし、いなくなった。

なかは洞穴《ほらあな》のようだった。地面を踏《ふ》みかためた場所が四つあり、そこにボロ布《ぬの》がちょっとずつ積みあげられている。くたびれはてたヒュラスは、足元をたしかめもせずにその場にへたりこんだ。最後になにかを口に入れたのはいつだったろう。鎚音《つちおと》で頭がガンガンする。入れられたばかりの入れ墨《いずみ》も痛《いた》む。島に上陸したあと、男に腕をつかまれ、骨《ほね》の針《はり》でなんども刺《さ》されて、煤《すす》っぽいにおいのどろどろしたものをすりこまれた。できあがったのは、ふたつの峰《みね》を持つ山みたいな、黒いジグザグの線だった。ヒュラスを買った者のしるしだ。

太陽が沈《しず》み、穴のなかは薄闇《うすやみ》につつまれた。石鎚の音もやんでいるが、炉《ろ》の丘から聞こえてくる鎚音だけは鳴りつづけている。

少年が四人、穴に入ってくると、ゴミために捨《す》て忘《わす》れたものでも見るようにヒュラスをにらみつけた。みんな赤い土ぼこりにまみれ、細い手足には奇妙《きみょう》な緑色のあざがたくさんついている。汗《あせ》まみれのボロ布を頭と腰《こし》とひざに巻《ま》いている以外は、なにも身につけていない。

いちばん背《せ》の高い少年は、ヒュラスよりもふたつか三つ年上のように見える。かぎ鼻で、太くて黒い眉《まゆ》は真んなかでつながっている。指くらいの大きさのしなびた肉のかけらにひもを通し、胸《むね》にさげている。きっとリーダーだろう、威嚇《いかく》するようにヒュラスをにらみつけている。

いちばん年下の少年は七つくらいだろうか。ガニ股《また》で、目が悪そうだ。すぼめた目で不安げに年かさの少年を見あげている。

三人目は黒髪《くろかみ》で、つんとすました顔をしている。去年の夏に見たエジプト人にどことなく似《に》ている。

四人目は、おびえたような目をしていて、鎖骨《さこつ》が棒《ぼう》のように浮《う》きでるくらいにやせこけている。ときどきぴくりと体をすくめては、おどおどと後ろをふりかえっている。

エジプト人らしい少年が、一歩進みでると怒鳴《どな》った。「どけよ。そこはぼくの場所だ」

ヒュラスも負けてはいなかった。「いや、いまはぼくのだ」そう言うと、手に持った黒曜石のかけらをちらつかせた。

少年はくちびるを噛《か》んだ。ほかの三人は見守っている。少年はうなり声をあげると、ボロ布をひっつかみ、別の場所に移動《いどう》した。

ちびの少年とおびえた顔の少年はリーダーを見あげた。リーダーは赤っぽい痰《たん》を吐《は》くと、頭に巻いた布をはずしにかかった。

ヒュラスは目をつぶった。とりあえずは決着がついたけれど、おそかれ早かれ、またもめごとが起きるだろう。

「おまえ、いくつだ」リーダーが無愛想にきいた。

ヒュラスは片目《かため》を開けた。「十二」

「どこから来た」

「そのへんさ」

「名前は」

ヒュラスは少し考えた。「ノミ」去年の夏、難破船《なんぱせん》に乗っていた男からそう呼《よ》ばれていたから、ちょうどいい。「きみは？」

「ザン」リーダーはそう言うと、ちびの少年に向かってあごをしゃくった。「こいつはコウモリ」そしてつづけざまにあごをしゃくりながらエジプト人の少年を「コガネムシ」、最後のやせっぽちを「ガリガリ」と言った。

ガリガリは引きつったように笑った。つばのたまった口から、ぼろぼろの歯がのぞいた。

「こいつはなにをこわがってるんだ？」ヒュラスはザンにたずねた。

ザンは肩《かた》をすくめた。「二、三日前、〈飛びつき屋〉につかまりそうになったんだ」

「〈飛びつき屋〉って？」

ほかの三人はぽかんと口を開け、ザンはばかにしたように笑った。「おまえ、なんにも知らないんだな」

「〈飛びつき屋〉って？」ヒュラスはかまわずにくりかえした。

「悪い精霊《せいれい》さ」コウモリはそう言うと、毛の生えたお守りをにぎりしめた。ぺちゃんこになったネズミかなにかに見える。「立坑《たてこう》の底に住んでて、暗闇《くらやみ》のなかであとをつけてくるんだ。すぐそばにいても、〈飛びつき屋〉だとは気づかない。見た目は人間にそっくりだから」

「人間にそっくりなら、どうして〈飛びつき屋〉だとわかるんだ？」

「ええっと……」コウモリは困《こま》ったように小さな顔をゆがめた。

エジプト人のコガネムシが、鼻の下のくぼみを指でなぞった。「〈飛びつき屋〉は、ここにふくらんだ筋《すじ》がある。だからわかるんだ。ま、たしかめてるひまなんてないだろうけど」

「岩のなかに住んでてさ」と、ガリガリが恐《おそ》ろしそうに声をひそめて言った。「影《かげ》みたいに自由に出入りできるんだ」

ヒュラスはしばらく考えこんでからきいた。「きみたちは、なんで穴《あな》グモって呼ばれてるんだ?」

ザンがフンと鼻を鳴らした。「すぐにわかる」

四人はヒュラスにかまうのをやめ、頭とひざに巻《ま》いたボロ布《ぬの》をはずすと、広げてかわかしはじめた。

さびしさがどっとおしよせた。イシに会いたい。カラス族に殺された飼《か》い犬《いぬ》のスクラムにも。ピラやイルカのスピリットにも。テラモンでさえ恋《こい》しかった。族長の息子《むすこ》で、カラス族の一員だとわかってからは友だちじゃなくなってしまったけれど。

大事な相手は、みんないなくなってしまう。いつも最後はひとりぼっちだ。それがたまらなかった。

だからどうした、とヒュラスは自分をはげました。とりあえずいまは、ここから逃《に》げなくては。

「逃げようなんて思うなよ」ヒュラスの心の声を聞いたように、ザンが言った。

「ほっといてくれ」

「おまえがしくじったら、おれたちまで痛《いた》いめにあう。そしたら、ただじゃおかないからな」

ヒュラスはザンを見つめた。「逃げようとしてみたこともないくせに」

「逃げる場所なんてない」ザンはまた肩をすくめた。「島の人間はこわがって助けちゃくれないし、海にはサメがうようよしてる。島の奥《おく》は、煮《に》えたぎった泉《いずみ》と人食いライオンだらけだしな。ライオンから逃《に》げられても、クレオンの家来につかまる」

「クレオンってだれだ？」

ザンはくいっと首をまわすと、いかめしくそびえる要砦《ようさい》を示《しめ》した。「この島はクレオンのものなのさ。鉱山《こうざん》も。おれたちも」

「ぼくはだれのものでもない」ヒュラスは言った。

四人はこぶしで地面をたたいてどっと笑った。

と、口笛がひびき、少年たちは穴《あな》から這《は》いだした。食事の合図だといいけど、と思いながらヒュラスもあとにつづいた。

大勢《おおぜい》の奴隷《どれい》たちが食べ物をうばいあっていた。かごと皮製《かわせい》の桶《おけ》のまわりに穴グモたちがむらがり、手をつっこんでいる。ヒュラスも分け前にありつこうと割《わ》りこんだ。二、三口のすっぱい水のほかに、口に入れられたのは、ひとにぎりの灰色《はいいろ》で苦いどろどろしたものだけだった。つぶしたどんぐりに砂《すな》をまぜたような味がした。

指についた残りかすをなめていると、足音と車輪の音が聞こえた。

「一列にならべ！」ザンが大声をあげた。

西の道から赤い土ぼこりがあがると、大麦畑をわたる風のように、恐怖《きょうふ》が丘《おか》一面に広がった。奴隷たちは頭《こうべ》をたれ、腕《うで》を両脇《りょうわき》にかたくおしつけている。見張《みは》りのむちがその太ももをなで、汗《あせ》ばんだほおをなぞっていく。

カーブした道の向こうから最初にあらわれたのは、猟犬《りょうけん》の群《む》れだった。ぼさぼさの毛の赤犬たちで、青銅《せいどう》のとげのついた首輪をしている。熱をおびた、よどんだ目。なぐられ、飢《う》えさせられて、人を殺すように訓練された獣《けもの》の目だ。

そのあとから、戦士たちがやってきた――黒い生皮の胸当《むねあ》てとキルト（ひざ丈《たけ》の巻《ま》きスカート）をまとい、重たげな槍《やり》と恐《おそ》ろしい青銅の短剣《たんけん》を手にしている。身の毛もよだつような姿《すがた》だ。暑さをものともせず、黒いマントを翼《つばさ》のようにはためかせ、顔には黒い灰を塗《ぬ》りたくっている。

ヒュラスはめまいがした。同じような戦士たちを、前にも見たことがある。

列の真んなかには、二頭の黒い馬に引かれた二輪戦車に乗った族長がいた。要砦へともどる戦車が音を立てて通りすぎたとき、なかば閉《と》じた目と、ごわごわの黒いあごひげがちらりと見えた。なんとなく見おぼえのある顔だ。ヒュラスはぞっとした。

「頭をさげろ！」ザンが声をひそめて言い、ヒュラスの脇腹《わきばら》をひじでつついた。

恐怖に襲《おそ》われながら、ヒュラスは族長から自分の腕の入《い》れ墨《ずみ》に目をうつし、つぶやいた。「こいつは山じゃない。カラスだったんだ」

「カラスに決まってるだろ！　クレオンはコロノスの息子《むすこ》なんだから。カラス族なんだ！」

高いところから落ちていくような気がした。

カラス族の鉱山にとらわれてしまったなんて。

ここにいることがばれたら、たちどころに殺されてしまう。

03

立坑《たてこう》

夜明け前、はっと目をさますと、少年たちは出かけるしたくをしていた。起こしてくれなかったのだ。ヒュラスがぶたれようとどうしようと、知ったことではないらしい。

ヒュラスはあわててチュニックを細く切りとり、頭とひざに巻《ま》きつけ、もう一枚《まい》を腰《こし》にも巻くと、ひだのあいだに黒曜石のかけらをもぐりこませた。

もう一枚布《ぬの》があったほうがいいとコガネムシが教えてくれた。「立坑《たてこう》をおりたら、それに小便をして、鼻と口にかぶせるように結ぶんだ。ほこりを吸《す》わないように」

「ありがとう」ヒュラスは言った。

〝立坑〟というのは、丘《おか》を真下に掘《ほ》りさげた二本の穴《あな》のことだった。一方のさしわたしは両腕《りょううで》を広げたくらいで、丸太がかけわたされ、そこに縄《なわ》が引っかけられている。滑車《かっしゃ》かなにかだろう。もうひとつのほうは幅《はば》がせまく、その前に男たちがいくつも列をつくり、穴の底におりるのを待っていた。体は緑色のあざだらけで、手足の指がなくなっている者もたくさんいる。みんな目が充血《じゅうけつ》し、精《せい》も根もつきはてたようにぼんやりしている。

「あの人たちは？」ヒュラスはコガネムシにきいた。

「石鎚屋《いしづちや》だよ。近づかないほうがいい」コガネムシは小さく答えた。

列にならんでいると、鉱山《こうざん》を見まわる戦士たちの姿《すがた》が見えた。クレオンの要砦《ようさい》もいかめしく見おろしている。ぼくは死んだとカラス族は思ってるはずだ、とヒュラスは自分に言い聞かせた。去年の夏、海でおぼれ死んだのだと。それでも、安心はできない。

見張《みは》りや戦士たちよりも奴隷《どれい》のほうが多いことに気づき、なぜ抵抗《ていこう》しないのかとヒュラスはザンにたずねた。

ザンは目をむいた。「立坑は地下九階まであるんだぜ。逃《に》げようなんてしたら、底の底に閉《と》じこめられる」

「だから？」

ザンはだまりこんだ。しきりに土をつまんで肩《かた》にふりかけ、三度つばを吐《は》いた。

「〈飛びつき屋〉を遠ざけるおまじないだよ」コウモリが小声で言い、ぺちゃんこのネズミをにぎりしめた。ガリガリは浮《う》きでた鎖骨《さこつ》を引っぱりながら、冷《ひ》や汗《あせ》をにじませている。コガネムシはエジプト語で呪文《じゅもん》をとなえている。

そのネズミはお守りなのかとヒュラスがたずねると、幼《おさな》い少年はこくりとうなずいた。「坑道《こうどう》に住んでるネズミはかしこいんだ。穴がくずれる前にちゃんと逃げだすから。ザンもお守りを持ってるよ。石鎚屋の指さ」

「だまってろ、コウモリ！」ザンが言った。

前方にいる石鎚屋のひとりがヒュラスに気づいた。ゆがんだ鼻の男だ。「おまえ、リュコニアの人間だな」男は声をひそめて言った。

ヒュラスの胃がひっくりかえりそうになった。

「とぼけてもむだだ、なまりでわかる。聞いたところじゃ、去年の夏、カラス族とごたごたがあったそうだな。やつら、よそ者狩《が》りをしたが、皆殺《みなごろ》しにしそこねたとか」

「聞きまちがいさ」興味《きょうみ》しんしんの穴《あな》グモたちから目をそらしながら、ヒュラスは短く答えた。

「そんなことはない」男はひそひそ声のまま言った。「おれの住んでたメッセニアにも狩りに来たんだ。逃《に》げのびたやつもいるらしいが。いったいなんだって、カラス族はよそ者を追ってるんだろうな」

メッセニア。イシがいるはずの場所。「逃げのびたなかに、十歳《さい》くらいの女の子はいませんでしたか」

見張《みは》りから呼《よ》ばれ、男は無表情《むひょうじょう》にヒュラスを見ると、穴のなかに消えた。

「よそ者ってなんだ」ザンがつっけんどんにきいた。

「村の外で生まれた人間さ」

「それがなにか特別だってのか」ザンはフンと笑った。

「ぼくはよそ者じゃない」ヒュラスはうそをついた。

残りの三人は積んである皮袋《かわぶくろ》を取りあげ、ザンはヒュラスにも一枚《まい》投げてよこした。ザンがするのをまねて、ヒュラスも背負《せお》いひもに両腕《りょううで》を通すと、袋をかついだ。それから土を肩《かた》にふりかけ、三回つばを吐《は》くと、どうかお守りくださいと祈《いの》った。でも、〈野の生き物の母〉は遠いアカイアにいる。祈りはとどいただろうか。

コウモリが最初に立坑《たてこう》をおり、ザンとガリガリ、コガネムシがあとにつづいた。

コガネムシはガリガリに負けないほどおびえきっている。「頭に気をつけて。それと、口で息をするんだ」

「どうして」

「すぐにわかるよ」

*

ヒュラスはべとついた縄《なわ》ばしごをおりていった。糞《ふん》の山のようなにおいがのどを刺《さ》す。たしかに、口で息をするしかない。

五十段《だん》……百段……底に着くころには、数がわからなくなっていた。

おりたところは、真っすぐに立つこともできないほど天井《てんじょう》の低いトンネルだった。うす暗がりのなかで、自分の荒《あら》い息がまわりの壁《かべ》にはねかえるのがわかる。天井を支《ささ》えている丸太がきしんだ。丘《おか》の重みがのしかかるのを感じ、ヒュラスはぞっとした。壁のでっぱりの上に粘土《ねんど》でつくったランプがぽつんぽつんと置かれ、ぼんやりとした明かりがともされている。いくつもの影《かげ》があらわれては、すうっと消える。〈飛びつき屋〉のことが頭をよぎり、ヒュラスは地面に手をつくと、少年たちのあとを追った。

曲がり角や急な下り坂に苦労しながら、手探《てさぐ》りで進んでいくうち、きついにおいのせいで目がうるみはじめた。てのひらをかいでみると、吐きそうになった。いま這《は》いつくばっているのは、大勢《おおぜい》の人間がたれ流した糞便《ふんべん》の上なのだ。

壁の向こうからくぐもった声が聞こえた。ザンの声だ。トンネルが折りかえしているのだろう。

「あいつに手を貸《か》すんじゃないぞ。自分の力でやらせるんだ」ザンが言っている。

深くもぐるにつれ、あたりは暑くなり、じきに汗《あせ》が噴《ふ》きだした。遠くで鎚音《つちおと》がする。地下九階まであるんだったな、とヒュラスは思った。〈地を揺《ゆ》るがす者〉のことは考えないようにしなくては。足《あし》踏《ぶ》みをしただけで、山さえくずしてしまう神のことは。

耳をつんざくような騒音《そうおん》が聞こえはじめたかと思うと、目の前にうす暗い洞窟《どうくつ》が広がった。もうもうと土ぼこりが舞《ま》っているが、暗がりのところどころに小さな明かりがともされている。岩肌《いわはだ》が平らに掘《ほ》りこまれたところに真っぱだかの男たちがあおむけに体をつっこみ、石鎚《いしづち》と動物の角《つの》でできたつるはしを使って緑の鉱脈《こうみゃく》を切りだしている。五歳《さい》ぐらいの子どもたちが注意深くまわりを行ったり来たりしながら、石のかけらを拾って積みあげている。ヒュラスはぞっとした。石鎚屋たちは、母なる大地の緑の血をけずりとっている。いまいるのは、巨大《きょだい》な傷《きず》のなかなのだ。

穴《あな》グモたちはぬらした布《ぬの》で口と鼻をおおい、皮袋《かわぶくろ》に緑の石をつめこんでいる。ヒュラスもそれをまねた。袋がいっぱいになると、ザンに連れられて別のトンネルに移動《いどう》した。背負《せお》いひもが肩《かた》に食いこむ。死体でも運んでいるみたいだ。

どこまでものぼっていくと、ようやく大きいほうの立坑《たてこう》にたどりついた。男がふたり、ヒュラスの皮袋をひっつかむと、その口に縄《なわ》をくくりつけ、引っぱった。袋が揺《ゆ》れながらのぼりはじめた。

しばらくして、袋のひとつがやぶれ、落ちてきた中身があやうくヒュラスにぶつかりそうになった。

「だれの袋だ！」引きあげ屋が怒鳴《どな》った。ヒュラスのものだ。「おまえのか！　ちゃんとたしかめなかっただろ！」

「自分の持ちもんには気をつけろよ」ザンがせせら笑った。

ヒュラスは歯を食いしばった。ザンはわざとやぶれそうな袋をわたしたのだ。上等だ。白黒つけてやる。

洞窟にもどり、もう一度石をつめこむあいだ、ヒュラスはザンのそばをはなれなかった。立坑に向からあいだも。やがて、胸《むね》に手をやったザンがあわてたように地面を探《さぐ》りはじめた。立坑に着くころには、ザンはふるえあがっていた。

「これをさがしてるのか？」ヒュラスはそっときくと、しなびた指をザンに返し、ぐっと顔を近づけた。「このことは内緒《ないしょ》にしとく。リーダーの座《ざ》をうばう気もない。でも、二度とぼくにちょっかいを出すな。わかったか」

ザンはのろのろとうなずいた。

きつい石運びをさらに二回くりかえすと、ようやく見張《みは》りが休みを告げた。ザンがなにか言ったのか、ほかの少年たちは、革袋《かわぶくろ》に入ったすっぱい水とほこりにまみれた平たいパンをヒュラスにも分けてくれた。

ザンとコガネムシはむっつりともの思いに沈《しず》み、コウモリはトンネルに住むネズミにやろうと、岩の割《わ》れ目《め》にパンくずをおしこんでいた。ガリガリはなにも食べようとしないで、びくびくと暗がりに目をやっていた。

〈飛びつき屋〉は人間になにをするのか、とヒュラスは小声でザンにきいた。

「影《かげ》みたいにつきまとったあげく、耳元でなにかささやいて、人の頭をおかしくするのさ。のどの奥《おく》に手をつっこんで、心臓《しんぞう》を止めたりもする」

ヒュラスは息をのんだ。「それが、岩のなかに住んでるっていうのか？」

「岩とか、トンネルのなかとかな。精霊《せいれい》だから、どこにだって行ける」

「シッ！」コガネムシがこわい顔で言った。地上では愛想がいいほうだったのに、下におりてからはめっきり口数が少なくなっている。

ザンがヒュラスの顔をのぞきこんだ。「前にも地下におりたことはあるか」

「一度だけ。地揺《じゆ》れに巻《ま》きこまれて」

ザンは口笛《ふ》を吹いた。「それでどうしたんだ？」

「逃《に》げたよ」

ザンは笑った。

タラクレアにも地揺れはあるのかときくと、ザンは首をふった。「落盤《らくばん》が起きるとか、山から煙《けむり》があがるくらいだな」

「煙だって？　山から？」

「山には女神《めがみ》が住んでる。煙は女神の息で、火の精霊《せいれい》たちがつかさどってる。地面の割《わ》れ目《め》をすみかにしてて、針《はり》みたいにとがってて熱いんだ」

ヒュラスは考えこんだ。「女神が腹《はら》を立てることは？」

「さあ。でも、ずっと煙があがってるだけだ」

そのとき、見張《みは》りが地下八階にある緑の石を運んでこい、と命令した。

穴《あな》グモたちはいっせいに身ぶるいした。

「あんな深くまでおりたくないよ」ガリガリが泣きごとを言った。

コガネムシは目をつぶってうめき、ザンでさえおびえたような顔になった。「いいか、みんな、はなれるなよ」

＊

ザンのあとについて、クモの巣のように張《は》りめぐらされたトンネルをくねくねとおりていった。地下五階……六階……七階。

だんだん気温があがり、息苦しくなっていく。ヒュラスの手に、葉っぱの山や、毛の生えた死骸《しがい》のようなものがふれた。〈飛びつき屋〉への捧《ささ》げ物《もの》だろう。

よどんだ空気が吹きあげ、足元がぐらついた。丸太の橋の上に乗っかったのだ。その下には、立坑《たてこう》が深々《ふかぶか》と口を開けている。底には明かりがともされ、作業をつづける男たちの姿《すがた》がちらりと見えた。ひとりが顔をあげた——ゆがんだ鼻の男だ。

「ノミ！　はなれるな！」ザンの声が飛んできた。

ヒュラスは急いで橋をわたった。「あの立坑は——」

「下の階につながってる」

「でも、縄《なわ》ばしごがない。出るときはどうするんだ？」

「出ないのさ。下の階に送られたら、死ぬまでそこですごすんだ……」カーブを曲がったザンの声が遠くなった。

なんてことだ。暗闇《くらやみ》に一生閉《と》じこめられたままなんて……。

空っぽの袋《ふくろ》が岩のでっぱりに引っかかり、それをはずすときに頭をぶつけてしまった。ヒュラスはあわてて少年たちのあとを追った。「ザン！　待ってくれ！」

返事はない。道をまちがえたのだ。

もと来たほうへもどっていくと、鎚音《つちおと》が聞こえてきたので、そちらへと急いだ。と、くぼみに足を取られた。ちがう、この道じゃない。

岩肌《いわはだ》がせりだし、せまくなった場所にたどりついた。ここでもなさそうだが、鎚音は聞こえている。音がするなら、人がいるはずだ。ヒュラスは無理やりそこをくぐりぬけた。

鎚音はだんだん少なくなり、とうとうひとつきりになった——カチ、カチ、カチ。

そこは天井《てんじょう》の低い洞穴《ほらあな》で、石でつくったランプの火が岩棚《いわだな》の上でパチパチと音を立てていた。人の姿《すがた》は見えないが、鎚音《つちおと》は近づいている。カチ、カチ。

じりじりと前へ進む。

鎚音がやんだ。

「だれだ?」ヒュラスは言った。

だれかがランプを吹《ふ》き消した。

静寂《せいじゃく》。闇《やみ》のなかになにかがいる。

顔に息が吹きかかる。ひんやりとしていて、粘土《ねんど》みたいなにおいだ。

ヒュラスは逃《に》げだした。袋《ふくろ》が引っかかり、それをはずそうとした。

なにかが引っぱりかえしてきた。

無理やり袋を引きはがしたはずみに、壁《かべ》にぶつかった。手に当たったものが動いたような気がした。岩なのか、それとも、なにかの体だろうか? 指先が口のようなものにふれた。その上にあるのは——ふくらんだ筋《すじ》だ。ヒュラスは悲鳴をあげ、飛びすさった。

手でさわれそうなほど闇が濃《こ》く、どっちに向かっているかもわからない。と、自分の息づかいの音が変わったのに気づいた。さっきの道にもどれたのだ。

岩肌《いわはだ》がせばまった場所までなんとかもどると、体を横向きにしてそこを通りぬけようとした。

そのとき、足首をつかまれた。ヒュラスは蹴《け》りつけた。冷たくねっとりとした肌の感触《かんしょく》。無我夢《むがむ》中《ちゅう》でまた足をつきだすと、足首をつかんでいた手は粘土のようにぐしゃりとつぶれた。ヒュラスは必死ですきまをくぐりぬけた。後ろから、怒《おこ》ったような荒々《あらあら》しい息づかいが聞こえてくる。

ヒュラスは泣きそうになりながら逃げだした。石のように冷たい笑い声が暗闇《くらやみ》にひびく。〈飛びつき屋〉は岩やトンネルのなかに住んでいて……暗闇のなかであとをつけてくる……。

「ノミ！」遠くでザンの声がした。

だれかがぶつかってきた。「あっちへ行け！」ガリガリが金切り声をあげた。

「ガリガリ、そっちじゃない」ヒュラスはあえぎながら言った。

ガリガリはヒュラスの首をつかんだ。「あっちへ行けったら！」

びっくりするほどの力だった。ヒュラスは相手の両手に爪《つめ》を立て、両目を探《さぐ》りあてると、親指をつっこんだ。ガリガリは大声をあげると、暗がりに姿を消した。

「ノミ！」すぐそばでザンが叫《さけ》んだ。「どこ行ってたんだ！」

＊

ヒュラスとザンがほかのふたりのところにもどると、ガリガリも帰ってきていた。ヒュラスはガリガリをトンネルの壁におしつけた。「さっきのは、なんのまねだ。ぼくはなにもしてないだろ！」

「だ、だって、〈飛びつき屋〉かと思ったんだ！」ガリガリはつっかえながら言った。

「ほっといてやれ、ノミ！」ザンが怒鳴《どな》った。

ヒュラスはザンに向きなおった。「またいやがらせか？　もうしないって約束しただろ！」

「あいつはかんちがいしただけさ。行こう、仕事だ」

だれもがむっつりとおしだまったまま、緑の石の山を見つけると、袋につめはじめた。ヒュラスはガリガリから目をはなさないようにしていた。こいつはものすごくずるがしこいか――でなければ、〈飛びつき屋〉におかしくされてしまったかだ。いったい、どっちがましだろう。

＊

角笛《つのぶえ》がひびき、ようやく奴隷《どれい》たちが坑道《こうどう》から引きあげはじめた。くたくたに疲《つか》れて立坑《たてこう》から這《は》いだすと、見張《みは》りがヒュラスに水袋《みずぶくろ》を三枚《まい》投げてよこし、〝水場〟まで水をくみに行ってこいと命令した。

コウモリが案内すると言い、コガネムシもついてきた。地上に出たとたん、コガネムシはすっかりようすが変わっていた。

夕闇《ゆうやみ》がせまり、鉱山《こうざん》はしずまりかえっているが、炉《ろ》の丘《おか》では、だれかの鎚音《つちおと》がさびしげにリズムをきざんでいる。あれはだれなのかとヒュラスはたずねた。

「鍛冶師《かじし》だよ」コガネムシが答えた。「ひと晩《ばん》じゅうはたらいてるときもあるんだ。口のきけない奴隷たちが見張ってるから、鍛冶場にはだれも近づけない。だれか来たら、奴隷が銅鑼《どら》をたたいて知らせるんだ」

「どうして？」

コガネムシは肩《かた》をすくめた。「鍛冶師は特別なんだ。青銅《せいどう》づくりの秘密《ひみつ》を知ってるから。カラス族だって気を使ってる」

丘のふもとをまわりこむと、島が細くくびれた場所があるのがわかった。その向こうにはまた陸が広がっている。なんだか背中《せなか》にこぶのある生き物みたいだ。くびれの部分で、カラス族の番兵たちが野営《やえい》している。そちらへは逃《に》げられないということだ。

「あそこには馬がいるんだよ」コウモリがうらやましそうに言った。

ヒュラスはだまっていた。くびれと山のあいだには、黒々《くろぐろ》とした荒《あ》れ野原《のはら》が広がっている。山は空をおおうようにそびえ立ち、ちょん切れたようなへんてこな頂上《ちょうじょう》からは煙《けむり》が噴《ふ》きだしつづけている。

女神《めがみ》はひとりしかいないと前にピラは言っていたけれど、それはまちがいだとヒュラスは思っていた。こんなに荒涼《こうりょう》とした土地をつかさどっている神が、〈野の生き物の母〉と同じはずがない。去年出会った、青く輝《かがや》く〈海の女神〉とも。

〝水場〟には、ちっぽけな池が三つあった。くすんだ色のヤナギの花粉が浮《う》かび、カエルがやかましく鳴いている。ツバメが水を飲みに来てる、とコウモリがうれしそうに言った。「でも、いちばん好きなのはカエルかな。すごくきれいだから」

カエルと聞いてイシを思いだし、ヒュラスの胸《むね》はきゅっとした。イシも大好きだったっけ。「きれいなもんか」ヒュラスは声を張りあげた。「カエルはカエルさ！」

コウモリは目をぱちくりさせた。

「ごめん」ヒュラスは片手《かたて》で顔をこすると、低く言った。「コガネムシといっしょに、もどっててくれ。ひとりでだいじょうぶだから」

ふたりがいなくなると、ヒュラスは水袋を池に沈《しず》め、人間の腹《はら》にガスがたまるみたいに袋がふくらんでいくのをながめた。体じゅうがズキズキ痛《いた》み、心に影《かげ》が落ちる。〈飛びつき屋〉の恐怖《きょうふ》。怒《いか》りにみちた、あの生気のない息……。

遠くの山で、ライオンが吠《ほ》えた。

ツバメたちがびっくりして飛びたった。ヒュラスはじっとしていた。炉の丘からひびく鎚音もやんでいる。鍛冶師も耳をすましているのだろう。

ヒュラスの故郷《こきょう》のリュカス山にもライオンはいる。スクラムがちゃんと番をしていてくれたから、ヒュラスもヤギたちも襲《おそ》われることはなかった。それでも、ライオンが吠える晩には、イシといっしょにたき火のそばで横になり、耳をすましていたものだ。

ライオンが吠《ほ》えるのは、この土地がだれのものなのかを、ほかの生き物たちに思い知らせるためだ。おれのものだ、おれのものだ、と主張《しゅちょう》しているのだ。

ここはおれの島だ！　とタラクレアのライオンは吠えていた。

聞いているうちに、ヒュラスのなかで負けん気が頭をもたげはじめた。あれはきっと山の声だ。たけだけしく、力強く、自由な。いつかはおまえも自由になれるぞと教えてくれているんだ。

ライオンのおたけびは、かすれたうなり声に変わり、やがて消えた。こだまが聞こえなくなったあとも、ヒュラスのなかにはその声がひびきつづけていた。

ヒュラスは泉《いずみ》で出会ったライオンを思いだした。足跡《あしあと》にたまった水を飲んだことも。少しくらいは、へこたれない強さを分けてもらえたかもしれない。

水袋《みずぶくろ》を背負《せお》うと、ヒュラスは仲間の元にもどっていった。

04

ライオンの子

子ライオンは、父さんの遠吠えが大好きだった。地面を揺《ゆ》るがすようなその声を聞いていると安心できる。

いまはとくにうれしかった。いやな夢《ゆめ》からさめたばかりだから。夢のなかで、子ライオンは猛犬《もうけん》と恐《おそ》ろしい生き物たちに追いかけられていた。その生き物は鳥みたいに二本足で走っていて、翼《つばさ》のかわりに気持ちの悪いぺらぺらの毛皮をはためかせていた。目がさめて、遠吠えが聞こえてきたのでほっとした。二本足の怪物《かいぶつ》なんて、もうどこにもいない。

子ライオンはごきげんにのびをした。〈闇《やみ》〉はきらいじゃない。

やがて、そばにだれもいないのに気づいた。父さんは遠く遠くはなれたところで吠えているし、母さんとおばあちゃんは狩《か》りに行ってしまったみたいだ。自分は置いてけぼりにされてしまった。もう、ひどいわ、と子ライオンは腹《はら》を立てた。狩りのやりかたをおぼえられるように、ときどきは連れていってもらえるけれど……どうしていつもじゃないんだろう？　ひとりぼっちは大きらいなのに。

コガネムシがブーンと目の前を横切って、アザミのなかに飛びこんだ。食べてみると、まずかったので吐《は》きだした。

水たまりまで行ってのどをうるおすと、水に飛びこんで棒切《ぼうき》れをつっつきまわした。トカゲはつかまえそこねたのでカエルにしのびよってみたものの、おしいところでまた逃《に》げられてしまった。お気に入りの木で爪《つめ》とぎもしてみた。ぞくぞくするほど気持ちがよく、しっかりとかたい爪になった。それから木にのぼって身動きが取れなくなり、落っこちた。

そしてあくびをした。

前はいっしょに遊んでくれる兄さんがいたけれど、ノスリにさらわれてしまった。ものすごく大きな翼《つばさ》のはためきと、兄さんが泣きわめく声がいまも忘《わす》れられない。さびしかった。ひとりぼっちはつまらない。

〈闇《やみ》〉のなかでじっとしていると、ようやく草むらから待ちわびていたふたつの灰色《はいいろ》っぽい影《かげ》があらわれた。おばあちゃんは、ただいまとやさしくうなり、母さんは雄《お》ジカの首をくわえ、足のあいだに獲物《えもの》の体をはさんで引きずってきた。

子ライオンは大喜びで飛びつき、母さんたちの顔に鼻をこすりつけて甘《あま》え声《ごえ》を出した。ねえ、ちょうだい、おなかがぺこぺこなの！　でも母さんも腹《はら》ぺこだったから、ちょっと顔をすりつけてくれただけで、子ライオンをおしのけた。しかたなく、お気に入りの草むらにもぐりこんで、順番を待つことにした。

父さんがやってくると、母さんたちは場所をゆずった。父さんが獲物を引きさき、汁気《しるけ》たっぷりのもも肉にかぶりつくのを、子ライオンはうやうやしく見守った。満腹《まんぷく》になり、胸元《むなもと》のたてがみを血でどす黒く染《そ》めた父さんは、やがてまた遠吠《とおぼ》えをしに出かけていった。

次は母さんの番だ。牙《きば》で尻《しり》の肉を引きちぎる母さんを、子ライオンは目を丸くして見つめた。歯の弱いおばあちゃんのほうは、どろりとしたはらわたを食べている。

やっと自分も食べられる！　子ライオンは、ねっとりとしたシカのおいしい血を夢中《むちゅう》でなめた。それからおばあちゃんに毛皮をはいでもらい、脇腹《わきばら》にかぶりついた。でも肉はかたすぎたので、すぐにあきらめ、お乳《ちち》を吸《す》わせてもらおうと母さんにすりよった。お乳のほうがらくちんだし、なくなることもない。

満腹になったころ、ノスリがぐるぐると頭上を飛びはじめた。子ライオンは母さんたちのいる安全な場所からはなれないようにした。おばあちゃんが眠《ねむ》いのをがまんして尻尾《しっぽ》のふさをパタパタと動かしてくれたので、それで狩《か》りごっこをした。それから母さんにグルルとやさしい声で呼《よ》ばれ、飛んでいってなめてもらった。

母さんになめてもらうのは最高だった。母さんのにおいがする温かい息も好きだし、毛皮にこびりついた泥《どろ》やちくちくする小さな虫をこすりとってくれる、大きくて力強い舌《した》も好きだ。それになによりも、母さんをひとりじめにできる。

母さんはどんな雌《めす》ライオンよりも強く、狩りが上手だから、みんなにいきわたるだけの獲物をかんたんにつかまえられる。注意深い大きな目は、〈光〉のあるあいだは金色に輝《かがや》き、〈闇〉が来ると銀色に変わる。前足をひとふりしただけで雄ジカも倒《たお》せるし、お乳を飲みなさいとやさしくなでてもくれる。

毛づくろいが終わると、子ライオンは母さんの前足のあいだに丸くなった。おなかはいっぱいで、毛皮はつやつやときれいになった。

なにもかも、幸せで安心な気持ちにしてくれるものばかり（ノスリは別だけれど）。池で水遊びをして、カエルやトカゲを追っかけ、草むらでかくれんぼをする。母さんとおばあちゃんは、お乳と肉をくれ、体をきれいにしてくれ、足に刺《さ》さったとげを歯でぬいてくれる。父さんは悪者たちから守ってくれる。

ぺらぺらの毛皮をした二本足の怪物《かいぶつ》なんて、やってくるはずがない。

＊

〈闇《やみ》〉が〈光〉に変わり、〈上の地の偉大《いだい》なるライオン〉の色も変わった。ほかのライオンと同じように、〈闇〉のあいだは銀色で、〈光〉が来ると金色になる。いまはたてがみがまばゆく輝《かがや》き、見つめると目が痛《いた》いくらいだった。

みんなでお昼寝《ひるね》ができるので〈光〉は大好きだけれど、なぜか子ライオンは眠《ねむ》れなかった。アリでも食べたみたいに、おなかがざわざわする。

と、母さんがなにかを感じたように、ウウッとうなって起きあがった。おばあちゃんも立ちあがり、ふたりとも風が吹《ふ》いてくるほうをじっと見つめた。

子ライオンは心細くなって、ふたりの足にすりよった。でも相手にしてもらえない。

どこか遠くで、父さんの遠吠《とおぼ》えが聞こえたけれど、すぐにやんでしまった。いつもはもっと長く吠えているのに。

ウウーッと母さんがうなった。そしておばあちゃんといっしょにくるりと後ろを向いて逃《に》げだしたので、子ライオンもあとを追った。これは狩《か》りじゃない。母さんから、おびえたにおいがする。はぐれないようにと、子ライオンは必死でふたりの尻尾《しっぽ》を追いかけた。やがて背《せ》の高い草むらをぬけ、山の腹《はら》にあるとげだらけのしげみに飛びこんだ。

どこか後ろのほうで、ワンワンと声がする。猛犬《もうけん》たちが、こわい夢《ゆめ》からぬけだして追いかけてきたのだ。

そのとき、長く尾《お》を引く奇妙《きみょう》な声が聞こえた。どうしよう、ぺらぺらの毛皮をたらした二本足の怪物まで追っかけてくる――子ライオンははっとした。あれは人間だ。

それまで、人間がこわいと思ったことなんてなかった。弱々《よわよわ》しくて臆病《おくびょう》な生き物で、ときどきライオンの縄張《なわば》りにやってきて、ヤギを置いて帰っていくだけだから。

でも、あの人間たちはちがう。こんなに母さんをこわがらせるなんて。

＊

母さんもおばあちゃんも、休むのを忘《わす》れたみたいに走りつづけ、子ライオンはついていくのに必死だった。

山のそのあたりは、群《む》れの縄張りの真んなかなので、子ライオンは自分の肉球のようによく知っていた。怒《おこ》っているみたいに地面が熱くなった黒い坂道も知っている。その先にはブクブクいう泥《どろ》の池や、シューッと音を立てる割《わ》れ目《め》があって、そこに火の精霊《せいれい》が住んでいることも。ここにいれば、きっと安全だ。

尾根《おね》をのぼりながら、子ライオンは後ろをふりかえった。ずっと下のほうに、吠えたてるばかでかい犬たちと、黒くて長いたてがみを生やし、ぺらぺらの毛皮をぶらさげた人間たちが見えた。人間たちは前足についた長くてピカピカ光る爪《つめ》をふりかざして――父さんを襲《おそ》っている！

一頭の犬が飛びかかると、父さんは牙《きば》をむきだし、かぎ爪《づめ》のついた前足で犬を岩にたたきつけた。でも、ほかの犬たちが足に嚙《か》みついていて、人間たちもじりじりと近づいている。どうしてこんなことが？　ライオンは獲物《えもの》じゃないのに。こんなのおかしい。

ウッフ――待ってなさい！――とピリピリした声で言うと、母さんはおばあちゃんといっしょに坂をかけおりていった。父さんを助けるために。

言いつけどおり、子ライオンはおとなしくアザミのしげみにもぐりこむと、小さく体を丸めてじっとしていた。

＊

ようやく母さんが帰ってきて、ついてきなさい、と鼻を鳴らした。恐《おそ》ろしいことに、母さんは息を荒《あら》くしていて、片方《かたほう》の後ろ足を引きずっていた。おなかは血に染《そ》まっている。獲物《えもの》の血じゃない。母さんのだ。

ずっと走りつづけ、知らない森のなかにたどりついた。

おばあちゃんはどうして来ないんだろう？

それに、父さんはどこにいるの？

＊

目がさめると、また〈闇《やみ》〉が来ていた。肉球は痛《いた》いし、おなかがぺこぺこだ。

頭の上のマツの木にフクロウがいて、こちらを見おろしていたが、やがて翼《つばさ》を広げて飛んでいってしまった。

ここはどこだろう。父さんのにおいはするけれど、ずいぶん古いものみたいだから、長いことここには来ていないにちがいない。

父さんとおばあちゃんの姿《すがた》は見えないが、すぐそこのしげみのなかに、母さんが寝《ね》ている。よかった、お乳《ちち》が飲める。喜んで声をあげると、子ライオンは足を引きずりながらそばへ寄《よ》った。

でも、驚《おどろ》いて後ずさりをした。母さんのおっぱいは冷たかった。お乳も出ない。

用心しながら、じりじりと近よると、母さんの鼻をなでてみた。

起きてくれない。ぽっかりと開いた目も、〈闇〉だというのに銀色に輝《かがや》いていない。ぼんやりとくもっているし、こっちを見てもくれない！

こわくなってべそをかきながら、子ライオンは母さんの前足の下にもぐりこんで、動かそうとした。

だめだった。注意深い大きな瞳《ひとみ》は、うつろに宙《ちゅう》を見つめている。

子ライオンは必死に母さんの顔をつついた。脇腹《わきばら》に鼻をこすりつけ、大きなやさしい鼻面《はなづら》をなめた。起きて、ねえ、起きてよ！

やっぱり動かない。しげみに倒《たお》れているその雌《めす》ライオンは、母さんにそっくりで、においも母さんと似《に》ているけれど……体のぬくもりも、肉のにおいのする息も、それにいつもの母さんらしさも、みんななくなってしまっている。

子ライオンは顔をあげると、あわれっぽく鳴いた。帰ってきて、帰ってきてよ。

しんとしたなかに鳴き声がひびき、さびしくてたまらなかった。

子ライオンはふるえながらイバラのしげみにもぐりこんだ。

このまま騒《さわ》がないで、いい子で待っていたら、母さんが起きてくれるかもしれない。

05

大巫女《おおみこ》の娘《むすめ》

母は眠《ねむ》らないんじゃないだろうかと、ピラは思うことがある。

母の大巫女《おおみこ》は、捧《ささ》げ物《もの》の儀式《ぎしき》や、神官たちとの相談をしていないときには、いつも女神《めがみ》さまのお告げを聞いている。部屋《へや》の明かりは、すべてのものを見通す目のように、ずっとともされたままだ。

逃《に》げるなら、機転をきかせて、うまくチャンスをつかまえないといけない。それはわかっているけれど、事態《じたい》は悪いほうにばかり転がっていく。

壁《かべ》の縄《なわ》ばしごもそうだ。女神の館《やかた》をかこむ石壁を修理《しゅうり》するため、奴隷《どれい》がよじのぼるのを見たから、きのうそこにあったのはまちがいない。なのに今日は、壁の上にはカラスが一羽とまっているだけだ。そこから外の地面までは三十キュービット（一キュービットはひじから指先までの長さ）もある。

中央の中庭から、ネズの木のたき火と、メカジキが焼けるにおいがかすかにただよってくる。やがて、人々《ひとびと》の歓声《かんせい》があがった。牛飛びの儀式がはじまったのだ。びっくりしたカラスはひと声鳴くと、飛びたった。ピラは壁の上に飾《かざ》られた石灰岩製《せっかいがんせい》の巨大《きょだい》な雄牛《おうし》の角《つの》の陰《かげ》に身をひそめた。角の先は、高々《たかだか》とそびえ立っている。

夜のうちに雨が降《ふ》ったので、角はつるりとして冷たかった。ピラは眉《まゆ》を寄《よ》せると、どうしようかと考えた。なんだかうまくいきそうな気がしない。

最初のうちは、絶好調《ぜっこうちょう》だったのに。中央の中庭へ行く途中《とちゅう》、ピラは人ごみにまぎれて奴隷たちをふりきった。一瞬《いっしゅん》のチャンスをつかんで、逃げだしたのだ。

それから、祭りが開かれる中庭からはなれた、うす暗い貯蔵庫《ちょぞうこ》のなかにかけこんだ。人の背丈《せたけ》ほどもある瓶《かめ》からワインの香《かお》りが立ちのぼっていて、頭がくらりとした。瓶のひとつによじのぼり、修理用の天窓《てんまど》から屋根の上に出た。粘土《ねんど》に真っ白な水漆喰《みずしっくい》が塗《ぬ》られた屋根は平らで、その向こうにいくつも屋根がつらなっていた。丘《おか》の斜面《しゃめん》一帯に、神殿《しんでん》や、炊事場《すいじば》や、寝室《しんしつ》や、鍛冶場《かじば》や、工房《こうぼう》がまばゆく立ちならんでいる。ピラを閉《と》じこめている、石づくりの巨大な牢屋《ろうや》だ。

身をかがめながら屋根伝いに走り、西のはずれの屋根にたどりついた。壁とのあいだには、屋根のない廊下《ろうか》が通っていて、すきまが開いている。ピラはジャンプし、壁のてっぺんにドスンと着地して、雄牛の角にしがみついたのだった。

そのとき初めて、縄ばしごがなくなっていることに気づいた。

どうしたらいい？　あともどりすれば、廊下に落っこちる。壁の外の地面におりれば、岩だらけの斜面の下には集落があり、母牛に寄りそう子牛さながら、広大な館に身を寄せるようにレンガづくりの家々《いえいえ》が建っている。その先にあるのは――自由だ。

祭りのせいで、集落にも人影《ひとかげ》は見えない。カササギが一羽、岩の上をはねまわっている。絶好《ぜっこう》のチャンスだ。でも、縄ばしごなしで、どうやっておりればいいだろう？

片腕《かたうで》で雄牛の角にしがみついたまま、ピラは下をのぞきこんだ。壁の真下のところに窓がある。もうちょっと身を乗りだしたら……。

聞きなれた声に名前を呼《よ》ばれた。

ピラはふりかえった。

奴隷《どれい》のユセレフが、廊下《ろうか》に立って、恐怖《きょうふ》に凍《こお》りついていた。「ピラさま、どうなさるつもりです！」だまってて、と荒々《あらあら》しい手ぶりで示《しめ》すと、ピラは前に向きなおり、どうやって逃《に》げようかとまた考えはじめた。

岩の上のカササギはいなくなり、かわりに女が立っていた。ぼさぼさの茶色い髪《かみ》には、片方《かたほう》のこめかみのあたりにくっきりとした白い筋《すじ》が入っている。ほこりだらけの粗末《そまつ》なチュニックを着ているが、ものおじもせずにピラを見あげている。

たじろいだピラは足をすべらせ、次の瞬間《しゅんかん》、角《つの》につかったまま、宙《ちゅう》ぶらりんになっていた。サンダルの先で足場を探《さぐ》ってみるものの、石膏《せっこう》の壁《かべ》はつるつるしていて、とっかかりがぜんぜん見つからない。

「しっかり！」ユセレフが叫《さけ》んだ。「さあ、もう下まで来ましたよ、手をはなして。わたしが受けとめますから！」

ピラは壁の上によじのぼろうとした。むだだった。

「ピラさま！　手をはなすんです！」

ピラは歯を食いしばった。

そして手をはなした。

＊

「いいかげんになさってください！」ピラを部屋《へや》へ連れもどしながら、ユセレフはきびしく言った。

「大巫女《おおみこ》さまがお知りになったら、どんなおしおきをされるか」

「おしおき？」ピラは言いかえした。「これ以上、どんなひどいしうちができるっていうの？　三日後には、この世のはての、知らない人のところにお嫁《よめ》にやられるっていうのに！」

「それがあなたのつとめなのです――」

「つとめですって！」

部屋に入ると、ピラは寝台《しんだい》に身を投げ、上がけを乱暴《らんぼう》に引っぱった。青いツバメの刺繍《ししゅう》が入った、上等な赤い毛織物《けおりもの》は、ランプの煙《けむり》ととらわれの身のにおいがした。

「ええ、つとめです」ユセレフがくりかえした。「あなたの母上は大巫女ヤササラさまです。あのかたがなさることはすべて――」

「ケフティウのためでしょ、わかってるわ。去年の夏は、わたしを船一隻《せき》ぶんの銅《どう》と交換《こうかん》しようとしたものね。そして今年は錫《すず》。なにもかも、ケフティウのためなのよね」まもなく十三歳《さい》になるというのに、ピラはこれまでずっと、女神《めがみ》の館《やかた》に閉《と》じこめられて生きてきた。三日後には、海の向こうに送られ、顔も知らないだれかの要砦《ようさい》に閉じこめられ、死ぬまでそこで暮《く》らすことになる。

ユセレフは腹立《はらだ》たしそうに行ったり来たりしている。「逃げようなんて、ばかなまねを！　水くみ人にものをやって抱《だ》きこもうとしたり、空《から》っぽのオリーブの瓶《かめ》にかくれたり。おまけに、戦車の底にぶらさがろうとまでして！」

ピラは刺繍のツバメを力まかせに引っぱった。ユセレフは、ピラがやったことをわざと子どもじみたまねに聞こえるように話している。野山で生きていけるように、ちゃんと準備《じゅんび》もしたのに、そのことは言ってくれない。炊事場《すいじば》をうろついて、魚のさばきかたもおぼえたし、体をきたえるために、部屋にある雪花石膏《せっかせっこう》のランプを何度も持ちあげた。足の裏《うら》をじょうぶにしようと、カキの殻《から》の上をはだしで歩いたりもした。見張《みは》りにものをあたえて、馬のことを教わりさえしたのに……。

なんのために？

うまくいったのは、マケドニアの族長との縁談《えんだん》をだいなしにしてやったことだけだ。使者がやってきたとき、ピラはロバの糞《ふん》を顔に塗《ぬ》りたくり、気味悪くにやにや笑いながら出むかえた。ほおの傷《きず》をヘンナの葉の染料《せんりょう》でなぞり、わざと目立つようにして。母からは、冬のあいだじゅう部屋《へや》で火を使うことを禁《きん》じられ、おまけにもっとつらいことに、ユセレフが二十回もむちで打たれた。

「いったいなぜ、ご自分の運命を受け入れようとなさらないんです」ユセレフは声を張《は》りあげた。

「なぜ、あたえられたものに満足しないんです」

あたりを見まわすと、いつものようにパニックで胸《むね》がおしつぶされそうになった。スギ材の梁《はり》が重たくのしかかり、窓《まど》のない壁《かべ》が四方からせまってくる。緑の石の床《ゆか》は墓《はか》みたいに冷たく、部屋の入り口の左右にある太い柱は、大男の番人みたいに見える。

「なにもかも、本物じゃないんだもの」ピラはぽつりと言った。

ユセレフは両手をあげた。「どういう意味です」

「この髪飾《かみかざ》りのユリは、花じゃなくて、金をのばしてつくったものでしょ。あの水差しの飾りのタコだって、粘土《ねんど》でできてる。壁のイルカだって、漆喰《しっくい》の上に描《えが》いたものよ。形だって本当はあんなじゃないし。絵描《えか》きがまちがって、カモみたいなくちばしを描いたのよ。本物のイルカを見たことないに決まってるわ。それに……」ピラは口ごもった。

それに、イルカのおなかをなでたこともないに決まってる。背《せ》びれにつかまって、海のなかを泳いだことも。あのとき、ヒュラスは浅瀬《あさせ》に立っていて……。

ヒュラスのことを思うと、もっとやりきれなくなった。去年の夏、ほんの数日のあいだだけケフティウから逃《に》げだしたとき、友だちになった少年のことを思うと。けんかばかりだったけど、友だちは友だちだ。あのときはひもじくて、死ぬほどこわい思いもしたけれど、それでも自由だった。

「あの野蛮《やばん》な少年のことを考えているんでしょう」ユセレフがとがめるように言った。

「名前はヒュラスよ」ピラはピシャリと言った。

「ヤギ飼《か》いだなんて」ユセレフは身ぶるいをした。エジプト人なので、ヤギをけがれたものだと思っているのだ。「わたしがさしあげたライオンのかぎ爪《づめ》を身につけないのも、その子のためですか」

「ヒュラスがハヤブサの羽根をくれたから、あの爪はあげようと思って。お返しに」

「でも、二度と会えないんですから――」

「それはわからないわ――」

「それに、あれはあなたにさしあげたものなのに。無事でいられるようにと」

「無事なんてまっぴらよ！」

「それなら、今度壁からぶらさがっていても、わたしは受けとめませんから。足を折っても知りませんよ！」

ピラは枕《まくら》をつかむと、かたわらにたたきつけた。

怒《おこ》ったような沈黙《ちんもく》。

ユセレフは床の香炉《こうろ》のとなりに足を組んですわり、ひざ丈《たけ》のキルトのすそを引っぱった。しかめっ面《つら》をしながら、亜麻布《あまぬの》のひだを整える。胸にさげた目の形のお守りを真っすぐになおし、きれいにそりあげた褐色《かっしょく》の頭をなでた。指がふるえている。腹《はら》を立てるのがいやでたまらないからだ。マアト――動物の頭をした神々《かみがみ》がさだめるエジプトの秩序《ちつじょ》――にさからうことになるから。

ピラは枕に埋《う》もれた小さな木彫《きぼ》りのネコにさわった。八歳《さい》のとき、ユセレフがこしらえてくれたものだ。黄色地に黒の斑点《はんてん》がついていて、ユセレフはヒョウと呼《よ》んでいる。おなかにあるひもを引っぱると、口が開いたり閉《と》じたりするつくりになっている。いまはもう遊ばなくなってしまったけれど、それは大のお気に入りで、三度前の夏に母がおもちゃを残らず取りあげようとしたときにも、それだけはたんすの底の穴《あな》にかくしておいた。

「自分の運命をおとなしく受け入れたほうが、ずっとらくでしょうに」とユセレフが静かに言った。「あなたみたいに？　前に言ったわよね、エジプトをはなれて暮《く》らすのは、半分しか生きていないようなものだって」

ユセレフはため息をついた。「死ぬよりは、半分でも生きていたほうがいい。母上も、今度は許《ゆる》してくださいませんよ。おわかりでしょう」

ユセレフは整った顔をしかめている。それでも、話しながら、アヤメとテレビン油とヘビの皮をまぜあわせた特製《とくせい》のお香《こう》を香炉《こうろ》にくべてくれた。ヘビは脱皮《だっぴ》をするから、悲しみをふりはらう助けをしてくれるそうだ。

ピラの目がじんとした。ユセレフは奴隷《どれい》というより兄さんのような存在《そんざい》だけれど、それでも、ふたりのあいだにはへだたりがある。ユセレフが頭をそっているのは、エジプトにもどれないことを悲しんでいるせいだし、なによりも恐《おそ》れているのは、異国《いこく》の地で死ぬことだった。あの世で両親やきょうだいに再会《さいかい》できないからだ。それなのに、一度も逃《に》げようとしたことはない。自分が奴隷としてケフティウに来たのは神々《かみがみ》の思《おぼ》し召《め》しだから、したがわなければならないんです、と言って。

頭がくらくらするような香《かお》りが部屋《へや》にただよいはじめた。ユセレフはピラと目を合わせると、にっこりした。「わたしもアルザワにお供《とも》します。ピラさまのお世話をしますから。いつまでも」そう言いながら、ユセレフはお守りをにぎりしめた。誓《ちか》いのしるしに。

「わかってるわ」

自分も誓いを立てたことを、ユセレフには言えなかった。

アルザワへなんて行かない。ピラはそう誓ったのだ。どんなことをしてでも、逃げだしてやろうと。

06

占《うらな》い師《し》

まだ暗いうちに、ピラは目をさました。

枕元《まくらもと》にともされたランプは煙《けむり》をあげ、ジャスミンの香《かお》りがただよっている。屋根裏《やねうら》ではネズミがかけまわり、機織《はたお》りに使うおもりがぶつかる音が遠くで聞こえている。

横向きになって体を丸めると、ピラはトカゲの皮の小袋《こぶくろ》を手に取った。そこにはハヤブサの羽根とライオンのかぎ爪《づめ》を入れてある。海をへだてたずっと北のほうにいるヒュラスはどうしているだろう。妹を見つけられただろうか。まだだとしても、きっと自由の身でいるはずだ。

「おじょうさま」玉飾《たまかざ》りがついた垂《た》れ布《ぬの》の向こうから、シレアが顔を出した。

「あっちへ行って」ピラは文句《もんく》を言った。「まだ寝《ね》てるの」

「だめですよ」シレアは服をかかえて飛びこんできた。「さあ、起きてください！　お祭りなんですから、とびきりおめかししないと」

ピラはじろりとそちらを見た。シレアは奴隷《どれい》の少女たちのまとめ役で、大巫女《おおみこ》から言いつけられて、ピラを見張《みは》っているのだ。

別の少女がクルミのケーキと大麦のミルクをのせたお盆《ぼん》を運んできた。噛《か》んで歯をきれいにするための、乳香《にゅうこう》のかたまりも。三人目の少女がピラの黒髪《くろかみ》をとかし、ねじっていくつものふさをつくるあいだに、シレアはせかせかと服を着せた。濃《こ》い黄色のやわらかな毛織物《けおりもの》のチュニックに、飛びはねる魚の刺繍《ししゅう》入りの、すそがふたまたに分かれた青いスカート。ぴったりとした深紅《しんく》の上着に、ふさ飾りのついた金色の子ヒツジの革《かわ》のベルト。ヘンナで描《えが》いた足の模様《もよう》はきのうのままだったので、シレアは両手と額《ひたい》の模様だけを描きなおした。ピラがすぐにこすりとってしまうからだ。

シレアが小さな象牙《ぞうげ》の棒《ぼう》で小きざみに点を打って模様を描いているあいだ、ピラは考えていた。ピラが逃げようとしたことを、シレアは大巫女に告げ口したのだろうか。自分がしかられないように、だまっているかもしれない。どっちにしても、しゃくにさわることに変わりはない。

ピラはふと思いつき、棒を引ったくると顔の傷《きず》あとをヘンナでなぞった。これでいい。青銅《せいどう》の鏡をのぞくと、ほおには鎌《かま》の形をした真っ赤な模様がくっきりと描かれていた。ぱっくりと口を開けた生《なま》傷《きず》みたいだ。

怒《おこ》ったシレアは丸い顔をしかめた。「大巫女さまにしかられますよ」

「だからやったのよ」ピラはそっけなく言った。「心配するふりはやめなさい。わたしが怒られるとうれしいくせに」

「おじょうさまったら！」シレアは目をむいて抗議《こうぎ》した。

「シレアったら！」ピラは口まねをした。

今日は青メカジキの祭りの七日目だから、母のヤササラが中央の中庭で儀式《ぎしき》を行うことになっている。あとからユセレフと行くわ、とピラは奴隷たちを先に行かせた。シレアは不満そうだったが、ピラがにらみつけると、さすがに言いつけにしたがった。

少女たちが行ってしまうと、ユセレフがやってきた。腕組《うでぐ》みをして、疑《うたが》わしそうにピラを見ている。「おとなしくしていてくださるでしょうね」

「もちろんよ」そう言いながら、ピラの心はかごのなかのスズメのように暴《あば》れまわっていた。アルザワに送られるまであと二日。なのに、いい考えが浮《う》かばない。

ピラは中央の中庭ではなく、村人たちが集まるツバメの中庭のほうへ歩きだした。

「そっちへ行って、どうなさるつもりです」ユセレフがたずねた。

「べつに」母と会いたくないだけだった。シレアが告げ口していようといまいと、ヤササラはとっくに知っているはずだ。いつもそうだから。

捧《ささ》げ物《もの》の儀式《ぎしき》は朝のうちにすんでいて、ツバメの中庭では農民たちがものを交換《こうかん》しあったり、手ごろな占《うらな》い師《し》をさがしたりとにぎやかだった。汗《あせ》やゴマ、ほこり、ハチミツ、それに血のにおいが入りまじっている。

女がひとり、粗末《そまつ》な粘土《ねんど》の碗《わん》を重ねて腕《うで》にかかえ、革袋《かわぶくろ》に入れたワインを売っている。漁師《りょうし》がオリーブの種を燃《も》やしてタコを焼きつつ、桶《おけ》のなかでのたうちながら順番を待っているタコたちに目を光らせている。老人が小さな粘土細工の雄牛《おうし》を子どもたちに盗《ぬす》まれないように守っている。「おもちゃじゃないぞ」と老人はどやしつけた。「これは捧げ物なんだ。ただではやらんぞ。アーモンドかチーズとしか交換《こうかん》せん」

祭り用の晴れ着を着た村娘《むらむすめ》たちが三人、ぺちゃくちゃとおしゃべりをしている。ピラに気づくと、色を塗《ぬ》ったカサガイの首飾《くびかざ》りをいじくりながら、ピラの金の首飾りや、ユリの形をした緑碧玉《りょくへきぎょく》の耳飾りをうらやましそうに見つめた。こっちのほうがうらやましがっていることを知ったら、あの子たちはなんて言うだろうとピラは思った。あの子たちは出ていこうと思えば、いつでもここを出ていけるんだから。

と、ふいに視線《しせん》を感じた。

すみっこにある粗末《そまつ》なアシの日よけの下だ。女が地べたに足を組んですわっていて、ピラを見ている。髪《かみ》にカササギの羽根のような白い筋《すじ》があるのに気づき、ピラははっとした。足がひとりでにそちらへ向いた。ユセレフも不満げに舌打《したう》ちしながらついてくる。

そばまで行くと、女はただの流れ者の占い師に見えた。ほこりだらけのチュニックと同じ褐色《かっしょく》に日焼けし、サンダルは手入れしていないロバのひづめみたいに爪先《つまさき》が丸まっている。草を編《あ》んだ敷物《しきもの》の上にしなびた葉の束をならべているが、お客はだれもいないし、それを気にしているふうでもない。顔は半分影《かげ》になり、若《わか》いのか年寄《としよ》りなのかもわからない。両方の手首には、やけどのような小さな輪っかの形の傷《きず》あとがある。

女はピラのほおの傷あとをじろじろ見ると、無遠慮《ぶえんりょ》に言った。「それはなに」

「なんと無礼な！」ユセレフが叫《さけ》んだ。「このかたがどなたの娘か――」

「いいのよ」とピラはさえぎり、女に向かって言った。「あなた、名前は」

「ヘカビ。その傷、どうしたの」ケフティウ語だが、聞いたことのないなまりがある。

ピラはたじろいだ。「去年、自分でつけたのよ。母がリュコニアの族長のところへわたしをお嫁《よめ》にやろうとしたから、それをやめさせようとして」

「だから、どうやってつけたの」

「それがそんなに大事なこと？」

「火はいつだって大事だからね、おじょうさん。問題は、なにを意味するかということ」

ピラはなぜか落ち着かない気持ちになった。こんなのただの安っぽい占い師で、思わせぶりなことを言って、利口そうに見せようとしているだけだ。でも、それにしてもずいぶんうまくやっている。

どこから来たの、とピラはぶっきらぼうにたずねた。

「白い山脈から」ヘカビは答えた。

なまりがあるのはそれで合点《がてん》がいったが、横柄《おうへい》な態度《たいど》のほうは納得《なっとく》がいかない。白い山脈はケフティウのはずれにあって、住んでいる者はごく少ない。たまに女神《めがみ》の館《やかた》までやってくると、おそれいってしまって、ぺこぺこする。ヘカビはぜんぜんちがう。

「なにをしに来たの」ピラはたずねた。

「いとこに会いに」

「いとこって？」

「印章職人《しょくにん》の」

ピラは興奮《こうふん》をおし殺した。印章職人の工房《こうぼう》は西の壁《かべ》にくっついて建っているので、そこから逃《に》げられるかもしれないと思っていたからだ。でも、印章職人たちは内気なことで有名で、打ちとけようと思っても無理だった。これはチャンスかもしれない。

「それで、おじょうさんはヘカビになんのご用なの。煙占《けむりうらな》い？　それとも、ヘカビの占い石で、精《せい》霊《れい》のお告げを聞いてほしいとか？」

「なにもしてほしくないわ」

「そんなはずはない。きのう、壁の上にいるのを見たから」ヘカビの目がドキリとするほど光った。

「そう、占い石がいいね」ピラがたのみでもしたように、ヘカビはうなずいた。

ユセレフがピラの肩《かた》にふれた。「どうなさるおつもりです」ヘカビにはわからないように、アカイア語を使っている。「占《うらな》い師《し》などと関《かか》わっては、大巫女《おおみこ》さまがお怒《いか》りになります――」

「望むところよ」ピラもアカイア語で言いかえした。

いつのまにか、農民たちが数人集まってきていた。ヘカビがつるつるの黒い石でできた浅い丸皿を目の前に置くと、見物人たちは待ちきれずにざわついた。ピラはハッとした。黒曜石だ。ケフティウではめったに見られないし、流れ者の占い師が持てるようなものじゃない。

ヘカビはまずはじめに、うす汚《よご》れた水袋《みずぶくろ》の水を皿に注いだ。そしてヤギ皮の袋から、あざやかな黄色をしたナッツほどの大きさのかたまりを取りだした。それを指先でつぶすと、黄色い粉をてのひらにこすりつけた。「ライオンの石よ」とヘカビは小声で言った。

硫黄《いおう》だ。神官の薬袋に入っているのをピラは見たことがある。悪霊《あくりょう》やノミを遠ざける効《き》き目《め》があるそうだ。

体を前後に揺《ゆ》すり、なにやらとなえながら、ヘカビは袋からごつごつした小石を三つ取りだすと、水のなかに投げ入れた。石は沈《しず》まずに浮《う》きあがった。

農民たちは息をのんだ。「浮かんだぞ！　石を浮かせるなんて、とんでもない力だ！」

ピラは腕《うで》を組んだ。たいしたことじゃない。

ヘカビは別の石を袋から取りだした。丸く平たい形をした白い大理石で、真んなかに穴《あな》があいている。「占い石よ」ヘカビはにやりとした。「精霊からもらったの」

その石を片目《かため》におしあてると、ヘカビは穴から浮かんだ石をのぞいた。「ほら、精霊たちのお告げがはじまるよ」

「ピラさま」ユセレフが声をかけた。「本当にいけません――」

「いいえ、やるわ」ピラはそうさえぎると、農民たちに向かって言った。「あなたたち、あっちへ行きなさい！　占い師とふたりだけになりたいの。ユセレフ、あなたもよ。声が聞こえないところへ行っていて」

農民たちはブツブツ言いながらもしたがったが、ユセレフはそうはいかない。「なにをなさるおつもりです」

「なにもしないわ」ピラはうそをついた。「ほら、言ったとおりにして。命令よ」

ユセレフは動かない。

「ユセレフ。本気よ」

目と目がぶつかりあった。ユセレフは両手を腰《こし》に当て、首を横にふった。やがてため息をつくと、その場をはなれた。

ほかの人間が声のとどかないところまで遠ざかると、ヘカビは占《うらな》い石《いし》をもう一度目に当て、浮《う》かんだ石を見つめた。「三つがひとつになる」ヘカビはつぶやいた。「まちがいない。占い石はそう言ってる」

「三つって、なんのことよ」ピラは冷ややかに言った。「いつ？　どこで？」

「それは言わなかった」

ピラはひざをつくと、身を乗りだした。ヘカビの汚《よご》れた髪《かみ》と、道端《みちばた》に生えたタイムのにおいがする。ピラはヘカビに耳打ちした。「逃《に》げるのを手伝ってくれたら、一生暮《く》らせるくらいの金をあげるわ」

ヘカビはピラを見ると、ゆっくりと首を横にふった。

ピラはくちびるをなめた。「たのむから助けて。本当に困《こま》ってるの」

ヘカビはまた首をふった。

「ねえ、かんたんでしょ。印章職人《しょくにん》の親類なんだったら、その人に金をわたして。そのかわり、工《こう》房《ぼう》を通って壁《かべ》から外へ逃がしてほしいの――」

「だめよ」

ピラはこぶしをにぎりしめた。

二十歩ほどはなれたところでは、ユセレフがやきもきしながら見つめている。ピラはさらに身を乗りだした。「それじゃ、これならどう。あなたはいんちきよ。これが浮いてるのは、軽石だからよ。農民たちは知らないけど、わたしにはわかってる。それに、その〝占い石〟だって、自分でつくったんでしょ。のみのあとがついてるわ」そこで言葉を切って、ヘカビに考える時間をあたえてから、こうつけくわえた。「わたしの母は大巫女《おおみこ》のヤササラなの。母は、いんちきには容赦《ようしゃ》しないわ」

ヘカビはたじろいだ。目つきがけわしくなる。「はったりに決まってる」ピシャリとそう言った。「それが本当なら、ここにいるまじない女の半分がおとがめを受けるはずよ」でも、日焼けした顔は青ざめている。

ピラはうっすらと笑った。「ためしてみる?」

07

自由への道

印章職人《しょくにん》の工房《こうぼう》で真夜中に、とヘカビは言っていた。

じきに真夜中だが、部屋《へや》の外にいるユセレフは寝入《ねい》ったばかりだし、持ち物もまだかくし場所から取りだせていない。

ぐらつくランプの台座《だいざ》に乗り、ピラは天井《てんじょう》の梁《はり》の後ろを探《さぐ》った。子牛革《こうしがわ》の袋《ふくろ》になんとか手がとどいた。

ランプがかたむいた。ピラは寝台《しんだい》に飛びうつると、倒《たお》れる寸前《すんぜん》に台座を受けとめた。寝台の枠《わく》がきしむ。部屋の出入り口の垂《た》れ布《ぬの》の向こうで、ユセレフが寝言《ねごと》を言った。

ピラは息をつめた。

ユセレフは目をさまさない。

袋のなかには、ひと冬かけて集めたものがつまっている。ユセレフにも、目ざとい奴隷《どれい》の少女たちにも、そのことは内緒《ないしょ》にしてあった。ピラはふるえる手で袋の中身をあけ、農民に化けるための服に着がえた。ごわごわのチュニックに、しみだらけのヤギ革のベルトとさや、飾《かざ》りけのない青銅《せいどう》のナイフ、そしてちくちくする毛皮のマント。マントは紅玉髄《こうぎょくずい》の首飾《くびかざ》りふたつと引きかえに機織《はたお》り女からゆずってもらったものだから、持ち主のにおいがしみついている。サンダルは袋にもどすことにした。女神《めがみ》の館《やかた》の床《ゆか》はみがきあげられているので、ひびだらけの牛革のサンダルでは音がひびいてしまう。

それから、中央の中庭にある聖《せい》なるオリーブの木の鉢《はち》からこっそり持ってきた、ひとにぎりの土を取りあげた。それをむきだしになった肌《はだ》にくまなく塗《ぬ》りたくる。とくに顔の傷《きず》あとには念入りに。手首につけた紫水晶《むらさきずいしょう》の印章にも泥《どろ》をなすりつけてあるし、ハヤブサの羽根とライオンのかぎ爪《づめ》は首にさげた小袋に入れてある。

あなたももう男性《だんせい》の目を引く年頃《としごろ》なんですよと、ついこのあいだユセレフに言われた。逃《に》げたとしても、ひとりで勝手に歩きまわることなどできないのだと。なら、男の子になるわ。そう考えながら、ピラは肩《かた》までの長さに髪《かみ》を切り落とした。母がまじないに使って居場所《いばしょ》を見つけだしたりしないように、切った髪も持っていかないと。

心臓《しんぞう》をドキドキさせながら、ピラは残ったものをみんな袋にもどした。ブドウの葉につつんだ干《ほ》しイチジクのかたまりに、干した子ヒツジの舌《した》が数枚《すうまい》、ネズミにかじられかけた塩漬《しおづ》けのボラが八枚。音がしないように亜麻布《あまぬの》でくるんだ、金の腕輪《うでわ》の包みがふたつ。ひとつは占《うらな》い師《し》にわたすもの、もうひとつは自分用だ。

準備完了《じゅんびかんりょう》。ヒュラスがいたら、感心してくれただろう。いや、しないかも。生きのびるために頭をはたらかせるのなんて、ヒュラスには当たり前のことだから。

ユセレフがまた寝言を言った。ピラの胸《むね》はきゅっとした。もう二度と会えないんだ。なのに、お別れを言うこともできないなんて。

ふと思いつき、小さな木彫《きぼ》りのヒョウを枕《まくら》の上に置いた。どんなに別れがつらいか、わかってくれるだろうか。

ピラは垂《た》れ布《ぬの》をそっと脇《わき》に寄《よ》せた。

ユセレフはいつものとおり、出入り口をふさぐように横たわっている。エジプトの夢《ゆめ》を見られるよう、貴重《きちょう》なクジャク石の緑の粉をまぶたに塗《ぬ》っている。その願いがかないますようにと、ピラは祈《いの》った。

回廊《かいろう》の奥《おく》では、奴隷《どれい》の少女たちがいびきをかいている。夕食のとき、ピラはワインをほとんど残し、そこにケシの実の汁《しる》を入れておいた。少女たちが残りを飲むのはわかっていた。入れすぎでなかったらいいけれど。

まだ春先なので、女神《めがみ》の館《やかた》にはひんやりとした風が吹《ふ》きわたっていた。ところどころでランプの炎《ほのお》が揺《ゆ》らめいているが、回廊はうす暗い。どの寝室《しんしつ》からも人々《ひとびと》の寝言《ねごと》が聞こえる。手探《てさぐ》りで進んでいると、寝ている奴隷につまずきそうになった。ほっそりとした真っ黒いものが近づいてくる。温かい毛皮がふくらはぎをくすぐった。ネコだ。

中央の中庭も、真んなかに立つオリーブの木も、月明かりを浴びて銀色に光っている。壁《かべ》ぎわの暗がりに身を寄せながら、回廊の角までたどりついた。逃《に》げだそうとするピラをオリーブの木が見守っている。だれにも言わないで、とピラは心のなかで木にお願いをした。

中庭に足音がひびいた。

ピラは凍《こお》りついた。

神官が部屋《へや》のひとつから出てきた。恐《おそ》ろしいほどすぐ近くだ。

ピラはすくみあがったまま、神官が〈両刃《りょうば》の斧《おの》の間〉のほうへ去っていくのを見守った。パラパラとかすかな音がして、玉飾《たまかざ》りのついた垂れ布が左右に開き、神官はなかへ消えた。

西の壁ぞいにある工房《こうぼう》にたどりついたときには、真夜中をすぎていた。ヘカビが待っていてくれなかったらどうしよう。

あたりが暗いので、ピラは積んである銅《どう》のかたまりにすねをぶつけ、粘土《ねんど》の水差しがならんだ棚《たな》を床《ゆか》に落っことしそうになった。心臓《しんぞう》が飛びあがった。片《かた》すみから、ふたつの目がにらんでいる。ピラはほっとため息をついた。大理石でできた神さまの水晶《すいしょう》の目が、工房のなかを横切るピラをじっと見つめていた。

だれもいない。チャンスを逃《のが》してしまったんだろうか？

闇《やみ》のなかから人影《ひとかげ》があらわれた。うす暗がりに目をこらすと、カササギのような白い髪《かみ》の筋《すじ》が見えた。

「おそいじゃないの！」ヘカビが小声で言った。

「なかなか出てこられなかったのよ！　金は持ってきたわ――」

「あとで。となりの部屋に、オリーブのしぼり器がある。いとこが縄《なわ》を用意してくれてるはずだから、しぼり器にくくりつけて外にたらし、それを伝っておりるのよ。ばれないように、縄は夜明け前にいとこが片づけてくれるわ」

小窓《こまど》のそばのうす明かりのなかに、溝《みぞ》がきざまれた巨大《きょだい》なふたつの石が置かれていた。オリーブのしぼり器だ。それに長い縄もひと巻《ま》き。

ピラは窓から外をのぞいた。冷たい夜風が顔に当たる。下にあるはずの岩だらけの地面はよく見えない。「縄が下までとどくかどうか、どうしてわかるの」ピラはそっときいた。

「わからないわよ」ヘカビはぼそりと言った。

帆柱《ほばしら》をきしませ、帆をはためかせながら、黒い船は海原《うなばら》をひた走っていた。船首にうずくまったピラは、ちくちくするマントをかきよせた。しょっぱい水しぶきを浴びて、顔がひりひりする。

自由。

これからどこへ行こう。知らないことだらけの白い山脈で、どうやって生きていけばいい？　恐《おそ》ろしいような、わくわくするような気持ちだった。あまりにすごすぎて、なんだかまだ信じられない。

縄《なわ》は短すぎたので、岩に飛びおりたときに足首を折りそうになった。集落の犬たちはあやしむようにピラをかぎまわったが、ヘカビが持ってきていた残飯をやるとおとなしくなった。

夜どおし歩きつづけて、ようやく灰色《はいいろ》の海にたどりつくと、浅瀬《あさせ》に船がとまっていた。待ちかまえていた船長の合図で、船はすぐに岸をはなれた。

＊

ヘカビの話では、風がやまなければ夕方までには白い山脈に着けるということだった。追っ手をまくために目くらましの足跡《あしあと》も残してあるし、それが役に立たなくても、山脈にはだれにも見つからない秘密《ひみつ》のかくれ場所があるのだそうだ。

星たちは色あせ、東の水平線に赤い筋《すじ》が浮《う》かびあがった。女神《めがみ》が海の上を歩いて、太陽を起こしに行っている。ピラは干《ほ》したボラをうすく切り、船べりから投げて捧《ささ》げ物《もの》にしてから、自分の分を切りとった。

と、動かしていた口を止めた。太陽の位置がおかしい。西へ進んでいるのなら、後ろにあるはずなのに。

ふりむいたピラは、目をみはった。ケフティウはすっかり遠ざかり、海のはての黒い筋にしか見えなくなっている。

ピラはふらつきながら甲板《かんぱん》を歩くと、波間を見つめているヘカビのそばへ行った。「この船、北に向かってるわ！」

「よく気づいたわね」ヘカビは冷ややかに言った。

「白い山脈に行くって言ったじゃない！」

「あれはうそよ」

「でも、金をあげたのに！」

茶色い目がおかしそうにピラを見た。「船賃《ふなちん》がほしかったからよ。あんたはもうじゃま者だから、じきにやっかいばらいしてあげる」

ピラの怒《いか》りは不安に変わった。これじゃ、牢屋《ろうや》から別の牢屋にうつるのと同じだ。「どこに連れていくつもり？」

ヘカビは水平線に目をやった。くっきりとした顔の輪郭《りんかく》が真っ赤な朝日に照らされ、奇妙《きみょう》な筋の入った髪《かみ》は風にもまれ、ほおを打っている。「炎《ほのお》の心臓《しんぞう》を持った島々《しまじま》が輪になった場所があってね」ヘカビは波間に向かってそう言った。「ずっと昔、〈火の女神〉さまがまばゆい首飾《くびかざ》りを引きちぎって、緑の大海原《おおうなばら》にほうり投げてできた……」

「えっ？　それって、黒曜石諸島《しょとう》のこと？　でもあそこは、アカイアの手前じゃない！」

「ケフティウじゃそう呼《よ》ぶかもしれないけど、わたしたちはただ、島々と呼んでる」ヘカビはするどく言うと、そこで間をおいた。「十年前、アカイアから戦士たちがやってきてね。島という島をまわって、とうとうさがしていたものを見つけたのよ」

ピラの胃がきゅっとした。「カラス族ね」

「そう、コロノス一族の戦士たちよ」

今度はピラが海に目をやる番だった。去年の夏、そのコロノスの孫にあたる少年と結婚《けっこん》させられそうになった。カラス族の隊長にはなぐり倒《たお》されたし、ヒュラスも殺されかけたのだ。

「カラス族が目あてのものを見つけたのは、わたしの故郷《こきょう》の島だった」ヘカビは船べりをぎゅっとにぎりしめた。「あいつらは地面に深い穴《あな》をあけて、女神《めがみ》さまの緑の石を無理やり掘《ほ》りだしはじめたのよ。島は自分たちのものだと言って」

ピラははっとした。「銅山《どうざん》ね。これからそこへ行くの?」

ヘカビはうなずいた。「傷《きず》ついてしまった、あわれなわたしの故郷、タラクレアへ」

08

〈飛びつき屋〉

夕ラクレアへ来てからどれくらいたつのか、ヒュラスはわからなくなっていた。

二度ばかり、夜中に島のくびれにいる戦士たちの目を盗《ぬす》んで逃《に》げだそうとしてみた。二度ともザンに見つかって、なぐられた。「今度やったら、言いつけるからな」ともおどかされた。

そのあとは事故《じこ》がいくつも重なって、逃げるのも忘《わす》れていた。縄《なわ》がちぎれ、袋《ふくろ》が立坑《たてこう》を落下して、男がひとり、足を折った。落ちてきた岩で頭を打って死にかけた男もいる。ランプが倒れて積んであった縄に火が燃《も》えうつり、石鎚屋《いしづちや》が三人、大やけどを負った。

地下には恐怖《きょうふ》が広がっていた。ヒュラスも影《かげ》におびえるようになった。あの岩、いま動かなかったか？　あれはただの影か、ひょっとして〈飛びつき屋〉じゃないか？

一度、リュカス山にもどった夢《ゆめ》を見た。すみきった小川や、ひんやりした緑のシダのしげみを歩いているところだった。イシもいっしょに。ねえお兄ちゃん、カエルはどこにいるの。イシはいつものようにしつこく質問《しつもん》ばかりしていた。でも目をさましてみると、その夢は今の自分が見たのではないように思えた。奴隷《どれい》のノミじゃなく、よそ者のヒュラスが見たもののように思えた。

こわくはあったけれど、ヒュラスは鉱山《こうざん》になれてきてもいた。見張《みは》りたちは〝太鼓腹《たいこばら》〟とあだ名されていることも知った。坑道《こうどう》のランプの手入れをする少女たちは〝火花〟で、緑の石を選《よ》りわける子どもたちは〝モグラ〟だ。

ガリガリ以外の穴《あな》グモたちとは、気心も知れてきた。コウモリは陽気で、よく手助けをしてくれる。コガネムシは地下ではおびえきって無口になるが、地上に出ると人なつっこい。ただし、最近は少し元気がない。ザンはかしこくて機転がきくし、うるさくせんさくしたりもしない。「だれだって、知られたくないことはあるさ」と肩《かた》をすくめるだけだ。

ある晩《ばん》、ヒュラスは太鼓腹のひとりからブタの骨《ほね》付き肉の燻製《くんせい》をくすねた。みんなですわってそれを食べながら、身の上話をした。ザンは馬の調教師《ちょうきょうし》の息子《むすこ》で、東のほうのアルザワが故郷《こきょう》だと言った。コウモリは銅山《どうざん》の生まれで、母親は奴隷《どれい》、父親が〝太鼓腹〟だったらしいが、くわしいことは知らないという。コガネムシの父親は裕福《ゆうふく》な商人だったそうだ。

「どうだかな」とザンはばかにしたように言った。「だってこいつ、エジプトには、川のなかに住んでる馬だの、人を食べるトカゲだのがいるって言うんだぜ」

「いるさ」とコガネムシが言った。「ワニっていって――」

ザンはにやりとすると、コガネムシに小石を投げた。

コガネムシはぱっと立ちあがると、穴の入り口に行ってしまった。

「どうしちゃったんだろう」ヒュラスは言った。

ザンは肩をすくめた。「おまえはどうなんだ、ノミ。家族はいるのか」

ヒュラスはためらった。「母さんに山に置きざりにされたんだ。それしか知らない」うそだ。母さんが自分とイシのことを愛してくれていたことも知っている。ふたりをクマの毛皮でくるんでくれたし、顔もなでてくれた。でもそのことも、妹がいることも、ザンには言いたくなかった。

二日後、また石運びのために地下七階までおりる途中《とちゅう》、ヒュラスの背負《せお》っていた袋《ふくろ》が引っかかった。ようやくはずれると、仲間たちは行ってしまったあとだった。

あわてて角を曲がると、目の前の左右の壁《かべ》に支柱《しちゅう》が立っているのが見えた。そのそばに、ぼんやりとした小さな人影《ひとかげ》がうずくまり、両手で石鎚《いしづち》をにぎりしめている。

石鎚でたたいて支柱を倒《たお》す気だ。「おい、おまえ！」ヒュラスは叫《さけ》んだ。

相手は石鎚を投げ捨《す》てて逃《に》げだし、ヒュラスはあとを追った。

くねくねしたトンネルを夢中《むちゅう》で進むと、ガリガリとぶつかった。ヒュラスはガリガリの髪《かみ》をひっつかみ、腕《うで》を後ろにねじあげた。「支柱を倒そうとしてただろ！ なんでだ？ みんな死んじゃうんだぞ！」

ガリガリは悲鳴をあげながらもがきまわる。ヒュラスはその腕をさらにひねった。

ザンとコガネムシがやってきて、ヒュラスを引きはがした。

「こいつ、トンネルをくずそうとしてたんだ！」ヒュラスは荒《あら》い息で言った。

「ぼくじゃない、誓《ちか》うよ！」ガリガリがあわれっぽい声で言った。「うそだったら、〈火の女神《めがみ》〉に打たれて死んでもいい！」

「ほっといてやれ、ノミ」ザンが言った。「やってないって言ってるだろ」

「でも、見たんだ！」

「ほっといてやれって！」

＊

数日後、悪い夢《ゆめ》にうなされたヒュラスは、はっと目をさました。

まだ夜明け前で、炉《ろ》の丘《おか》にいる鍛冶師《かじし》の鎚音《つちおと》もやんでいる。ヒュラスは横になったまま、要砦《ようさい》のまわりで鳴いているカラスの声を聞いていた。クレオンは自分の一族がなんと呼《よ》ばれているのか知り、それを気に入ったのだという。わざわざ動物の死骸《しがい》を壁《かべ》にぶらさげさせて、カラスたちを呼びあつめているのだ。

ヒュラスは起きあがり、ボロ布《ぬの》を身にまといはじめた。ここ最近、なにをしていても不安がまとわりついている。タラクレアにはただならぬ空気がただよい、それが日ましに強くなっている。〈飛びつき屋〉が地下から出てきているといううわさもささやかれていた。坑道《こうどう》からなにかの影《かげ》があらわれ、丘をすべりおりるのを見た者もいる。悪夢《あくむ》にうなされて目をさますと、胸《むね》の上になにかがのしかかっていたとうったえる少年も。きのうの晩《ばん》は、石鎚屋《いしづちや》がわめき声をあげながら丘をかけあがり、立坑《たてこう》に身を投げた。動物たちさえ異変《いへん》を感じとっていた。カエルもいなくなり、池はひっそりとしている。

穴《あな》を深く掘《ほ》りすぎたので、山が怒《おこ》っているのだという者もいれば、クレオンがライオンを殺したせいだという話もあった。戦士たちがしとめたライオンの皮をはぐために、死骸を要砦に運びこむところが目撃《もくげき》されていた。そのすぐあと、事故《じこ》が起きはじめたのだ。

炉の丘から鍛冶師の鎚音がひびきはじめた。ほかのみんなも目をさましてくれればいいのに。ザンとコガネムシは夢のなかでも袋《ふくろ》を運んでいるのか、体をひくつかせている。コウモリははげちょろけのネズミをにぎりしめたまま眠《ねむ》っている。ガリガリはひざをかかえ、口を開けている。ぼろぼろの歯の奥《おく》に、真っ黒な空洞《くうどう》がのぞいている。

ヒュラスはひざに布を巻《ま》く手を止めると、ぽっかりと開いた口を見つめた。ぞっとするような考えが浮《う》かんだ。

ザンを起こすと、穴の入り口に連れだした。

「なんなんだよ」ザンは目をこすりながらうなった。

「〈飛びつき屋〉につかまったら、のどの奥に手をつっこまれるんだよな」ヒュラスは声をひそめてきいた。

「そうらしい。だから？」

「ってことは、人間のなかに入りこめるってことだよな」

「精霊《せいれい》だから、なんだってできるさ。なんでだ？」

「なんの話だい？」コガネムシが後ろにつっ立っていた。

ヒュラスは手まねきした。「最初にここに来た晩《ばん》、ぼくがガリガリのことをきいたら、〈飛びつき屋〉につかまりそうになったんだってザンは言ったよな」そこでつばを飲みこんだ。「そうじゃなかったんだ、ザン。もうつかまってるんだ」

コガネムシの顔から表情《ひょうじょう》が消えた。ザンは顔をしかめた。「なんだって？」

ヒュラスは眠っているガリガリを指さすと、ささやいた。「あいつは取りつかれてる。〈飛びつき屋〉がなかにいるんだ」

＊

ふたりは信じてくれなかった。

ザンは腹《はら》を立て、コガネムシのほうは、なにを考えているのかわからないうつろな顔でだまりこんだ。ヒュラスがなおも言いつのると、ザンは食ってかかった。「なんでいつもあいつを責《せ》めるんだ」

「なんでいつもあいつをかばう？」

「おれたちは穴《あな》グモだ、協力しないと、生きていけないだろ！」

「あいつがみんなを殺そうとしても？」

「そんなことはしない。仲間だから。もうだまってろ！」

だれもがだまりこくったまま、身じたくをした。ヒュラスは目をさましたガリガリがのろのろとボロ布《ぬの》を引きよせるところを見ていた。骸骨《がいこつ》みたいにやせこけ、顔は年寄《としよ》りのようにしなびている。

胸《むね》の底の赤黒い闇《やみ》のなかで、邪悪《じゃあく》な霊《れい》がとぐろを巻《ま》いているのが見えた気がした。霊のやつ、次はガリガリになにをさせるつもりだ？

09

友よ

これからどうしよう。テラモンはしゃがみこんで冷たい渓流《けいりゅう》に手をひたすと、考えこんだ。父がいる要砦《ようさい》にはまだもどれない。涙《なみだ》を見せるわけにはいかない。もう十四歳《さい》、じきに大人だ。それにヒュラスはもういない。

「約束は守っただろ、ヒュラス」指についた血を洗《あら》い流しながら、テラモンは言った。「きみのためにヒツジを生《い》け贄《にえ》にするって言ったから、そのとおりにしたよ。安らかに眠《ねむ》ってくれ、友よ」

手がきれいになったあとも、テラモンは川辺にしゃがんだままでいた。リュカス山の冷たい風がほおの涙をかわかしてくれるまで。

ヒュラスの死はぼくのせいじゃない。もう千回もそう自分に言い聞かせてきた。自分の肉親が——じつのおじが——ヒュラスを野山の獣《けもの》みたいに狩《か》りたてるなんて、予想できるはずがない。そうだ、ぼくのせいじゃない。神々《かみがみ》の思《おぼ》し召《め》しだったんだ。

なのになぜ、うしろめたさが消えないのだろう。

もっと早くヒュラスに危険《きけん》を知らせてやれていたら。せめて一日前にでも。そうしたら、ヒュラスもイシも逃《に》げられて、無事だったはずなのに。

要砦《ようさい》へもどる途中《とちゅう》、神々《かみがみ》は友のために捧《ささ》げた生《い》け贄《にえ》のごほうびをくれた。連れていた犬たちがイノシシを見つけたのだ。

びくついているひまはなかった。犬たちに追われて飛びだしてきたかと思うと、巨大《きょだい》なイノシシはシダのしげみをつっ切り、テラモンのほうへ突進《とっしん》してきた。

テラモンはとっさに片《かた》ひざをつき、槍《やり》の石突《いしづ》きを地面に刺《さ》して支《ささ》えると、両手で柄《え》をにぎりしめ、イノシシにねらいをさだめた。

イノシシがせまってくる。小さな目は真っすぐテラモンに向けられている。むっとするにおいと、するどい黄色の牙《きば》。

イノシシはひらりと向きを変え、横手から襲《おそ》ってきた。テラモンは槍をつきだした。激《はげ》しくつっこんできたイノシシの急所に穂先《ほさき》が深々《ふかぶか》とつき刺さり、柄は折れた。骨《ほね》の髄《ずい》がしびれるほどの衝撃《しょうげき》だ。ひざまずいたテラモンの目の前に、息絶《いきた》えたイノシシが倒《たお》れた。

気持ちがたかぶって、笑い声がもれた。これでしとめたイノシシは四頭になった。兜《かぶと》をつくるには十二頭必要だから、まだまだ足りないが、これはいままでいちばんの大物だ。ひとりでしとめられたのが信じられないくらいだった。

立ちあがろうとしたものの、情《なさ》けないことに、足がいうことをきかない。女の子みたいに体がふるえてしまう。だれにも見られなかったことを精霊《せいれい》に感謝《かんしゃ》しなくては。

まもなく、ふたりのヤギ飼《か》いが棒《ぼう》でシダをなぎはらいながら小道をやってきた。

テラモンはふらつきながら立ちあがった。

ヤギ飼いたちは族長の息子《むすこ》だと気づき、棒を取り落とした。

イノシシをラピトスまで運べ、とテラモンはぶっきらぼうに言いつけた。

「でも、ぼっちゃん、ヤギたちはどうすればいいんで?」ひとりがたずねた。

「言われたとおりにしろ」テラモンはピシャリと言った。

歩きだすと、ふたりのしのび笑いが聞こえた。顔がかっと赤くなる。ふるえていたのを見られてしまった。

テラモンは急に自分の弱さがいやになった。ヒュラスだったら、イノシシと戦うときだってふるえあがったりしなかっただろう。ねたましさで胸《むね》がちくりとした。ヒュラスは勇敢《ゆうかん》でたくましかった。笑い者にされることもなかった……。

いいかげんにしろ。テラモンは自分をしかりつけた。

ラピトスの要砦に帰りつくころには、気分はましになっていた。父のテストールは息子が獲物《えもの》をしとめたことを喜んで、長椅子《ながいす》にならんで腰《こし》かけさせた。大きな円形の炉《ろ》で肉が焼かれ、ハチミツと大麦の粉をまぜたワインもふるまわれた。家来たちの賞賛《しょうさん》とごきげんな父の顔をうれしく思いながら、テラモンは先祖《せんぞ》伝来の炉の前で体を温めた。

友だちになったばかりのセリノスが杯《さかずき》にワインを注いでくれながら、おもねるように言った。「リュコニアじゅうでいちばんでかいイノシシだって?」

テラモンは肩《かた》をすくめた。

ヒュラスならこんなおべんちゃらは言わないだろう。そう思うと胸がズキンとした。ヒュラスならきっとにやりとして、「それで、一人前の男になるには、あと何頭しとめなきゃならないんだ?」ときく。それからいっしょに森に入って、川のほとりでハリネズミを焼き、村からくすねてきた大麦のビールで流しこんで……。

「お父さんはさぞかしきみが誇《ほこ》らしいだろうね」セリノスが小声になって言った。「大族長のコロノスさまもきっとそうさ」そこでせきばらいをした。「ミケーネには行ったことがないんだろ。おじいさんに会ったことも。でも、じきに呼《よ》ばれるだろうね」

テラモンは無理やり笑顔《えがお》をつくった。セリノスはミケーネからやってきた。孫のようすを見てくるようにとコロノスから命じられて来たのかもしれない。

それがうれしくもあり、同じくらい恐《おそ》ろしくもあった。コロノスはアカイアでいちばん強力な族長だ。いちばん恐れられてもいる。

宴《うたげ》の熱気はさめていき、テラモンはふと去年の夏のことを思いだした。コロノスの短剣《たんけん》をにぎりしめて、この広間に立ったときのことを。

死んだおじのクラトスが持っていた短剣を持ち帰ってきたことを、テラモンは誇《ほこ》らしげに父テストールに報告《ほうこく》した。一族にとってなにより大事な宝《たから》を取りもどしたのだ。その功績《こうせき》は大いにほめたたえられ、とくに父の賞賛《しょうさん》ぶりは大げさに思えるほどだった。父のきょうだいたちがその場にいたからだ。クレオンとファラクスというたちの悪いふたりの弟と、氷のような目をした妹のアレクトが。

広間にはほかにだれもいなかった。その少し前までは、要砦《ようさい》じゅうの者たちが集められていたが、コロノス一族の力を宿す短剣が披露《ひろう》されたあと、退出《たいしゅつ》させられていた。ごく近しい肉親以外に、一族の危機《きき》を知られてはならないからだ。よそ者が一族をほろぼすという巫女《みこ》のお告げのことも……。

「ほら、くわしく聞かせてくれよ」セリノスの声で、テラモンはわれに返った。「あんなでかいやつを、どうやってひとりでしとめたんだい」

「そうだ、聞かせておくれ」テストールも大声で言い、家来たちに命じた。「みなの者、よく聞いていろ！」

テラモンは言われたとおりに語りはじめた。でもなぜだか、つくり話をしているように思えた。

まわりは秘密《ひみつ》だらけだ。

巫女のお告げのことは、コロノスとその肉親だけしか知らない。父のテストールもたくさんかくしごとをしていた。長いあいだ、コロノス一族のことをなにひとつ教えてくれなかったのだ。一族の悪事に関《かか》わりたくなかったからだという。父がためらいがちにそう打ち明けてくれたのは、つい最近のことだ。

テラモン自身も秘密をかかえていた。親友のヒュラスこそ、一族をほろぼすだろうと巫女が予言したよそ者なのだ。そのことはまだ父しか知らない。

薄皮《うすかわ》のように、いくつものうそが重なっている……。

「どうだ、言ったとおりだろう」テストールがテラモンの背中《せなか》をたたいた。「息子《むすこ》は十五になる前に戦士になれるとな！」

＊

じきに真夜中になる。犬たちがかごの残飯をあさり、セリノスもほかのほとんどの者たちも、長椅子《ながいす》から羊毛の敷物《しきもの》をはぎとって、その上で眠《ねむ》りこんでいる。

テストールは炉《ろ》のそばで金の杯《さかずき》をかたむけていた。近ごろは飲んでばかりだ。ミケーネから遠くへだたった場所にいても、一族のことが頭からはなれないのだろう。

父はテラモンの視線《しせん》に気づくと、悲しげにほほ笑《え》み、背筋《せすじ》をのばして言った。「そうだ、テラモン。おまえが大物を退治《たいじ》しているあいだに、海辺から商人たちがやってきたんだ。東の間《ま》に品物がならべてあるから、好きなものを選んでくるといい」

うれしい驚《おどろ》きだった。「ありがとうございます、父さん」

テストールは愛情《あいじょう》をこめてテラモンの腕《うで》を軽くたたくと、火のほうへ向きなおった。

ほっそりとした顔の異国《いこく》の商人たちは、テラモンが部屋《へや》に入っていったとたん飛びおきた。テラモンはほろ酔《よ》い気分だった。ワインのおかげで、心の痛《いた》みもやわらいでいる。

毛布《もうふ》の上にはまばゆいばかりの品々《しなじな》がならべられている。背中合《せなかあ》わせのワシが彫《ほ》られた銀のマントピンはどうだろう。銅《どう》でできた籠手《こて》もある。それとも、緑のライオンが刃《は》にはめこまれた青銅《せいどう》のナイフにしようか……。

と、テラモンは留《と》め金《がね》の両脇《りょうわき》に四角い金の飾《かざ》りがついた革《かわ》のベルトに気づいた。とたんに頭がはっきりした。飾りには美しい細工がほどこされている。小さな金のビーズでからみあう渦巻《うずま》きをかたどったものだ。前に見たことがある。

商人のひとりがテラモンの視線《しせん》に気づいた。「ぼっちゃんはお目が高い。これは最高の職人《しょくにん》の手によるものでして。もちろん、ケフティウでつくられたものです」

テラモンにもわかっていた。その金の飾りは、自分のいいなずけだった少女がしていた腕輪《うでわ》についていたものだった。たしかピラといったっけ。おじのなきがらを焼く薪《まき》の山が空高く燃《も》えあがるのを、ふたりでならんで見ていたときのことを思いだした。肉が焼けるにおいも、おじの死を悲しむふりをしながら、心のなかでヒュラスを思っていたことも。

そのあと、少女が腕輪をしていなかったので、どうしたのかとたずねると、なくしたと答えが返ってきた。うそだとわかったが、そのときはとくに気にしなかった。

でも。

「これをどこで手に入れた？」テラモンは商人にきいた。

「ぼっちゃん、それはこいつが……」商人は相棒《あいぼう》を指さした。

相棒はマケドニア人だった。ひとり目の男が通訳《つうやく》を買ってでた。「なんでも、船賃《ふなちん》と少年から受けとったものだそうで」

テラモンはよろめいた。

商人は不安げな顔になった。「ぼっちゃん、なにか問題でも？　誓《ちか》って言いますが、これはまともに取り引きしたものでして――」

「その少年は」テラモンはさえぎった。「どんなだった？」

商人はきょとんとした。

「なにもかも聞かせてくれ。それから、ほかの人間にはしゃべるな。言いつけをやぶったら、ひどいめにあわせてやる」

ふたりは真っ青になった。

ただの少年でした、とふたりは語った。ぼっちゃんと同い年か、一歳《さい》年下といったところで、小柄《こがら》でした。黄褐色《おうかっしょく》の細い目に、大麦みたいな変わった色の髪《かみ》。片耳《かたみみ》に切れこみが入っていて……。

テラモンはふたりを残し、よろよろと広間へもどった。自分の杯《さかずき》を取りあげると、じっと見つめた。ぐっとあおると、チュニックにワインがこぼれた。

ヒュラスは生きている。

10

カラス族の島で

ヒュラスだったらどうするだろう。かたい地面の上で落ち着きなく身じろぎしながら、ピラは考えた。

なによりもまず、その日の食料と水を確保《かくほ》すること。それが生き残るための第一の掟《おきて》だと、前にヒュラスは言っていた。

ひとまずそれはだいじょうぶだけれど、たいして役には立ちそうにない。燃《も》えたつようなえたいの知れない、おまけにカラス族に支配《しはい》されたこんな島で、どうやって生き残ればいい？

玄武岩《げんぶがん》と軽石でできたがんじょうな小屋は、強い北風をさけるために、南を向いて建っていた。なかには垢《あか》だらけの人々《ひとびと》のにおいと、動物の糞《ふん》を燃やす煙《けむり》が立ちこめている。

壁《かべ》の外からは、ブタが残飯をあさる音が聞こえている。ピラのおなかが鳴った。海辺ではイルカよりも大きなマグロをさばいているのを見かけたのに、島の人々が出してくれたのはヒヨコマメとサバのお粥《かゆ》に、マツやにみたいな味のテレビン油をまぜたすっぱいワインだけだった。

「なにもかも、カラス族にさしださなけりゃならないんだ」村人たちはすまなそうに言った。「さからうと、鉱山《こうざん》に送られてしまうから」

まずしいけれど、だれもが親切だった。ヘカビの母親は、「よそから来た人は、みんな大事なお客さんだよ」とはにかんだようにピラをむかえると、娘《むすめ》に向かってやせすぎだと小言を言い、いそいそとお粥をつくりに行った。

父親のメロプスは村の長《おさ》で、たき火に向かっておじぎをして、小屋に泊《と》まらせてくださいとお願いするように、とていねいに教えてくれた。ヘカビでさえちょっぴりくつろいだ顔になっている。思っていたよりも若《わか》くて、三十歳《さい》くらいらしい。母親といかにも仲がよさそうなのが意外だった。ピラは母が大きらいなのに。

島の人々は日に焼けた体とガサガサに荒《あ》れた足をしていて、ケフティウの農民たちとよく似《に》ているが、ひとつちがうのは、男たちがあごひげを生やしていることだった。身につけているお守りも貝殻《かいがら》ではなくて、黒曜石と黄色い硫黄《いおう》の粒《つぶ》でできている。みんな腕《うで》にやけどのあとがあって、ピラのほおの傷《きず》を見ると、幸運を呼《よ》ぶものだとほめてくれた。

壁の外で鼻を鳴らしていたブタたちは、もう静かになっている。ピラは寝返《ねがえ》りを打った。だめだ。寝つけない。

戸口のところで、陶器《とうき》の小皿に入ったミルクを飲んでいる小さなヘビを踏《ふ》みつけそうになった。ピラは小声でわびると、ヘビが飲みおわり、身をくねらせて去っていくのを見守った。

外は風があってすずしいが、山から吹《ふ》く硫黄まじりの風のせいで頭が痛《いた》い。

タラクレアがどんなところなのかは、まだよくわからなかった。村は北の海岸にあり、鉱山は南側にあるので、いまのところカラス族の姿《すがた》は見かけていない。島は美しく、船が着いたのは、エメラルドと紫水晶《むらさきずいしょう》の色をたたえた入り江《いりえ》だった。両脇《りょうわき》にそびえる白い崖《がけ》には黄色や橙色《だいだいいろ》の筋《すじ》が入っていて、夕日が石に変わったみたいに見えた。村は銀色のオリーブの木と、緑の羽のような葉をしたギョリュウの木にかこまれていた。遠くにそびえる黒い山の斜面《しゃめん》には、煙《けむり》が吹《ふ》きおろしていた。

小屋の外のたき火のそばで、メロプスが黒曜石のナイフをといでいた。「眠《ねむ》れないかね」そう言うと、手ぶりでピラをすわらせた。

メロプスは片《かた》ひざに革《かわ》の当てものをし、角《つの》のかけらで刃先《はさき》をこすり、細かな薄片《はくへん》をけずりとっている。ヘカビと同じようにくっきりとした顔立ちをしているが、しかめっ面《つら》の娘《むすめ》とはちがって、たいていにこやかだった。

「ヘビの扱《あつか》いをよく知っとるね」

「ヘビは好きなんです。仲良くなったこともあるし。手首に巻《ま》きつかせて、頭を手の上にのせさせたり」

メロプスは石のけずりくずを吹き飛ばすと、刃の具合をたしかめた。「ケフティウをはなれたことを後悔《こうかい》してるかい」

ピラははっとした。自分が何者か、ヘカビから聞いたんだろうか。「いいえ」ピラは用心しながら答えた。「でも、ユセレフに会えないのはつらいです。わたしの奴《ど》……友だちだから。わたしがいなくなったせいで、罰《ばつ》を受けるんじゃないかと心配で」

メロプスはうなずいた。「わしらだって、大巫女《おおみこ》ヤササラの怒《いか》りは恐《おそ》ろしいよ」

やっぱり知っているのだ。「もしも追っ手がやってきたら、わたしのことをさしだすんですか」

メロプスはとんでもないという顔をした。「まさか！　よそから来た者はかくまう、それが神々《かみがみ》の掟《おきて》だ」

「失礼なことを言うつもりじゃなかったんです」

メロプスは笑いとばした。「失礼じゃないさ。でも、ここのしきたりを知っておいてもらわんとな。おまえさんたちケフティウ人は海をあがめ、わしらは〈火の女神《めがみ》〉をあがめとる」メロプスは山におじぎをした。「だから、けっして火には背《せ》を向けないんだ——おまえさんがいま小屋を出るときしたみたいに」

「ごめんなさい」

「知らなかったんだからいいさ」

山の煙が月光を浴びて輝《かがや》いている。ピラは〈地を揺《ゆ》るがす者〉に破壊《はかい》された豊《ゆた》かな島のことを思いだした。ケフティウで語りつがれる伝説だ。

「あの山、あぶなそうに見えるけど」

「あぶないだって？　〈火の女神〉はわしらを守ってくださっとるんだ。わしらの先祖《せんぞ》が最初にタラクレアにやってきたとき、女神は人間の姿《すがた》をしてあらわれ、ここに村をつくるがよいとおっしゃった。ただし、島のくびれの向こうにあるものはすべて野の生き物たちのもので、聖《せい》なるしもべのライオンたちに守られている、とね。先祖たちが思《おぼ》し召《め》しにしたがうと答えると、女神は石から銅《どう》を取りだす方法を教えてくださったのさ」

「でも、あの煙……あの山のせいで〈地を揺るがす者〉が目覚めたりしないんですか。ケフティウでは、地揺れをなによりも恐れているんです」

「ここでもそうさ。だが、女神が地揺れからお守りくださる。もう千年も、ここではほんの軽い揺れくらいしか起きてはいないんだ」

ヘカビが小屋からあらわれると、近づいてきて、ピラに声をかけた。「逃《に》げたかと思ったじゃないの」

「どこに逃げるっていうのよ」ピラはやりかえした。

メロプスはふたりの顔を見比《みくら》べると、立ちあがって、娘《むすめ》に言った。「火の番をしてくれ。客人の世話もな」

その姿《すがた》が見えなくなると、ピラは言った。「わたしはとらわれの身なの？」

ヘカビは口をゆがめた。「なんでそう思うの」

「あなたの話、ちょっとでも本当のことはあったわけ？　白い山脈に行ったことはあるの？」

「ないわ」

「それじゃ……なんでケフティウにいたのよ」

ヘカビはためらった。「わたしと同じように、カラス族を憎《にく》んでる人たちがいるから。話をして、知ってることを伝えあうのよ」

「そんなことわたしに教えたら、危険《きけん》じゃない？」

「どうかしらね」ヘカビはちかりと目を光らせてピラを見すえた。

「タラクレアに帰ってきたのも、カラス族と戦うため？　わたしはなぜ連れてこられたの」

ヘカビは肩《かた》をすくめた。「帰りの船賃《ふなちん》に金が必要だったのよ。あんたは逃《に》げたかったんでしょう」

ピラはくちびるを噛《か》んだ。金なら、小袋《こぶくろ》のなかにもっと入っている。それを使って島を出られるかもしれない。でも、どこへ行けばいい？

ヘカビが棒切《ぼうき》れで火をかきたてると、火の粉が舞《ま》った。「明日、カラス族がタラクレアにどんなしうちをしたか、見せてあげる。炉《ろ》をつくるのに丸はだかにした森も、女神《めがみ》さまの体にあけた穴《あな》も。あんたの国にある青銅《せいどう》の三脚台《さんきゃくだい》やら鏡やらのために、どんな犠牲《ぎせい》を強《し》いられているか、あんたたちは知りもしない……」

「どうしてケフティウのことまで悪く言うの？　島の人たちとはずっと仲良くしてきたのに。言葉だって同じだし」

ヘカビは急に憎々《にくにく》しそうな顔になり、ピラをにらみつけた。「仲良く？　この国が支配《しはい》されるのを、手をこまねいて見ていたくせに」

「どうすればよかったっていうの」

「大巫女《おおみこ》にはなんの力もないとでも言うつもり？」

「もちろんあるわ！　でも、カラス族は戦士なのよ。わたしたちはちがう」

「それが答えってわけ。知らんぷりするんだね」

「あなたはどうする気なのよ」

「もう夜もおそいわ。さあ、そろそろ休みなさい」

そのあと、ピラは横になったまま梁《はり》を見あげていた。ヘカビに責《せ》められたことが気になり、母のことを考えずにはいられなかった。

女神の館《やかた》の最上階のバルコニーにいるヤササラの姿が目に浮《う》かんだ。ケフティウ独特《どくとく》の紫色《むらさきいろ》のスカートのひだからは、つんとする没薬《もつやく》の香《かお》りが立ちのぼっている。海の青を思わせる胴着《どうぎ》は胸元《むなもと》がえぐれて乳房《ちぶさ》があらわになり、腰《こし》にしめたベルトには緑のガラス玉が縫《ぬ》いつけられている。両腕《りょううで》に銀色のヘビを巻《ま》きつけ、首には太陽の形の飾《かざ》りがついた豪奢《ごうしゃ》な金の首飾りをさげている。ねじってたらされた黒髪《くろかみ》には、ザクロほどもある水晶《すいしょう》があしらわれた青銅のピンが差してある。おしろいを塗《ぬ》ったタカのような顔に、深紅《しんく》にいろどられた目とくちびる。黄色い爪《つめ》を長くのばした両手を夜の闇《やみ》に広げ、娘をさがしだそうと呪文《じゅもん》をとなえている……。

と、ピラはヘカビに揺《ゆ》りおこされた。

あたりはまだ暗いが、みんな起きだしていて、おびえたようすをしていた。戸口に戦士たちがいる。

「クレオンが病気だって」ヘカビがそっけなく言った。「まじない女として呼《よ》ばれたわ」そしてピラを引っぱりおこした。「あんたも来るのよ」

「え？」

ヘカビは顔を近づけた。「あんたはアカイア語が話せるでしょ、わたしとちがって。カラス族の前では、あんたはわたしの奴隷《どれい》だからね」

ピラは抗議《こうぎ》しようとしたが、ヘカビに口をふさがれた。「言うことを聞かないと、正体をばらすからね。ケフティウの大巫女《おおみこ》の娘《むすめ》が手のなかに転がりこんできたと知ったら、クレオンはさぞかし喜ぶでしょうよ。さあ、おとなしくついて来るね？」

＊

「いんちきだってばれるわよ」月明かりの下を歩きながら、ピラは言った。

「声が大きいわ」ヘカビが声をひそめて言った。背後《はいご》の暗闇《くらやみ》には、数歩はなれてついてくる戦士たちの黒っぽい影《かげ》がある。

「クレオンって、どんな人？」ピラも小声できいた。

ヘカビはピラに身を寄《よ》せた。「強欲《ごうよく》で、気まぐれなやつよ。きょうだいのなかでいちばん弱くて、それを自分でもわかってる。だからたちが悪いの。奴隷を死ぬまでこき使って、銅《どう》を掘《ほ》らせたり」

ピラは眉《まゆ》を寄せた。「でも、島の人たちも銅は掘っていたって、お父さんから聞いたけど」

「ええ。でも、わたしたちは女神《めがみ》さまの言いつけを守ってた。深く掘りすぎたりはしないし、かならず大地の傷《きず》がいえるのを待つようにした。クレオンはそんなこと気にもしない。島は自分のものだと言ってね。タラクレアは人間のものじゃない。女神さまのものなのに」ヘカビはこぶしをにぎりしめた。「クレオンは、カラス族なんだから、好きほうだいにできると思ってる。短剣《たんけん》があるかぎり自分たちは無敵《むてき》だって」

短剣。ピラの顔色が変わるのに気づいたのだろう、ヘカビはピラを見すえ、するどくたずねた。

「なにか知ってるの」

「短剣が一族の手にあるかぎり、だれも倒《たお》せないってことだけ」

知っているのはそれだけではなかった。巫女のお告げのことも知っている――〝よそ者が剣をふるうとき、コロノス一族はほろびるだろう〟。ヒュラスこそがその〝よそ者〟で、去年の夏は数日のあいだ、その短剣を手にしていたのだ。カラス族にうばいかえされてしまったけれど。

それはピラのせいだった。ヒュラスに短剣を守ってくれとたのまれたのに、できなかったのだ。

「短剣のこと、なにか知ってるの」ヘカビがまたきいた。

「なにも」ピラはうそをついた。

*

月が雲にかくれ、ふたりの戦士がピラたちを追いこすと、先に立って歩きはじめた。生皮の鎧《よろい》がきしむ音が聞こえ、かぎおぼえのある、鼻をつくいやなにおいがする。去年の夏、人けのない島の斜面《しゃめん》で、ピラはカラス族の隊長に襲《おそ》われた。そのときの、灰《はい》にまみれた汗《あせ》のにおいだ。

「どうしてああやって灰を塗《ぬ》ってるの」ピラはそっときいた。

ヘカビはひもを通して胸《むね》からさげた硫黄《いおう》のかたまりに手をやった。「コロノス一族とその家来たちは、闇のなかに住む恐《おそ》ろしい者たちを崇拝《すうはい》してるのよ」

ピラははっとした。「それって……〈怒《いか》れる者たち〉のこと?」

「シッ!」ヘカビがさえぎった。

暑い夜なのに、ピラは寒けを感じた。〈怒れる者たち〉は神々《かみがみ》より前から存在《そんざい》しているカオスの火からやってくる。暗がりや燃《も》えがらに引きつけられ、肉親を殺した人間を追いつめる。情け容赦《ようしゃ》なく。じゃまする者も許《ゆる》さない。一度襲《おそ》われかけたときのことは、いまも夢《ゆめ》に見てうなされている。日の当たらない谷あいの道と、シュッとしなやかな音を立てる翼《つばさ》。闇《やみ》のなかでせまってくる恐怖《きょうふ》……。

「だから、カラス族は生《い》け贄《にえ》を焼くの」ヘカビが静かに言った。「それに、黒曜石で矢尻《やじり》をつくる。〈火の女神《めがみ》〉さまの血が燃えたものなのに、やつらの邪悪《じゃあく》な儀式《ぎしき》なんかに使うなんて……」

「でも、崇拝《すうはい》までするのはどうして?」

「〈怒れる者たち〉を味方につけられれば、どれほどの力を手にできると思う?」

＊

空が白《しら》みかけたころ、ようやく荒涼《こうりょう》とした赤い丘《おか》のふもとにたどりついた。三つの池がひっそりとならび、どこからか鎚音《つちおと》が聞こえている。ずんぐりとした不格好《ぶかっこう》な要砦《ようさい》が岩だらけの岬《みさき》の先からいかめしく見おろし、カラスたちが上空を旋回《せんかい》している。

戦士たちは池のそばで立ちどまると、食料袋《しょくりょうぶくろ》を肩《かた》からおろした。革《かわ》のワイン袋とおいしそうなマグロの干物《ひもの》のかたまりが取りだされるのを、空腹《くうふく》のピラはまじまじと見つめた。

少年たちが水くみにやってきた。みんな痛々《いたいた》しいくらいやせていて、赤い土ぼこりにまみれ、奴隷《どれい》だからか髪《かみ》を短くされている。鉱山《こうざん》ではたらかされているのだろう。

水袋に水をくんでくるようにとヘカビに言われたが、ピラは断《ことわ》った。戦士たちにも、奴隷たちにも近よりたくはない。ヘカビが身を寄《よ》せて言った。「正体をばらしてもいいの?」

ピラはヘカビをにらみつけ、水袋をひっつかむと、ぷりぷり怒《おこ》りながら歩きだした。戦士たちは食事のことで頭がいっぱいのようだった。よかった。ピラは戦士や奴隷たちから少しはなれた場所を見つけた。

池のふちにしゃがんだとき、少年のひとりが戦士たちのほうへじりじりと近づいているのに気づいた。いちばん近くにいる戦士が食料袋を開けるのと同時に、少年はさらにそばへ寄った。戦士が顔をあげると、少年はぴたりと動きを止め、水袋をいじくるふりをする。

戦士は砥石《といし》でナイフをとぎはじめた。

と、目にもとまらぬ速さでなにかが起きた。戦士の食料袋からのぞいていたマグロのかたまりは、一瞬《いっしゅん》のうちに消えていた。袋の中身は上手にならべ変えられ、戦士は魚を盗《ぬす》まれたことに気づかない。少年はヤナギの下に飛んでいくと、獲物《えもの》に食らいつく獣《けもの》のように、ごちそうをむさぼりはじめた。

ピラははっとした。

少年はヒュラスだった。

II

再会

視《し》線《せん》に気づいたのか、ヒュラスは顔をあげた。

一瞬《いっしゅん》、黄褐色《おうかっしょく》の目を驚《おどろ》いたように見ひらいた。が、すぐにまた魚をたいらげにかかった。気がつかなかったふりをしているが、そんなはずはない。

水袋《みずぶくろ》を持ってしゃがんだまま、ピラはヒュラスににじりよった。「ヒュラス、わたしよ！」

「だまってろ！」

そうだ、カラス族に名前を知られているのだ。きっとにせの名前を使っているんだろう。「ごめんなさい。わたし——」

「ケフティウで無事に暮《く》らしてると思ってたのに！　なんできみまでつかまったんだ」

「え？　ああ、わたしは奴隷《どれい》じゃないの。そう見えると思うけど。ケフティウから逃《に》げだしたのよ。ここに連れてこられたのは偶然《ぐうぜん》だと思ってたけど……そうじゃないみたいで……」ピラは早口でまくしたてた。自分でもびっくりするほど、ヒュラスに会えたのがうれしかった。

池の反対側で、かぎ鼻をした年かさの少年が「はやくしろ、ノミ」と無愛想に声をかけた。「すぐに行く」とヒュラスはそれに答えた。

「妹は見つかったの」ピラはささやいた。

「そう見えるか？」

「その耳たぶ、どうしたの」

「人にたのんで、切り落としてもらったんだ」

ピラはたじろいだ。「よそ者だってばれないように？」

「シッ！」ヒュラスはあたりを見まわした。「必要なかったけどな。こんな姿《すがた》じゃ、だれも気づきゃしないだろうから」

たしかに。元からやせっぽちだったけれど、いまは鎖骨《さこつ》がナイフみたいに飛びだし、あばら骨《ぼね》も一本一本がくっきりと浮《う》きでている。体には赤っぽい汚《よご》れがこびりつき、背中《せなか》は一面みみずばれだ。かろうじてヒュラスだとわかったのは、身のこなしと、すっと通った鼻筋《はなすじ》のせいだった。

「じろじろ見るなよ」ヒュラスがぼそりと言った。

ピラはむっとした。「また会えたんだから、ちょっとくらいはうれしそうにしたらどう？　それと、ありがとう、気にかけてくれて」つんとしてそうつけくわえた。「女神《めがみ》の館《やかた》から逃げだしてきたんだけど、そりゃもう大変だったんだから」

プッと噴《ふ》きだすと、とたんにヒュラスらしさがもどった。「で、どうやって逃げたんだ」

「まじない女に金をわたしたの。あそこにいるあの人よ。白い山脈に連れていくって言ったくせに、うそだったの」ピラは息をはずませた。「ああもう、会えてほんとにうれしいわ」

顔をしかめてはいるが、ヒュラスも喜んでいるのがわかった。「へえ、糞《ふん》の山みたいなにおいだし、シラミだらけなのに？」

「だって、わたしだって似《に》たようなものでしょ」

ヒュラスはにやりとした。「言えてる。金の飾《かざ》りと紫色《むらさきいろ》の服はどうしちゃったんだ？」

ピラは笑いながら、チュニックのすそを引っぱった。「農民からもらったの。男の子に見える？」

「いや。きみはどうやったって男には見えないよ」

「あら」ピラはなぜかうれしくなった。

ヒュラスが水をひっかけた。

ピラもやりかえすと、うらやましい気持ちで言った。「あなた、ほんとに盗《ぬす》みがうまいのね」

ヒュラスは肩《かた》をすくめた。「なれてるから。やるなら、コツをおぼえなきゃ」

「でも、カラス族から盗もうとするなんて。正体に気づかれたらどうするつもりだったの」

「気づきゃしないさ。奴隷《どれい》だから。わざわざ奴隷の顔を見るやつなんていない」

日が昇《のぼ》りはじめ、はなれたところにいる少年たちは水をくみ終えた。

「逃《に》げるのを手伝うわ」

ヒュラスは当惑《とうわく》したような、奇妙《きみょう》な顔になった。「無理だ。二度もやってみたんだ。向こうにある島のくびれまでしか行けなかった。ザンにつかまって――」

「ザンって？」

「ピラ、聞いてくれ。ぼくは奴隷だ。穴《あな》グモなんだ。来る日も来る日も、日暮《ひぐ》れまで坑道《こうどう》にもぐりっぱなしの。地下にいるとき気をつけなけりゃならないのは、落盤《らくばん》だけじゃない。〈飛びつき屋〉がいる。ガリガリが取りつかれて……」ヒュラスはピラがきょとんとしているのに気づいた。

戦士のひとりが池のふちに歩いてきた。ふたりのいるところから五歩とはなれていない。ヒュラスはヤナギの陰《かげ》に引っこみ、ピラはかばうように池に身を乗りだした。

戦士は水に頭をつっこむと、長い黒髪《くろかみ》をしぼりながら仲間のところへもどった。

「ガリガリがどうしたの」ピラが話の先をうながした。カラス族たちは出発しようとしていて、ヘカビが手まねきしている。

「精霊《せいれい》が人間に取りつくことってあるのか」ヒュラスがだしぬけにきいた。

「え？　ええ、ときどきは。取りつかれた人は、頭がおかしくなるの。そういう人たちが、救いを求めて女神《めがみ》の館《やかた》に連れてこられることがあるけど、かならずなおるとはかぎらないわ」

「ガリガリは取りつかれてる。でも、ほかの連中は信じてくれないんだ」ヒュラスは奥歯《おくば》を嚙《か》みしめた。「だからずっと見張《みは》ってる。トンネルが梁《はり》で支《ささ》えられてる場所もたしかめてある。やつがなにかしたら、梁だけがたよりだから。でもトンネルがくずれて、なかに閉《と》じこめられたらどうしようもないな」

ひとりごとのようなヒュラスの話が、ピラにはちんぷんかんぷんだった。「やつがなにかしたらってどういうこと？」

ヒュラスはつばを飲みこんだ。「鉱山《こうざん》をつぶそうとしてるんだ」

ピラの背筋《せすじ》がぞくりとした。ヒュラスはおびえている。よっぽどのことがないと、こわがったりしないのに。

ヘカビがいらいらした顔で近づいてくる。

「行かなきゃ」

ヒュラスは戦士たちにあごをしゃくった。「やつらに正体を知られたのか」

「そんなわけないでしょ！」

「それじゃ、どこに連れていかれるところなんだ」

「クレオンのところ」

「クレオンだって？　あいつが、なんの用だ？」

「わたしじゃないわ、ヘカビに用があるのよ。わたしは奴隷《どれい》のふりをさせられてるの」

ヒュラスも話をのみこむのに苦労している。「とにかく、目立たないようにして、なにもしゃべるな。だれかがきみの顔をおぼえてるかもしれないから」

「ありがとう、自分ではそうしてるつもりなんだけど」ピラはにやりとしてみせたが、笑《え》みは返ってこなかった。

「笑いごとじゃないんだ、ピラ。目立たないように気をつけないと。身なりを変えれば化けられるってもんじゃない。いまのその態度《たいど》じゃ、巫女《みこ》の娘《むすめ》のまんまだ。小ぎれいすぎるし。貧乏人《びんぼうにん》なら、それらしくふるまわないと」

ピラは泥《どろ》をすくうと、顔と髪《かみ》に塗《ぬ》りたくった。

「よくなった」

「逃《に》げるのを手伝うわ」ピラは勢《いきお》いこんで言った。

ヒュラスは当惑《とうわく》したような奇妙《きみょう》な表情《ひょうじょう》をまた浮《う》かべた。「ぜったいにだめだ。いまより危険《きけん》なめにあうだけだから」

「わたしの勝手でしょ。いっしょに島から出る方法を見つけるのよ。そしたら、去年の夏からずっと持ってるお守りを、やっとあげられるわ」

ヘカビが声のとどきそうなところまでやってきた。

「どうしたら会える？」

ヒュラスは水袋《みずぶくろ》を背負《せお》った。そしてふりかえると、ひとことだけ言った。「ハリネズミ」

＊

「で、だれなんだ、あれ」空《から》の袋を地下深くまで引きずっていきながら、ザンがきいた。

「言ったろ。知りあいの奴隷さ」

「ふうん。おまえの恋人《こいびと》か？」

「ちがう！」

「よし。なら、おれが声をかけてもかまわない――」

「だめだ。あの子に近づくな」

「なんでだ？　きれいに洗《あら》ったら、なかなかかわいいぜ――」

「ザン！」ヒュラスはザンをこづいた。

ザンは笑った。「わかった、わかった。それで、恋人じゃないんなら、なんの用だったんだ？」

「こわがってたんだ。クレオンのところに連れていかれるから。ぼくは助けられない、って答えたけど」

「それはそうだな」

深くもぐるにつれ、ザンの口数が少なくなっていった。前を歩くガリガリはべそをかきはじめた。コガネムシはきょろきょろと闇《やみ》に目を走らせている。

ネズミがかけまわり、コウモリが横をかすめて飛んでいく。ヒュラスは気にもとめなかった。ピラがこのタラクレアにいる。あのピラが。驚《おどろ》き、うれしさ、不安、恐《おそ》れ――体のなかで、なにもかもがごちゃまぜになっていた。ピラがクレオンの要砦《ようさい》にいるかと思うと、気が気ではなかった。ピラはかしこいが、機転だけで生きていけるほどではない。逃げだすには助けがいる。

腹《はら》が立ってもいいはずだった。おかげで、自分だけじゃなく、ピラの心配までしなけりゃならない。なのに……なぜかそれがいやではなかった。もうひとりぼっちじゃない。

下の階につづく立坑《たてこう》の前にたどりついた。縄《なわ》の束がいくつも置かれ、そばには緑の石が積みあげられている。石を下から引っぱりあげた男たちは、上の階へあがっていった。袋《ふくろ》に石をつめながら、ヒュラスはピラのことを頭からしめだそうとした。ここで生きのびるだけでも、心配の種は山ほどある。

天井《てんじょう》が梁《はり》で支《ささ》えられているので、そこは坑道《こうどう》のなかでもいくらかは安全な場所だった。男たちがランプを持っているので、ガリガリに目を光らせることもできる。

ガリガリはいちだんとやせこけ、骸骨《がいこつ》のようになっていた。気の毒に思うほどに。そういうときは、〈飛びつき屋〉がなかにいて、なにかをたくらんでいるんだと思いだすようにした。

「クレオンは、まじない女になんの用があるのかな」コウモリが袋をつめながらザンにきいた。

「頭痛《ずつう》がひどいらしいぜ」

「死んじゃうかもね」コウモリが期待するように言った。

みんな笑った。ヒュラス以外は。クレオンが死んだら、まじない女は罰《ばつ》を受けるだろう——たぶん、ピラも。

「頭痛ってことは」とザンがつづけた。「なんかの精霊《せいれい》が頭にナイフをつき刺《さ》してるのかもな」

「ライオンを殺したからだよ」コウモリがふんがいしたように言った。「ひどいよ、なにも悪さをしてないのに」

「また動物の話か」ザンがからかった。

ヒュラスは聞いていなかった。逃《に》げるのを助けるわ、とピラは言っていた。なんの迷《まよ》いもなく。鉱《こう》山《ざん》がどんなところか知らないから言えるのだろうが、それでもうれしかった。それに、ヒュラスと呼《よ》んでくれた。その名で呼ばれたときは驚《おどろ》いたが、それはうれしい驚きだった。本当にひさしぶりに、自分にもどれたような気がした。奴隷《どれい》のノミではなく、リュコニア人のヒュラスに。ここから逃げだして、妹をさがしに行けそうに思えた。

コウモリが耳元をかすめ、ヒュラスはわれに返った。

「おい、ノミ。そろそろ行くぞ」ザンが呼んだ。

あとを追いかけようと、ヒュラスは手の上をちょろちょろするネズミたちをふりはらった。やけにネズミが多い。毛におおわれたちっぽけな体と、カリカリと引っかく小さな足。川の流れのようにその群《む》れが一方向に向かっていることに気づき、ヒュラスははっとした。

コウモリたちも、いっせいにトンネルをのぼっていく。

ヒュラスは立ちどまった。なにかを感じとっているのだろうか。

てのひらの下で、地面がかすかに揺《ゆ》れた。

ヒュラスはぞっとした。「ザン！　コウモリ！　コガネムシ！　もどってこい！」

「どうした？」

「早く、梁の下にもどるんだ！　くずれるぞ！」

ゴーッという音がして、ランプの火がかき消えた。

闇《やみ》が襲《おそ》ってきた。

12

閉《と》じこめられて

「ザン、聞こえるか？」

「――ノ、ノミか？　どこにいる？」

「立坑《たてこう》のそばだ。きみは？」

「――ええっと……トンネルがふさがってる。なにも見えない」

「ぼくもだ。みんなはいっしょか？……ザン？」

「ううっ……なんだ」

「こっちには空間がある。おりてこられるか？」

「う、うん」

「ここにすきまがある。手をのばすんだ。よし、つかんだぞ。通りぬけられそうか？　ザン、返事をしろ。通りぬけられるか？」

「――た、たぶん」

「よし。コウモリ、いちばんちびのきみからだ。通ったぞ、ザン。コウモリ、ぼくの後ろにまわって、立坑を見張《みは》っててくれ。コガネムシ、次はきみだ。ほら、ぼくだ、ノミだよ。ようし、ぬけたぞ。さあザン、きみの番だ」

「い、いや、次はガリガリだ」

「ガリガリだって？」ガリガリがそこにいるとは思いもしなかった。支柱《しちゅう》を倒《たお》して、トンネルをくずした張本人《ちょうほんにん》なのだから。

「た、助けて」ガリガリがおどおどと言った。

真っ暗ななか、すきまの向こうから骨《ほね》っぽい指に手をつかまれるのを感じた。ヒュラスはためらった。〈飛びつき屋〉に取りつかれておかしくなったやつといっしょに、地下八階に閉《と》じこめられてしまうなんて。でも、言いあらそっているひまはない。ヒュラスは急いでガリガリを引きよせた。つづいてザンも。五人で身を寄《よ》せあうと、暗闇《くらやみ》に息づかいがひびいた。

「どうするの、ザン」コウモリが弱々《よわよわ》しくきいた。

ザンは返事をしない。ふるえているのがわかる。リーダーなのに、恐怖《きょうふ》に凍《こお》りついている。

ヒュラスは口を開いた。「どう思う、ザン？　トンネルはふさがってる。穴《あな》を掘《ほ》って脱出《だっしゅつ》できるかな」

「無理だ」

「だよな。それじゃ、別の道を見つけないと。すきまをさがすのを手伝ってくれ」

ザンはわれに返ったのか、ヒュラスといっしょに手探《てさぐ》りをはじめた。

「トンネルがくずれるのが、どうしてわかったんだ」ザンが小声できいた。

「え？」

「くずれる直前に、声をかけただろ。なんでわかった？」

「ガリガリにきけよ。あいつのせいなんだから」

「ぼ、ぼくじゃない！」ガリガリが言った。

「こいつのはずはない。おれのすぐ前にいたけど、別になにもしてなかった」

「そんな話をしてる場合じゃない――ここになにかある。すきま風が来てるだろ？　この岩の向こうだ。ここにもう一本、脇道《わきみち》があるんじゃないかな」

ザンははっとした。「そうだ！　使われてないトンネルが――」

「――入り口の岩をどけられたら、そこから出られるかもしれない」

冷たい手がヒュラスの肩《かた》をつかんだ。「むだだよ」コガネムシが言った。

ヒュラスはかっとして手をふりはらった。

「むだだって」コガネムシがまた言った。

と、男の声が下からひびいた。「だれかいるのか？　縄《なわ》を投げてくれ！」

だれもがぎょっとした。下の階にいる男たちのことをすっかり忘《わす》れていた。

ヒュラスは立坑《たてこう》のそばににじりよると、下をのぞいた。イグサの茎《くき》でつくった灯心草《とうしんそう》ろうそくを持った男が見あげている。うす汚《よご》れ、やせこけているが、まちがいない。ゆがんだ鼻の男だ。

「縄を投げてくれ」男が言った。

ヒュラスは縄をつかんだが、ザンに止められた。穴《あな》の底からのうす明かりに照らされたザンの顔は、青白く、気味悪く見える。「あれが人間じゃなかったら？」ザンは声をひそめて言った。「〈飛びつき屋〉だったら？」

ヒュラスはもう一度立坑をのぞきこんだ。ゆがんだ鼻の男のほかに、もう三人の姿《すがた》が見える。だれもが垢《あか》だらけで、目をぎらつかせている。人間には見えない。もじゃもじゃのひげの下に、例のふくらんだ筋《すじ》をかくしているとしたら？

「見殺しにはできない」ヒュラスは言った。

「ザンの言うとおりだったら？」恐怖《きょうふ》で目を見ひらいたガリガリがささやいた。

ヒュラスはつばを飲みこむと、ゆがんだ鼻の男に呼《よ》びかけた。「あなたの名前は？」

「ペリファス。おまえは？」

「出身はどこです？」

「関係ないだろ。いいから、縄を投げろ！」

「答えるんだ！」

「メッセニアだ、知ってるだろ！　ほら、縄をよこせ！」

「信用できるもんか」ザンが言った。

「たしかに。でも、人手がいるだろ。ぼくらだけじゃ、この岩をどけられない。一《いち》か八《ばち》か、かけてみるしかない」

＊

地下にいると、時間は存在《そんざい》しなくなる。男たちが立坑をのぼってきてからどれくらいの時がすぎたか、ヒュラスにはわからなくなっていた。

下の階にいて無事だったのは四人だけだった。でも、目配せをしあう男たちのようすを見て、ヒュラスにはピンと来た。見張《みは》りも生き残りはしたものの、さっさと始末されたのだろう。

四人とも〈飛びつき屋〉ではなかった。少なくともそうは見えなかった。それに、ふつうの人間の十人分のはたらきをしてくれた。ヒュラスやほかの少年たちも必死に手伝った。

ようやく、脇道への入り口が通れるようになった。上に向かってのびていて、新鮮《しんせん》な空気をふくんだすきま風が吹《ふ》いてきている。

男たちは下の階からろうそくを三本に、縄《なわ》をふた巻《ま》き、そして満杯《まんぱい》の水袋《みずぶくろ》を持ってきていた。リーダーらしいペリファスがめいめいひと口ずつ水を飲むように言い、それから全員で進みはじめた。男たちが先に立って岩をどけ、そのあとにザン、コウモリ、ガリガリ、コガネムシがつづいた。ヒュラスはろうそくを持っていちばんあとから行くともうしでた。そうすればガリガリを見張《みは》っていられるからだ。

たびたび止まってがれきをどけ、天井《てんじょう》がくずれる音がしないかと耳をすまさないといけないので、うんざりするほどゆっくりとしか進めない。ヒュラスのろうそくは早くも燃《も》えつきかけていた。最後尾《さいこうび》を行くなんて言わなければよかった。前方からはコガネムシの荒《あら》い息づかいと、みんなの這《は》いずる音が聞こえてくる。後ろには——なにがある？

石鎚屋《いしづちや》の幽霊《ゆうれい》が、うらめしげな顔で立坑《たてこう》から這いだしてくる姿《すがた》が見えた気がした。〈飛びつき屋〉が岩のあいだからぬっとあらわれ、ひそやかにつけてくるところも。ひんやりとした粘土《ねんど》のような指がのどにすべりこみ、熱くふるえる心臓《しんぞう》をぎゅっとつかまれて……。

と、前にいるコガネムシがいきなり立ちどまった。

「なんで止まるんだ」ヒュラスはきいた。先を行く男たちのかかげたろうそくの明かりがはなれていく。

「むだだよ」コガネムシは首を横にふった。

「そればっかり言うな！」

ほかの者たちが角を曲がり、明かりはふっと見えなくなった。ヒュラスのろうそくも燃えつきかけている。待ってくれと呼《よ》びかけたが、声はとどかなかった。

「むだだって」コガネムシがくりかえした。

ヒュラスはコガネムシの肩《かた》をつかむと揺《ゆ》さぶった。「置いていくわけにはいかない、さあ、歩くんだ！」

コガネムシは顔をあげると、ヒュラスを見た。消えかけた明かりのなかで、奇妙《きみょう》にうつろな目がまばたきもせずに見つめている。じっとりと冷たい肌《はだ》。ヒュラスはあわてて手を引っこめた。

明かりが消えた。

闇《やみ》のなかで、コガネムシの息が顔に吹きかかる。粘土のにおい。恐怖《きょうふ》がおしよせた。そうだったのか。コガネムシは地上では愛想がいいのに、トンネルに入るとむっつりとだまりこんでいた。体のなかに、ふたりの人間がいるみたいに。

「取りつかれてるのは、ガリガリじゃなかったのか」ヒュラスはささやいた。「おまえだったんだ」

13

精《せい》霊《れい》の望み

コガネムシの体を乗っとったものは、ヒュラスを岩肌《いわはだ》にたたきつけた。土のにおいが鼻いっぱいに広がる。冷たい指がクモのように胸《むね》を這《は》いあがり、口のなかに入りこもうとする……。

ヒュラスは気力をふりしぼり、コガネムシをつきとばすと、逃《に》げだした。石のように冷たい笑い声がひびき、ペタペタという足音が追ってくる。

いくらも行かないうちに、足元の地面がきしんだ。ざらざらした木が足にふれ、よどんだ熱い空気が下から吹《ふ》きあげてくる。下の階へとつづく別の立坑《たてこう》に出たのだ。丸太の橋をどうにかわたりきると、ヒュラスは後ろをふりむいた。

あたりは真っ暗だが、なぜだか、そこになにがあるかは感じとれた。橋の反対側の端《はし》にはトンネルが二本ある。いま通ってきたトンネルのとなりに、もうひとつの穴《あな》がぽっかりと口を開け、地面からつきだした石の歯がそれを守っている。復讐《ふくしゅう》に燃《も》える地の底の精霊《せいれい》たちが、ぼんやりとした影《かげ》のような姿《すがた》をのぞかせている。土ぼこりを紡《つむ》いだような髪《かみ》と、暗い灰色《はいいろ》の目が頭に浮《う》かんだ。獲物《えもの》の動きを感じとろうと地面に這わせた粘土《ねんど》の指も。

ヒュラスが後ずさりをすると、小石がパラパラと落ちた。

闇《やみ》がぴんと張《は》りつめた。ヒュラスの居場所《いばしょ》をさとったのだ。橋にも気づいた。いっせいにわたってこようとしている。

ヒュラスは必死にトンネルをのぼりつづけた。自分の足音と荒《あら》い息づかいにまじって、ささやき声が聞こえてくる。

……いけ……て……いけ……。

ヒュラスは思わずふりかえった。「なにが望みなんだ？」

暗闇に黒々《くろぐろ》と沈《しず》んだ精霊たちは、ヒュラスの言葉に身じろぎをし、くちびるのない口を動かした。

「なにが望みなんだ」ヒュラスはくりかえした。

……て……いけ……て……いけ……。

「どうしろっていうんだ！」ヒュラスは叫《さけ》んだ。「こんなふうに閉《と》じこめて！」

……出て……いけ……。

ふいに頭のなかで言葉がつながり、意味がのみこめた。なにを言われているのかわかった。

すぐそばで、男の声がヒュラスを呼《よ》んだ。

よろよろと角を曲がると、だれかにドスンとぶつかった。恐怖《きょうふ》に息を切らしながら手でまさぐると、もじゃもじゃのあごひげとゆがんだ鼻にふれた。その下の部分は、生身の人間のようにくぼんでいる。〈飛びつき屋〉じゃない。「やつらが追いかけてくる」ヒュラスはあえいだ。「わかったんだ——」

「来るんだ」ペリファスが言った。「みんなすぐそこにいる」

「——やつらがなにを望んでいるか、わかったんだよ！」

＊

「こいつ、頭がどうかしちまったんだ。コガネムシのはずがない！」ザンが言った。

うんうん、という声がまわりからあがった。

「でも、そうなんだ！」ヒュラスは負けずに言いかえした。「ガリガリじゃなく、あいつが取りつかれてるんだ。ずっとそうだったんだ」

天井《てんじょう》の低い洞窟《どうくつ》のなかに声がひびいた。ろうそくの最後の一本がぼんやりとともっている。

「ノミが〈飛びつき屋〉かもしれないだろ。コガネムシだって殺したのかもしれないし、これまでのことも、みんなこいつのせいかもしれない」ザンが言った。

ヒュラスは奥歯《おくば》を嚙《か》みしめた。ザンは先ほどの失態《しったい》が恥《は》ずかしくて、名誉《めいよ》を挽回《ばんかい》しようとしているのだろう。「いや、コガネムシだ。あいつのなかに〈飛びつき屋〉がいる。あやつられて落盤《らくばん》を起こしたんだ。きっとまたやる」

「そうだよ」ガリガリが言った。

全員の目がそっちを向いた。

骸骨《がいこつ》のような顔を汗《あせ》で光らせながらも、ガリガリは目をそらさなかった。

「なんでだまってた？」ヒュラスがきいた。

「言えなかったんだ。コガネムシに——なかにいるやつに——殺すって言われてて。そうやっておどすんだ。すごくこわくて……」

「そんなことはどうでもいい」ペリファスが口をはさんだ。「かんじんなのは、どうやって外へ出るかだ」

「それを言おうとしてたんだ。やつらがほしがってるものをわたさないと……いつまでも出してもらえない！」ヒュラスは答えた。

「なんだ、それは」ペリファスがきいた。

ヒュラスは深々《ふかぶか》と息を吸《す》うと――それを告げた。

まさか、といっせいに声があがった。

「やっぱりこいつ、いかれてるぜ！」石鎚屋《いしづちや》のひとりが言った。

「さっさと始末して、〈飛びつき屋〉にくれてやればいい。そしたら、出してもらえるかもしれない」別の男も言った。

ペリファスはヒュラスを見つめた。「ここは地下七階で、上になにが待ってるかもわからないってのに……もっと話をややこしくする気か？」

「それしかないんだ。聞いてください。証明《しょうめい》できないのはわかってる、でも確信《かくしん》があるんです。やつらはずっとこれを伝えたがってたんだ。わかるでしょ、地の底を取りもどしたいんだ。望みどおりにしてやらないと、きっと出してもらえない」

出してもらえない……もらえない……もらえない……。ヒュラスの声が洞窟にこだました。

「そうだよ」ガリガリが小さく言った。「感じないの？　やつら、まわりの岩のなかにいて、ぼくらの話をみんな聞いてるんだ……」

ほかの者たちは目と目を見交《みか》わすと、ペリファスを見た。

ペリファスはくちびるをなめ、あごひげをしごいた。

＊

ヒュラスはふたたびトンネルをおりていった。三本の縄《なわ》をつないで長くし、一方の端《はし》を肩《かた》にかけ、最後のろうそくをくわえて、怒《いか》れる地の精霊《せいれい》たちがいる橋までもどるところだった。

残りの者たちは縄の反対側の端を持って上で待っている。ヒュラスがひとりで橋の手前にある太い支柱《しちゅう》のところまで行き、縄を結びつけてこなければならない。意見を聞き入れてもらうかわりに、その役をおしつけられたのだ。ヒュラスがもどると、みんなで力を合わせて縄を引っぱり、支柱を引きぬくことになっていた。落盤《らくばん》を起こして、下の階を永久《えいきゅう》にふさいでしまうためだ。うまくいけば、だれも死なずにすむかもしれない。

遠ざかっていく仲間たちの声を聞きながら、ヒュラスは橋にたどりついた。あたりは不気味なくらいに静まりかえっている。橋の向こう側では、影《かげ》たちがろうそくの明かりをいやがるように石の歯の陰《かげ》にかくれていく。〈飛びつき屋〉の姿《すがた》は見あたらない。コガネムシも。でも、見つめられているのがわかる。

橋のそばに、がんじょうそうな丸太の支柱が見つかった。びくともしなさそうに見える。どうかぬけてくれますように。

ろうそくを岩の割《わ》れ目《め》に差すと、ヒュラスは縄の端を支柱にくくりつけた。目の端で、石の歯が動いた気がした。そちらは見ないようにした。

生皮を編《あ》んだ縄は太く、手が汗《あせ》でつるつるすべる。なかなか支柱に結べない。落ちていく石のような笑い声が岩肌《いわはだ》にひびいた。

「望みどおりにしてるじゃないか。地の底は返すから……」ヒュラスは荒《あら》い息で言った。笑い声は怒《おこ》ったようななり声に変わった。

「ノミ？」ペリファスが呼《よ》んだ。「できたのか」

「もうすぐです」ヒュラスは答えた。よし、できた。どうかもちこたえてくれますように。橋の向こうから、またうなり声が聞こえた。石の歯の前になにかがうずくまっている。コガネムシだ。手まねきしている。

「早くあがって来い、ノミ！」ペリファスが叫《さけ》んだ。

ヒュラスははっとした。汗まみれの肌《はだ》をひんやりとした風がなでている。石の歯の向こうから吹《ふ》いてきているらしい。そこにネズミたちがかけこんでいるようだ。それに、その奥《おく》に見えているぼんやりとした光はなんだろう？

暗がりに沈《しず》んだコガネムシはうつろな顔をしているが、手まねきをつづけている。こっちだよ……。

ヒュラスは息をのんだ。あの光は……精霊たちが住む灰色《はいいろ》のうす明かりなのだろうか、それとも日の光だろうか。コガネムシは、最後にまたわなにかけようとしているのかもしれない。でもひょっとして、出口を教えてくれているのかも？

ヒュラスはいそがしく頭をめぐらせた。みんなの元に帰れば、地上にはもどれるだろう。でも、また鉱山《こうざん》暮らしで、奴隷《どれい》のままだ。目の前にあるもう一本のトンネルは、鉱山からはなれるようにのびている。どこかにつづいているとしたら、自由になれるかもしれない。

「ヒュラス……」コガネムシがささやいた。と、その顔はふつうの少年のものにもどった。「こっちだ、ヒュラス」コガネムシがせかした。「自由になれるよ……」

ヒュラスは縄に目をやった。そしてペリファスに呼びかけた。「引っぱれ！」

「なんだって？　おまえはどうするんだ」

「いいから、引っぱれ！」

太ももの上で縄《なわ》がぴんと張《は》りつめた。支柱《しちゅう》がきしむ。ヒュラスは這《は》いつくばり、コガネムシがいる橋の向こうへわたった。

石の歯のところにたどりついた瞬間《しゅんかん》、支柱がまたきしみ、ぐらりとかたむくと、音を立てて倒《たお》れた。背後《はいご》では岩がゴロゴロと落下し、橋は真っぷたつになって、立坑《たてこう》のなかへ落ちていった。

ヒュラスはふるえる石の歯のあいだをどうにかくぐりぬけた。コガネムシはいない。最後に残ったネズミたちがトンネルをかけあがっていく。

急なトンネルははてしなくつづき、ヒュラスは胸《むね》をゼイゼイいわせながらのぼりつづけた。

はるか上のほうで、キラリと光が見えた。

下から耳をつんざくような轟音《ごうおん》が聞こえ、ズンという震動《しんどう》がひびいたかと思うと、突風《とっぷう》が吹《ふ》きあげた。騒音《そうおん》と土ぼこりのなか、かん高い笑い声が聞こえた。ふりかえると、うれしげに小おどりするぼんやりとした影《かげ》が見えた気がした。〈飛びつき屋〉たちは地の底を取りもどしたのだ。

あえぎ、せきこみながら、ヒュラスは光のさすほうへ這いあがった。

14

ひとりぼっち

〈光〉が強くなったころ、ようやく子ライオンはさとった。母さんはもう目をさまさない。顔にはハエがたかっているし、毛皮が動くように見えるのも、起きたんじゃなくて、ウジ虫のせいだった。それを見ると、ぞくりとした。

子ライオンは木立をはなれ、野原に出た。自分の背《せ》よりも丈《たけ》の高い草がそよぎ、〈偉大《いだい》なるライオン〉がギラギラと輝《かがや》いている。

と、羽ばたきの音が聞こえた。ノスリだ。

子ライオンはやぶのなかに飛びこんだ。

ノスリじゃない、ハゲワシだ。

それまで、ハゲワシがこわいと思ったことはなかった。子ライオンをねらったりはしないし、役にも立ってくれる。死んだ動物のありかを鳴き声で教えてくれるから。でも、いまはなにもかもがこわかった。

しげみのなかでちぢこまったまま、子ライオンはハゲワシが母さんのおなかを食いちぎるのを見ていた。さらにもう一羽が舞《ま》いおりた。じきに母さんの体は、羽をばたつかせ、おし合いへし合いする鳥たちにすっぽりかくれて見えなくなってしまった。

うちひしがれた子ライオンは、やぶのなかで丸くなり、父さんかおばあちゃんがむかえに来てくれるのを待った。だんだん暑くなってくる。ハエが目のなかに入りこみ、いくら前足や尻尾《しっぽ》ではらっても、しつこくもどってくる。

子ライオンはようやく気がついた。父さんもおばあちゃんも、もう帰ってこない。ふたりとも、おっかない人間たちと犬たちにつかまってしまった。もうひとりぼっちなんだ。

すっかりこわくなり、顔をあげて鳴いてみた。でも、だれも聞いてはくれない。

さんざん聞かされてきた言いつけをやぶって、子ライオンはひとりで歩きだした。

自分の力だけで、なんとか生きていかないと。

＊

とぼとぼと歩いていくと、ハエがうるさくつきまとった。ノスリがいないかと上を見あげているものだから、二度も穴《あな》に落っこちそうになった。

やがて、あたりはとがった黒い石とチクチクするしげみばかりになったが、それでも子ライオンは歩きつづけた。

大きな岩を見つけたので、その上にのぼって鼻をひくつかせてみた。しめったにおいがする。すぐ近くだ。

子ライオンは夢中《むちゅう》で石の地面を走った。あそこだ、キラキラした小さな水たまりがあるわ！

うれしくて鳴き声をあげながら、おなかいっぱい水を飲むと、泥《どろ》のなかに転がった。体がきれいになり、すっとすずしくなる。イバラのしげみがはげますようにささやきかけ、ハゲワシの鳴き声がまた聞こえてきた。そんなに遠くじゃない。

ハゲワシたちはシカの死骸《しがい》にむらがっていた。子ライオンは勇気をふりしぼってそこに飛びこむと、うなり声をあげながら前足をふりまわした。驚《おどろ》いたことに、ハゲワシたちは〈上〉に飛び去った。

肉はかたくて、くたびれはてた子ライオンはすぐにかぶりつく気をなくしてしまった。ひと眠《ねむ》りしてから、また食べることにしよう。

＊

はっと目がさめた。おばあちゃんが呼《よ》ぶ声を聞いていたはずだったのに。〈闇《やみ》〉が来ていた。ちょっとのあいだ、かすかなうなり声がまだ聞こえているような気がした。でもただの風だった。

子ライオンは悲しくなった。シカの死骸は、キツネやハゲワシたちにすっかりたいらげられ、水たまりも干《ひ》あがっている。

獲物《えもの》はいないかと、歩きまわってみた。こっそりとイタチにしのびよってみたものの、相手がすばしっこすぎた。ハリネズミはそれほどすばしっこくはないけれど、飛びかかると、丸まってしまってとても食べられなかった。おまけに前足に針が刺《さ》さり、歯でぬこうとするとポキリと折れ、先っぽが肉球のなかに残ってしまった。

痛《いた》いくらいにおなかがぺこぺこだった。もっとたまらないのは、ひとりぼっちだということだ。真っ暗な〈上〉では〈偉大《いだい》なるライオン〉が銀色に輝《かがや》き、そのまわりをキラキラ光る雌《めす》ライオンや子どもたちが取りかこんでいる。だれのものよりも大きな群《む》れだけど、あまりにも遠くて、さびしさがつのるばかりだった。

母さんが恋《こい》しい。小さいころ、母さんはよく口にくわえて自分を運んでくれた。大きくてたのもしい前足でおなかをかかえられることもあった。となりをついて歩くと、肉のにおいのする温かい息を吹《ふ》きかけられたっけ……。

〈光〉がやってこようとしている。子ライオンはよろよろと起きあがった。棒《ぼう》を見つけて爪《つめ》とぎをしてみたものの、ハリネズミの針《はり》が刺《さ》さった肉球が痛《いた》くてやめた。

そのとき、危険《きけん》を感じた。子ライオンはやぶに飛びこんだ。

今度は本物のノスリが舞《ま》いおりてきて、すぐそばのサンザシの木にとまった。

出るに出られない。ハゲワシたちは、大きなライオンのふりをして追いはらえたけれど、ノスリには通用しないだろう。

あきらめかけたとき、ノスリは翼《つばさ》を広げて飛びたった。

なにかにびっくりしたのだ。ライオンかしら？　もしかして、父さんがむかえにきてくれたのかも？

やがて、かぎおぼえのある恐《おそ》ろしいにおいが風に運ばれてきた。恐怖《きょうふ》で体がすくんだ。

ノスリがこわがっていたのは、ライオンじゃない。

人間だ。

15
自由の身

ヒュラスはノスリめがけてもうひとつ石を投げると、低い声で言った。「あっちへ行け！」カラス族に見つかるわけにはいかない。

クレオンの要砦《ようさい》が、遠くからいかめしく見おろしている。やつらは、ヒュラスが坑道《こうどう》のなかで死んだと思っているだろうか。それとも足跡《あしあと》を見つけて、逃《に》げた奴隷《どれい》を追ってきているところだろうか。

悪夢《あくむ》のような落盤《らくばん》と〈飛びつき屋〉の記憶《きおく》は、すでにぼんやりとかすんでいた。トンネルから這《は》いだすと、そこは島のくびれにある野営地《やえいち》の近くで、息づかいが聞こえるほど近くに戦士たちがいた。暗くなるまで待ってから、くぼんだ小道を這って逃げ、倒《たお》れこんだ。

それから夜明けまでのことは、なにもおぼえていない。

ザンたちは無事に出られたのだろうか。ピラはどうなった？　歩きながら目じるしを残してきてはいるが、はたして、クレオンの要砦から逃げだすことなどできるのだろうか。

くびれをあとにすると、イバラと毒のあるキョウチクトウがしげる焼けつくような野原を、とぼとぼと横切った。地面は土ではなく、くずれやすくて黒い石におおわれている。神が煮《に》えたぎった泥《どろ》を石に変えたみたいだ。

太陽はギラギラと照りつけ、ひざのボロ布《ぬの》を足と頭に巻《ま》いてはみたものの、たいして役には立たない。のどがかわいてたまらない。泉《いずみ》を見つけたが、驚《おどろ》いたことにわきでているのは熱湯で、やたらと塩からいので、吐《は》きだしてしまった。ヒュラスはひるんだ。なんだかタラクレアにこばまれているような気がする。水はあるが、飲んではならぬと。

前方には山がそびえている。山すそはとげのあるハリエニシダの緑におおわれ、その上にはむきだしの黒い斜面《しゃめん》が切り立っている。へんてこな形にちょん切れた山頂《さんちょう》からは、たえず煙《けむり》があがっている。そこには、火の精霊《せいれい》たちと恐《おそ》ろしい女神《めがみ》が住んでいるらしい。でも背後《はいご》では、クレオンの要砦《ようさい》があいかわらず遠くから見おろしている。やっぱり、目の前のやぶに入っていくしかない。どうかお許《ゆる》しください、とヒュラスは心のなかで〈火の女神〉に祈《いの》った。

ほどなく、石でトカゲをしとめることができた。ほんのひと口しかなかったけれど、〈火の女神〉が受け入れてくれたしるしのように思えた。あとでなにかに使えるようにトカゲの皮を腰布《こしぬの》にはさみこむと、ちょっと元気が出た。さあ行くぞ、ヒュラス。神々《かみがみ》は努力する者だけを助けてくれるんだから。

歩いていると、ふと視線《しせん》を感じ、ライオンのような色の毛皮がちらりと見えた気がした。でも、ただの草だとわかってほっとした。

ようやくやぶにたどりつくと、クレオンの要砦は見えなくなった。ハリエニシダがところどころ木ほどの高さまでしげり、その下には、ふしくれだった根っこやくぼんだ小道があって、かくれることができそうだ。と、また視線を感じた。今度も気のせいだった。

マツの木がぽつぽつと生えている場所に、雌《めす》ライオンの骨《ほね》が見つかった。ハゲワシたちに食いつくされている。こいつはいい。ライオンは獲物《えもの》なしでは生きられない。ここにはなにか食べられるものがいるはずだ。

山の肩《かた》へとつづく小道をのぼりながら、また泉がないかとさがした。どこにもない。いつのまにかやぶをぬけ、風が吹《ふ》きすさぶ尾根《おね》に出ていた。

黒曜石がゴロゴロと転がり、そのなかにヤマナシの木が一本、ぽつんと立っている。あたりには大理石の石鎚《いしづち》が散らばっている。ずっと昔から人々《ひとびと》がここにやってきて、尾根から黒曜石を切りだし、武器《ぶき》をこしらえていたようだ。ヒュラスは元気づけられた。自分もそれにならおう。

リュコニアにいたころは、武器の材料といえば火打ち石だった。黒曜石はそれに比《くら》べるともろいが、するどくとがったかけらになる。きれいに割《わ》れるので、じきにてのひらほどの大きさの斧《おの》の頭ができあがった。作業にいそしんでいるあいだ、はるか昔にここで武器をつくっていた人々の霊《れい》が、うなずきながら見守ってくれているのを感じた。彼《かれ》らもヒュラスと同じよそ者で、野山で暮《く》らしていたのだろう。

ヤマナシの木の枝《えだ》を折り、ごめんなさい、と急いで精霊にあやまってから、それを斧の柄《え》にした。枝の一端《いったん》に切れこみを入れ、斧の頭を差しこんだ。やぶのそばに生えたヤナギランをひもがわりにする。親指の爪《つめ》で茎《くき》に切れ目を入れ、芯《しん》を取りのぞくと、残った部分をよりあわせてひも状《じょう》にし、それで差しこんだ柄をしっかり固定した。

できた。するどく黒い刃《は》が日ざしを浴びてギラリと光り、ヒュラスの心をふるいたたせた。やっぱり武器があるのはいい。これでもう奴隷《どれい》じゃなく、狩人《かりゅうど》だ。

残しておいたトカゲの皮で、投石器をつくることにした。まずは、黒曜石のかけらでトカゲの皮を卵形《たまごがた》に切り、こすってきれいにして、石をしかける小袋《こぶくろ》をつくる。両端《りょうたん》に切れ目を入れてから、もう一度ヤナギランのひもをつくり、一方の端《はし》に結び目をつくってにぎりやすくし、もう一方は親指を引っかける輪っかにした。

投石器ができると、いちだんと元の自分にもどれた気がした。投石器の使いかたを知らなかったころのことは、もう思いだすこともできない。

太陽がかたむきかけてきた。山の西側に、尾根《おね》がもうひとつ見つかった。そこは木々《きぎ》でおおわれている。ピラのためにもう二、三個目《こ》じるしを残すと、ヒュラスはそちらをめざして歩きだした。強いにおいのするヘンルーダのしげみが見つかったので、その葉を手足にこすりつけた。自分のにおいをかくしてくれるし、ハエよけにもなる。体にたかったハエが、肉食動物のところへにおいを運ぶとまずい。

マツの木立のなかはひんやりしていて、すがすがしく甘《あま》い空気につつまれていた。ヒュラスはアカザの葉とサクサクとした小さなムスカリの球根をほおばった。つやつやした野生のヤギの糞《ふん》と、ウサギがうずくまっていたらしい草のへこみも見つかった。

そこにも湯のわきでる泉《いずみ》があり、あざやかな橙色《だいだいいろ》の泥《どろ》がまわりをふちどっていた。さっきの泉よりは熱くなく、しょっぱくもない。ゴクゴクとのどをうるおすと、全身に力がみなぎった。タラクレアは自分をこばんではいないのかもしれない。こっちがしきたりにしたがいさえすればいいのかも。

と、二十歩ほどはなれたキイチゴのやぶからウサギが飛びだした。

ヒュラスはぴたりと動きを止めた。

まだ若《わか》いウサギで、利口でもなさそうだ。こちらに背《せ》を向け、前足をおなかにくっつけて立ちあがっている。

ヒュラスは息を殺したまま投石器をかまえ、石を放った。

火をたくとカラス族に煙《けむり》を見られてしまうので、生のままでウサギを食べることにした。血を飲み、ねっとりとした甘美《かんび》な肝臓《かんぞう》も食べつくした。ころんとした小さな心臓《しんぞう》も噛《か》みつぶし、肉も食べられるだけ食べようとしたが、数か月ぶりに口にしたせいで、すぐに気分が悪くなった。

食べさせてくれてありがとう、と急いでお礼を言うと、ヒュラスはウサギの魂《たましい》がむくろをぬけだし、新しい体を見つけられるように、鼻づらに土をふりかけた。前足は岩の上に置いて〈野の生き物の母〉への捧《ささ》げ物《もの》にし、後ろ足は〈火の女神《めがみ》〉にそなえた。尻尾《しっぽ》はやぶのなかへほうり、黒曜石の尾根にいる遠い昔の石工たちに捧げた。なんだか自分の先祖《せんぞ》ができたような、親しみを感じていたからだ。

獲物《えもの》の残りは明日食べることにして、枝《えだ》に引っかけた。いまはくたびれはてていて、手を洗《あら》うのがやっとだった。

湯が手にしみるけれど、気持ちがいい。ひょっとすると、これは魔法《まほう》の泉なのかもしれない。ヒュラスは思いきってそこに体を沈《しず》めた。

生まれてからずっと、体をつけるといえば冷たい湖か川ばかりだったので、湯のなかに入るのはなんとも言えないほどへんな感じだった。でも、切《き》り傷《きず》がふさがり、こわばった体の筋《すじ》がほぐれていくような気がした。鉱山《こうざん》の汚《よご》れとともに、奴隷《どれい》のノミの名残《なご》りが洗い流されていく。湯からあがると、よそ者のヒュラスにもどっていた。もう自由の身だ。

それにしても、めまいがするほどくたくただった。ヒュラスはシダをひとかかえほどかかりとると、張《は》りだした岩の下にしきつめ、そこに寝《ね》ころがった。

*

明日はウサギの骨《ほね》と筋《すじ》で針《はり》と糸をつくって、それから皮で水袋《みずぶくろ》とキルトを縫《ぬ》おう。そのあとで、ピラを助けだす方法を考えよう……。

そうだ、ナイフだ。ヒュラスはぼんやり考えた。ナイフをつくるのを忘《わす》れていた。

コロノス一族の短剣《たんけん》がふと頭に浮《う》かんだ。荒々《あらあら》しく美しい、危険《きけん》な青銅《せいどう》の刃《は》を思いだすと、それが手のなかにあるかのように指に力がこもった。去年の夏、ほんの短いあいだそれを持っていたときは、自分が強くなった気がしたし、さびしさもまぎれた。いまもここにあればいいのに。

だんだん意識《いしき》が遠のきはじめた。おぼろげに聞こえているのは、コオロギの羽音と、泉《いずみ》がわきでる音だろうか……。

シダのあいだを、なにかもっと大きなものが近づいてくるような気がする。

でも、危険なほど大きくはないだろう。せいぜい、アナグマかキツネくらいのはずだ。

草のにおいのするひんやりとしたシダの海に揺《ゆ》られながら、ヒュラスは眠《ねむ》りに落ちた。

16

夜の野営地《やえいち》

子ライオンは、その人間のことがよくわからなかった。

母さんと父さんを殺した人間たちとはちがう。まだ小さいし、犬も連れていなければ、恐《おそ》ろしい毛皮をぶらさげてもいない。それに、ノスリを追いはらってくれたし。

この人間が世話をしてくれるかもしれない。ついていくならライオンだと思っていたけれど、なぜかこの人間かもしれないという気がする。

〈光〉のあいだ、子ライオンは人間のあとをつけていた。熱い水たまりの横を通り、やぶをぬけ、母さんの骨の横も通りすぎて、尾根《おね》をのぼり、最後は森に入った。あんまり長く歩きつづけたので、針の刺《さ》さった足がズギズキした。どうしてこの人間はまぶしくて暑い〈光〉のあいだに歩きまわって、すずしくてきれいな〈闇《やみ》〉になると寝《ね》てしまうんだろう？

いまはシダにくるまって寝息を立てているので、子ライオンもしげみの下から這《は》いだしてきた。うれしいことに、人間は獲物《えもの》を自分のために残してくれていた。おまけに遊べるようにと、かけらをあちこちにかくしてくれていた。手足や尻尾《しっぽ》は毛だらけで食べられないので、ほうり投げてはつかまえて、思うぞんぶん楽しんでから、熱い水たまりに沈《しず》めた。そしていよいよ、人間が枝《えだ》に引っかけておいてくれた胴体《どうたい》に取りかかった。せいいっぱいジャンプしてそれを口にくわえると、逃《に》げられそうになったつもりになって、飛びかかった。それから大きな雌《めす》ライオンが獲物《えもの》を運ぶときのまねをして、前足のあいだにはさんで引きずった。それにあきてしまうと、食べられるところは残らず食べて、残りは爪《つめ》で引きさいた。

それがすむと、子ライオンは丸太によじのぼり、手足を両脇《りょうわき》にたらして寝《ね》そべり、うとうとしはじめた。これではっきりした。この人間は世話をしてくれるはずだ。

＊

自分は夢《ゆめ》を見ているのだとヒュラスは気づいていた。でもさめてほしくなかった。イシといっしょにリュカス山にいて、クマとオオカミになったつもりで遊んでいるところだったから。イシがオオカミで、ヒュラスがクマ。いつものとおり、イシはずるをして投石器を使い、次々《つぎつぎ》にクリの実をヒュラスに命中させていた。

「オオカミは投石器なんて使わないだろ！」

ヒュラスがやりかえすと、イシは「クマだってね！」と叫《さけ》んだ。

そのうちピラもやってくると、イシに加勢《かせい》をして、シダのしげみのなかでヒュラスを追いかけまわし、オオカミのように吠《ほ》えたてながら、小石や棒《ぼう》を投げつけてきた。ヒュラスは走っていられないほど笑い転げていた。と、いい考えを思いつき、まわれ右をすると、ふたりの背後《はいご》にしのびよった。

ウオーッと吠えながら飛びだすと、今度はふたりが悲鳴をあげ、笑いながら逃げだした。金色の髪《かみ》が前を走っていく。あそこにイシがいる。しげみをかき分け、だんだん追いついて――

ヒュラスは目をさました。

マツの木立ごしに、月光がななめにさしこんでいる。聞こえるのはコオロギの羽音とわきでる湯の音だけ。失望におしつぶされそうになった。あんなに現実《げんじつ》みたいだったのに。

もしかして、イシもヒュラスの夢を見ようとしていたのだろうか。それともピラが？　そうじゃなくて、神々《かみがみ》が人間をからかおうと、まぼろしを見せただけだろうか。

坑道《こうどう》のなかにいるとき、ピラを連れてリュカス山にもどり、イシを見つけられたらどんなふうだろうと想像《そうぞう》してみることがあった。イシは最初のうちピラを警戒《けいかい》するだろうけど、じきに仲良くなるはずだ。ピラは山を好きになるだろうから、お気に入りの場所をかたっぱしから見せてやろう……。

ヒュラスは顔をしかめると、寝返りを打って横向きになった。イシははるか遠くにいるし、ピラはクレオンの要砦《ようさい》にとらわれている。どうすればいいのだろう。タラクレアを脱出《だっしゅつ》してイシをさがしに行けば、ピラは自由にはなれない。ピラを助けにもどれば、イシを見つけるチャンスがなくなってしまうかもしれない。

森のなかで、ホーホーとふるえるようなフクロウの声がした。ずっと近くからも、なにか重たいものが落ちたみたいな音が聞こえた。

ヒュラスははっとした。斧《おの》をつかみ、月明かりの下へと這《は》いだした。

野営地《やえいち》はすっかり荒《あ》らされていた。ウサギのしかばねは、捧《ささ》げ物《もの》にした足や尻尾《しっぽ》まで、残らずめちゃくちゃにされていた。食べ残されたところはズタズタにされ、まきちらされ、泥《どろ》のなかにほうりこまれている。

ハゲワシかなにかなら、食べきれなかったものはかくしたはずだ。このちらかりようは、悪霊《あくりょう》かなにかのしわざにちがいない……。

目の端《はし》で、なにかがちらりと動いた。丸太の陰《かげ》だ。

ライオンの子どもがかくれているが、まるでなっていない。お尻《しり》が丸見えになっているのに、自分からはヒュラスが見えないので、見つかっていないと思っているらしい。

「シッ、シッ！」ヒュラスは斧《おの》をふりかざして叫《さけ》んだ。「あっちへ行け、シッ！」

ほんの一瞬《いっしゅん》、子ライオンは満月のような真ん丸な目でヒュラスを見つめた。まちがいない、野営《やえい》地《ち》を荒《あ》らしたのはこいつだ。次の瞬間《しゅんかん》、子ライオンは身をひるがえすと、逃《に》げだした。

＊

子ライオンはなにがなんだかわからなかった。人間は大声をあげながら、前足をふりまわしていた。怒《おこ》っているみたいに。

ひょっとして、遊んでいるつもりだったのかも？

棒《ぼう》を持って追いたてようとしたから、そうは見えなかったけれど。

子ライオンはとまどいながら安全なやぶのほうへと急いだ。森を出るとき、まだ追いかけてくるかと、後ろをふりかえった。

と、よろめいた。足元の地面が急になくなり、子ライオンは真っ暗闇《くらやみ》のなかに落ちていった。

＊

ヒュラスはシダの寝床《ねどこ》にもぐりこむと、眠《ねむ》ろうとしていた。

だめだ。絶望《ぜつぼう》したような、かぼそい鳴き声が気になってしかたがない。

「もう、だまってくれ」ヒュラスはつぶやいた。

まだ鳴いている。あの子ライオンはとほうに暮《く》れているようだ。

やがて声がやんだので、ますます気になりはじめた。

ひと声うなると、ヒュラスは身を起こした。

空が白《しら》みかけるとともに、森のなかに残されたライオンの足跡《あしあと》をたどりはじめた。子どもがいるなら、雌《めす》ライオンもいるということだ。でも、きのう骨《ほね》を見かけた。たぶんあれが母ライオンで、クレオンに殺されたのだろう。父ライオンもいっしょに。

子ライオンはたいして遠くへは行っていなかった。やぶに入ってすぐのところにある古い立坑《たてこう》に落っこちたのだ。入り口のふちにノスリがとまっていて、下をのぞきこんでいた。ヒュラスはそれを追いはらった。

子ライオンはヒュラスに気づくと、あわれっぽい声で鳴いた。まだちびっ子で、うす汚《よご》れ、おびえきったようにふるえている。

「ぼくにどうしろっていうんだ」とヒュラスはぶっきらぼうにきいた。「足元には気をつけなきゃだめだろ！」

子ライオンは鳴くのをやめると、真ん丸な金色の目でヒュラスを見あげた。

ヒュラスは斧を下に置くと、倒《たお》れた若木《わかぎ》を見つけ、それを穴《あな》のなかに差しこんだ。「ほら。さっさとのぼってきて、もう面倒《めんどう》はかけないでくれ！」

子ライオンは若木にしがみついたものの、落っこちた。二度目も失敗した。三度目も。ヒュラスは噴《ふ》きだした。ライオンは木のぼりが得意ではないけれど、こんなに下手くそなやつは初めてだ。片方《かたほう》の前足をけがしているみたいだが、それにしてもひどい。

獲物《えもの》のウサギをめちゃめちゃにされはしたものの、このままほうっておいて飢《う》え死《じ》にさせるわけにもいかないし、立坑もたいして深くはない。ぶつくさ言いながらも、ヒュラスは若木を伝いおりた。

穴《あな》のなかはせまくるしく、ライオンの糞《ふん》のにおいが立ちこめている。子ライオンはすみっこにちぢこまり、フーッとうなった。ヒュラスは首根っこをつかみ、若木《わかぎ》にしがみつかせると、毛むくじゃらの尻《しり》をおしあげた。「ほら、のぼれよ！」

子ライオンは前足をつきだし、針《はり》のようにするどいかぎ爪《づめ》でヒュラスを引っかいた。そしてまた落っこちた。

「ばかだな、おまえ。助けてやろうとしてるのに！」ヒュラスは子ライオンを拾いあげ、ヤギを背負《せお》うように、両方の前足を胸元《むなもと》でつかんだ。子ライオンはもがきまわり、爪で引っかいた。ヒュラスは手をはなした。

「落ちたのはぼくのせいじゃないぞ！　こんなくさい穴に好きで入ってると思うか？」

子ライオンは若木の下にうずくまっている。歯をむきだして、尻尾《しっぽ》をふり立ててはいるが、息を切らし、身をふるわせている。

ヒュラスは片手《かたて》で顔をおおうと、低い声で言った。「わかったよ。おまえだって悪いわけじゃない。いや、悪かったのは悪かったけど、腹《はら》ぺこだったからだろ」

子ライオンは尻尾をふりまわすのをやめると、耳をそばだてた。

ヒュラスのひざくらいの背丈《せたけ》だから、生まれて三、四か月ほどだろう。いかにもライオンの子らしく、手足がやけに大きい。腹《はら》や尻や手足の毛色はうすくて、かすかな黒っぽい斑点《はんてん》がある。肉球は大きなライオンのように黒くはなくて、あわい茶色をしている。鼻先も黒ではなく、斑点まじりのピンク色で、すぐ上のところに長々《ながなが》とした真っ赤な引っかき傷《きず》がある。それに、ライオンの子は丸っこいはずなのに、こいつはやせっぽちで、あばら骨《ぼね》が浮《う》きでている。

「わかったよ」ヒュラスはもう一度言った。しゃがみこむと、低い声でなだめるように語りかけはじめた。話の中身はてきとうだが、敵意《てきい》のないことが伝わるような口調でしゃべるようにした。

ずいぶん長くそうしていると、子ライオンはようやくにじりよってきて、ヒュラスの爪先《つまさき》のにおいをかいだ。ヒュラスは話をつづけた。

かかとをかじられかけた。ヒュラスは身じろぎをした。子ライオンも後ずさりをする。ヒュラスは話をつづけた。

太陽が昇《のぼ》り、コオロギの歌声が変わりはじめた。それでも話をつづけた。

まもなく、子ライオンは近づいてきて、ひざのにおいをかいだ。じっとしていると、今度はむこうずねにほおをすりつけた。手もなめた。びっくりするほどザラザラした舌《した》だったが、自分の味やにおいになれさせようと、ヒュラスは身動きせずにいた。

ようやく子ライオンがヒュラスのひざに頭をもたせかけた。耳の後ろをやさしくなでてやると、目を細めてのどをゴロゴロいわせる。ゆっくりと胸《むね》に抱《だ》きかかえると、少しだけ身をよじり、胸を引っかいたけれど、傷《きず》つけるつもりではないのがわかった。爪の引っこめかたがわからないだけなのだ。

子ライオンをかかえたまま、ヒュラスはどうにかこうにか穴から這《は》いだした。「ほら」息を切らしながら、子ライオンを地面におろした。「これからはひとりでやっていくんだぞ。おまえの面倒《めんどう》は見ていられないんだ。ピラをさがしに行かなきゃならないから」

野営地《やえいち》にもどろうとすると、子ライオンは足を引きずりながらまとわりついてきた。

シッシッ、とヒュラスは追いはらった。子ライオンはやぶに飛びこんだ。でも森に入ると、また追いかけてきた。

ヒュラスは立ちどまると、汚《よご》れきった小さな子ライオンを見おろした。チクリと胸が痛《いた》んだ。こいつはひとりぼっちで、まだ狩《か》りもできない。

「しょうがないな」

先に野営地《やえいち》にたどりついたのは、子ライオンのほうだった。ヒュラスがしいたシダのにおいをかぐと、くるくると二回まわり、ぱたりと倒《たお》れると、眠《ねむ》りに落ちた。

17

コロノス一族

ミケーネへと馬を走らせながら、テラモンは誇《ほこ》らしさがこみあげるのを感じていた。ぼくらはカラス族じゃない。頭のなかでヒュラスにそう語りかけた。ライオンなんだ。

二輪戦車が二台ならべるくらい広々《ひろびろ》とした道が、ゆったりとしたカーブを描《えが》いて丘《おか》の上の巨大《きょだい》な城塞《じょうさい》へとつづいている。その背後《はいご》には山々《やまやま》がそびえている。黄金の都、ミケーネ。コロノス一族の牙城《がじょう》だ。

渓谷《けいこく》にかかった橋をわたり、これまで征服《せいふく》してきた族長たちの墓石《はかいし》がかたまって立つ場所にさしかかった。前方には堂々《どうどう》たる門が立ちはだかり、上部にはライオンが描かれている。ここがぼくの居場《いば》所《しょ》なんだ、とテラモンは心のなかで言った。そう信じられそうな気がした。

ヒュラスが生きていると知ってから、まだ数日のはずなのに、なんだか何か月もたったような気がしていた。最初に感じた驚《おどろ》きや喜び、そして友を殺してはいなかったのだというとてつもない安堵《あんど》は、じきに当惑《とうわく》と苦しみに変わってしまった。悲しくてたまらなかったあの長い冬はなんだったのか。ヒュラスもあのケフティウ人の少女も、ずっと自分をだましていたのだ。

墓石をこわがる馬を、テラモンは乱暴《らんぼう》にしたがわせた。

ピラの前で泣いてしまったことを思いだすと、恥《は》ずかしさでかっと顔が熱くなった。ヒュラスが無事だと、あいつは知っていたにちがいない。ふたりとも、自分をだましておもしろがっていたのだろうか。ぐるになって、笑い者にしたのだろうか。

なんとなく、ヒュラスにはそんな裏切《うらぎ》りはできないような気がする。でも、ピラのほうはどうだろう。あのぬけめのなさそうな黒い目には、こちらの弱さも恐《おそ》れも見ぬかれているんじゃないだろうか。

馬がまたもがき、テラモンはふり落とされそうになった。腹《はら》を立てたテラモンは、手綱《たづな》を引いて馬の首をかたむけさせ、かかとを腹に食いこませた。馬はぐるぐると円を描《えが》き、身をふるわせながらおとなしく止まった。

「よし」テラモンはつぶやいた。「だれがご主人かわかったろ」

番兵たちがさっと脇《わき》に寄《よ》り、テラモンは中庭に馬を乗り入れた。そして奴隷《どれい》に手綱をあずけると、戸口に向かって歩きだした。

残された馬は息を荒《あら》らげ、脇腹《わきばら》を波打たせている。奴隷が舌打《したう》ちするのが聞こえた。テラモンはふりかえると、ピシャリと言った。「なんだ、いまのは」

奴隷は真っ青になった。「なんでもありません、若君《わかぎみ》」

テラモンはうなずいた。「それならいい」

ランプのともされた廊下《ろうか》に入ると、そこにも奴隷たちがひかえていた。テラモンは両脇にならんだ貯蔵庫《ちょぞうこ》をのぞいた。そこにはワインや大麦や羊毛がぎっしりとつめこまれている。武器庫《ぶきこ》のほうには青銅製《せいどうせい》の武器や鎧《よろい》兜《かぶと》が積みあげられている。ここがいるべき場所なんだ、とテラモンはまた心のなかでつぶやいた。

父はそう思っていない。テラモンをミケーネへ寄こすようにという知らせがとどいたとき、テストールはそれを断《ことわ》ろうとした。

「どうしてです？　自分のおじいさんなのに、一度も会えないなんて！」

「おまえは、あそこにいる連中のことをわかっとらん」父はしかりつけるように言った。

「それなら、自分でたしかめさせてください」

最後には父もそれをみとめてくれた。このごろはたいていそうだ。テラモンはチクリとうしろめたさを感じた。リュコニアを出たい本当の理由を打ち明けてはいないからだ。どの岩を見ても、どの木を見ても、ヒュラスのことを思いだして胸《むね》が痛《いた》むのだということを。

ミケーネに着いた最初の夜のこと——

戦士たちといっしょに長椅子《ながいす》に腰《こし》かけたテラモンは、色あざやかな大広間のりっぱさに肝《きも》をつぶしていた。奴隷たちが焼いた牛やシカの肉を運び、くずしたチーズとハチミツを加えたこくのある黒ワインを注いでまわっていた。壁《かべ》や柱には、イノシシを狩《か》り、船から飛びおりて敵《てき》を退治《たいじ》する先祖《せんぞ》たちが描かれ、どこもかしこもまばゆい金の飾《かざ》りがほどこされている。ミケーネに比《くら》べれば、ラピトスなんて農夫の小屋みたいなものだ。

ほっとしたことに、ファラクスとアレクトはタラクレアにいる兄に会いに行って留守《るす》だった。でも、恐ろしい祖父《そふ》のコロノスがいる。

巨大《きょだい》な大理石の玉座《ぎょくざ》にすわった大族長はクモみたいに見え、少ししか酒を飲まず、食べ物にもほとんど手をつけなかった。老いてはいるが、口を開くたびに、屈強《くっきょう》な戦士たちはぴくりと体をふるわせた。どうやって短剣《たんけん》を取りもどしたのか聞かせてくれと声をかけられ、テラモンはおじけづいてしまった。

大広間はしんと静まりかえった。しどろもどろに話して聞かせるあいだ、コロノスはテラモンの頭上をじっと見すえていた。息子《むすこ》のクラトスが死んだときのようすを聞いても、ちらりとも視線《しせん》を動かさない。話がすむと、手もふるわせずに金の杯《さかずき》を口に運び、そっけなく言いはなった。「息子《むすこ》ならまたつくればいい」

ありがたいことに、そのあと話題は鉱山《こうざん》のことにうつった。新月の儀式《ぎしき》がどうのという話だったが、テラモンはぼんやりしていて聞いていなかった。

だから、大広間を出ようと立ちあがったコロノスにもう一度話しかけられたときは、肝《きも》が冷えた。

「タラクレアに行かねばならん。孫よ、おまえも来るか」

テラモンはぎくりとした。そうなることを恐《おそ》れたテストールから、タラクレア行きをきつく止められていたからだ。コロノスは知っている。なにもかも知っているにちがいない。そのうえで、テラモンに選ばせようとしているのだ。

水を打ったような静寂《せいじゃく》がいつまでもつづいた。口を開いても、のどがカラカラで声が出なかった。

「考えておけ」コロノスは命令した。「答えは待たせるな」

それから二日のあいだ、テラモンは悩《なや》みに悩んでいた。でもいま、大広間へと歩きながら、ふいに答えがわかったように思えた。神々《かみがみ》に耳打ちされたような気がした。ヒュラスなんぞどうでもいい、おまえはコロノス一族の一員なのだと。

祖父《そふ》のりっぱな黒い船で海をわたる自分の姿《すがた》が目に浮《う》かんだ。波間にあらわれる、おじのクレオンの要砦《ようさい》も。そうだ。タラクレアへ行こう。

タラクレアへ行けば、ヒュラスのことなど忘《わす》れてしまえるだろうから。

18

クレオンの要《よう》砦《さい》

もう二日も、ピラはヘカビとともに窓《まど》のない小部屋《こべや》に閉《と》じこめられていた。壁《かべ》の外で鳴くカラスの声を聞きながら、ヒュラスのことをひたすら心配していた。

クレオンの要砦に着いてすぐ、鉱山の落盤《らくばん》の知らせが告げられた。怒鳴《どな》り声《ごえ》に、叫《さけ》び声《ごえ》、怒《おこ》った雄牛《おうし》みたいなわめき声。そのあと、となりの部屋に奴隷《どれい》がおしこめられるのが見えた。池のところで見かけたかぎ鼻の少年だ。尋問《じんもん》に答える少年の声が切れ切れに聞こえてきた。「死んだか、生《い》き埋《う》めになった穴《あな》グモたちがいます……コガネムシと、ノミもです」ピラは恐怖《きょうふ》を必死でおしかくした。

「それ、食べないの」ヘカビがきいた。

ピラはつぶしたドングリが入った椀《わん》を見おろすと、首を横にふった。

この少年が逃《に》げのびたんなら、ヒュラスだって無事かもしれない。ピラはそう考えようとした。

「食べたほうがいいわよ」ヘカビが口をいっぱいにしたまま言った。

「いつまで待たされるの」とピラはきいた。部屋には小便のにおいがこもり、髪《かみ》の毛にもなにかが這《は》いまわっている。

ヘカビは肩《かた》をすくめた。「自分の力を見せつけるために、わざと待たせてるのよ」

そんな必要ないのに、とピラは思った。

ここではなにもかもが力を誇示《こじ》しているのだから。要砦《ようさい》の周囲には両腕《りょううで》を広げた長さほども厚《あつ》みのある石壁《いしかべ》が二重に張《は》りめぐらされ、目もくらむ高さの赤い岩の階段《かいだん》をのぼらなければ、なかには入れない。道は丘《おか》のふもとで終わっているので、クレオンの二輪戦車も見せびらかすためのものなのだろう。

真昼の暑さのなかでその階段をのぼったとき、焼けた肉のにおいがつんとただよっていたのを思いだした。階段の途中《とちゅう》には、黒こげのヘビの死骸《しがい》が転がっていた。〈怒《いか》れる者たち〉への捧《ささ》げ物《もの》だろうか？　変わりはてた人間のなきがらまで見つかり、ピラはふるえあがった。くぼみだけになった目がうつろに太陽を見あげ、黒々《くろぐろ》としたカラスがむらがっていた。胸《むね》のところでおし合いへし合いしているので、死体が息をしているみたいに見えてぞっとしたっけ……。

戦士がひとり、部屋《へや》に入ってきた。驚《おどろ》いたことに、それはイラルコスだった。去年の夏、ピラをなぐり倒《たお》したカラス族の隊長の副官だ。

ピラだと気づいてはいないようだ。よかった。「立て。来るんだ」

＊

「族長は光をいやがられる。ヘビもおきらいだ」迷路《めいろ》のような廊下《ろうか》を歩きながら、イラルコスが言った。「だから、おまえがしようとしていることは――」

「あれはとどいたかしら」ヘカビが言った。

イラルコスが合図をすると、奴隷《どれい》がヘカビにふたのついたかごをわたした。

「どうかしてる。前に来た占《うらな》い師《し》と同じめにあうぞ」

「どうなったの？」ヘカビがきいた。

「階段のところで見たはずだ」

ピラの胃がむかついた。ヘカビのやることはただのいんちきなのに、どうやってクレオンをなおそうというんだろう？

「ミケーネから客が来ているそうね」

「なんで知ってる」イラルコスはするどく問いただした。

「うわさよ」

ヘカビはアカイア語を話している。「アカイア語はしゃべれないんじゃなかったの」ピラはそっとたずねた。

ヘカビは口をゆがめた。「聞きまちがいでしょ」

「それじゃ、なんでわたしを連れてきたのよ」

ヘカビは答えなかった。クレオンと対面するのをこわがるようすはない。それどころか、興奮《こうふん》しているようにさえ見える。こうなることを望んでいたみたいに。

たどりついた部屋の入り口には、深紅《しんく》の垂《た》れ布《ぬの》がかかり、大男の番兵が左右に立っていた。ヘカビはかごをピラに手わたした。シューッという声がした。びっくりしたピラは、かごを落としそうになった。

「ただのクサヘビよ。害はないわ」ヘカビが小声で言った。

「なんですって？　でも、さっきの話じゃ――」

「言うとおりすれば、だいじょうぶだから」

垂《た》れ布《ぬの》の向こうから声が聞こえた。「おまえたちの力など借りん」男の怒鳴《どな》り声《ごえ》だ。

「そんなこと言ってる場合か」と別の声。「山を怒《おこ》らせたんだ。しずめられるのは、あの力だけだ」

「タラクレアはわたしのものだ！　わたしが決める！」

「決めるのは父上よ」冷ややかな女の声も聞こえた。

「出ていけ」最初の男が言った。「ふたりともだ！」

「ええ、ひとまずはね」と女が答えた。

垂れ布がめくれ、ふたりの人間が廊下《ろうか》に出てきた。イラルコスはピラとヘカビをひっつかんで脇《わき》に寄《よ》せた。「ファラクスさまとアレクトさまだ、ひかえろ」

ファラクスは戦いのなかに生きてきた男だと、ピラにはピンと来た。暗い赤色の飾《かざ》りけのないチュニックを着ていて、胸《むね》には吊《つ》り剣《けん》ベルトをななめにかけている。がっしりとした手足には傷《きず》あとが走り、左肩《ひだりかた》には盾《たて》をかまえつづけたせいでこぶができている。暗いまなざしが、ただの肉塊《にくかい》でも見るようにピラの前をすどおりした。

アレクトのほうが若《わか》い。腰《こし》のくびれた絹《きぬ》のドレスには、黒と黄色のジグザグ模様《もよう》が入っている。非《ひ》の打ちどころがないほど完ぺきに整った顔。どことなく、美しいスズメバチを思わせる。黒い目でちらりとピラの顔の傷を見ると、ぞっとしたように身ぶるいをした。

ふたりが行ってしまうと、イラルコスは額《ひたい》の汗《あせ》をぬぐった。そして肩をそびやかすと、垂れ布を脇に寄せた。「占《うらな》い師《し》を連れてきました。本当に——」

「入らせろ」

イラルコスはヘカビをなかへ入れ、ヘビのかごをかかえたピラもそれにつづいた。

部屋《へや》はうす暗く、煙《けむり》が立ちこめていた。窓《まど》はアシの日よけにおおわれ、青銅製《せいどうせい》の火鉢《ひばち》には炭火がおこされ、煙が立ちのぼっている。壁《かべ》には青銅の斧《おの》や槍《やり》がずらり。すみっこには、鎧兜《よろいかぶと》がギラギラと光っている。すね当てに胸当《むねあ》て、籠手《こて》、人の背丈《せたけ》ほどもある牛革《ぎゅうがわ》の盾。そして黒い馬毛の飾りがついた、イノシシの牙《きば》を張《は》りあわせた兜。

クレオンは腹立《はらだ》たしげに行ったり来たりしている。体は雄牛《おうし》みたいに大きく、肩からライオンの毛皮をかけている。戦士らしく編《あ》んだ長い黒髪《くろかみ》のあいだから、落ち着かなげにチカリと光る目がのぞいた。

「それで?」クレオンがいきなり言った。

「族長さまの痛《いた》みを消しにまいったのです」ヘカビは恐《おそ》れるようすもなく言った。

「みんなそう言うがな」

「ほかの者とはちがって、わたしは本当にできます」

クレオンは両手のこぶしでこめかみをさすると、「ヘビどもが」とうめいた。「頭に入りこんできて、頭蓋骨《ずがいこつ》を牙で噛《か》むのだ」

「それをなくしてさしあげます」

「やってくれ」クレオンはくぐもった声で答えた。

ヘカビは窓のそばへ行くと、日よけをめくった。月光がさしこみ、クレオンはひるんだ。「殺されたいのか!」

「そんなことをしたら、なおりませんよ」有無《うむ》を言わさない口調で、ヘカビは火鉢をくすぶらないものと取りかえるようにとイラルコスに告げた。

イラルコスが目を向けると、クレオンはいらだったようにうなずいた。

夜風が窓から吹《ふ》きこみ、美しい炎《ほのお》をあげるマツの薪《まき》が入った火鉢が運びこまれると、煙は晴れ、息がらくになった。クレオンは黒いヤギ皮がしかれた長椅子《ながいす》にすわりこむと、ピラがかかえているかごを不審《ふしん》そうにちらりと見た。「それはなんだ」

「ヘビです」ヘカビが答えた。

「ヘビだと？」クレオンはぱっと立ちあがった。「どういうことだ。こいつらを追いだせ！」

動きかけたイラルコスをヘカビは目で制止《せいし》し、クレオンに向かって言った。「ヘビに噛《か》まれた夢《ゆめ》をごらんになったでしょう」

クレオンはたじろいだ。「なぜわかった」

はったりだわ、とピラは思った。ヘビの夢なんて、だれでもときどきは見るもの。

「だから痛《いた》みがあるのです」とヘカビが言った。「頭蓋骨《ずがいこつ》のなかにヘビが巣食っているのです。この奴隷《どれい》がヘビよけの儀式《ぎしき》をして、追いだしてさしあげます」

ピラはぎょっとしてヘカビを見つめた。

「やりなさい」ヘカビはケフティウ語でそう言った。

ピラはふるえながらイグサの敷物《しきもの》の上にかごをおろした。なかからガサゴソ、シューッと音がする。ふたを開けた。ヘカビの言うとおりクサヘビだけれど、閉《と》じこめられていたから怒《おこ》っている。

「本当に効《き》くんだろうな。失敗したら、カラスのえさにしてやる」クレオンがすごんだ。

「やるのよ」ヘカビがまたうながした。

耳の奥《おく》で血がドクドクと音を立てる。母がやっていたように、ピラはすばやく二匹《ひき》のヘビの頭の後ろをつかむと、高くかかげた。やわらかい尻尾《しっぽ》が腕《うで》に巻《ま》きついてくる。小さな舌《した》が黒い稲妻《いなずま》のようにチロチロ動く。一部始終を見つめるクレオンから、恐怖《きょうふ》と憎悪《ぞうお》が炎《ほのお》の熱のように伝わってくる。

「族長さまのそばへ」とヘカビが指示《しじ》した。

ピラは腕をかかげたまま一歩前へ踏《ふ》みだした。クレオンはこぶしをにぎりしめ、長椅子にすわって身をちぢめている。

近くで見ると、クレオンのあごひげとべたついた長い髪《かみ》が、青銅《せいどう》の針金《はりがね》で結《ゆ》わえられているのがわかった。ほおには灰《はい》がこびりついている。恐怖のにおいがただよってくる。血走った目は、ピラを見てはいない。ヘビしか目に入らないのだ。

ヘカビは部屋《へや》のなかを歩きまわりながら、薬草をまきちらしている。「悪夢《あくむ》のヘビを消し去るには、それが頭のなかに入りこんだ理由を知らねばなりません」低い声でそう話しながら、動かないでと目くばせする。「族長さまは深く掘《ほ》りすぎたと精霊《せいれい》たちが言っています。〈火の女神《めがみ》〉を怒《おこ》らせたのだと」

クレオンは鼻で笑った。「われわれがあがめているのは、〈火の女神〉もかなわぬ力なのだ」そう言いながらも、こめかみにはくっきりと青筋《あおすじ》が立っている。

「短剣《たんけん》が見えます。精霊たちのお告げです」とヘカビが言った。

クレオンはくちびるをなめた。「父上がその短剣を持って、新月の儀式《ぎしき》にやってくる。〈怒《いか》れる者たち〉の力によって、〈火の女神〉はわれらに屈服《くっぷく》する。そうすれば、ついにタラクレアはわたしのものになるのだ」

ヘカビはうなずいた。かしこいやりかただ。ヘビでクレオンの気を引きつけ、うまくかまをかけて、話を聞きだそうとしているのだ。

「ほかの者の手が、短剣をうばおうとしているのが見えます」ヘカビが静かに言った。

クレオンは顔をくもらせた。「ファラクスとアレクトだな。タラクレアを横取りしようとたくらんでいる」

と、かごに残っていたヘビが一匹抜《ぴきぬ》けだし、クレオンのほうへ這《は》っていくのが見えた。ピラは足で追いはらおうとした。

間に合わなかった。クレオンは憎々《にくにく》しげに叫《さけ》んでヘビをつかみ、にぎりつぶすと、火のなかに投げこんだ。

ヘビが身もだえし、やがて動かなくなるのをピラはぞっとしながら見守った。ピラの腕《うで》に巻《ま》きついたヘビたちはきょうだいの死を感じとり、もがきはじめた。ピラは親指でやさしくヘビの口をなで、ちゃんと外にはなしてあげるから、と心のなかで約束した。

「精霊《せいれい》はほかになんと？」クレオンは荒《あら》い息できいた。

「クレオンさまがタラクレアの主だと」ヘカビはなだめるように言った。「クレオンさまはケフティウと盟約《めいやく》を結ぶと――」

「ケフティウだと！　盟約など必要ない。ケフティウを征服《せいふく》し、富《とみ》はすべてわれらのものにする」

ピラはかごを落としそうになった。

気をつけなさい。ヘカビが目で言った。

「ケフティウの連中は、われわれを野蛮人《やばんじん》のように見くだしている。だが、武力《ぶりょく》を持っているのはどっちだ？　力を持っているのはどっちだ。じきにわれわれが――」クレオンは話をやめると、こめかみを手でおさえた。「痛《いた》みが消えた」

イラルコスが息をのんだ。

クレオンは驚《おどろ》いたようにヘカビを見つめた。

「言ったとおりでしょう」そう言うと、ヘカビは小袋《こぶくろ》のなかからヤギの角《つの》でできた薬瓶《くすりびん》としなびた根っこを取りだした。「この油を一日に二回こめかみにすりこんで、根のほうは寝《ね》る前にザクロの種の大きさに切って噛《か》むとよいでしょう。ヘビが出てきたら、またわたしをお呼《よ》びください」

＊

「本当になおしてしまうとはな」廊下《ろうか》に出ると、イラルコスがつぶやいた。

ピラはそれどころではなかった。カラス族はケフティウを征服するつもりだ。だからあんなにせっせと青銅《せいどう》をつくろうとしているのだ。ケフティウと戦争をするために。

前に立っているヘカビがよろめいたかと思うと、ひざからくずおれた。

「ヘカビ？」ピラは呼びかけた。

ヘカビは顔を真っ青にして汗《あせ》をにじませ、床《ゆか》の上で身もだえしている。

「どうした」イラルコスがきいた。

「なんだ、どうかしたのか」クレオンも部屋《へや》の入り口で声を張《は》りあげた。

ヘカビは背中《せなか》を丸め、転げまわっている。口から泡《あわ》を噴《ふ》き、白目をむいている。「姿《すがた》が見える……」とささやく声の調子もがらりと変わっている。「その者は地の底から這いだし……赤き川がタラクレアをのみこむ……よそ者は生きている……」

「なんだ？」クレオンが大声で言った。「なんと言ってる？」

「ただのうわごとです。番兵！　連れていけ！」

「よそ者は生きている」ヘカビはしゃがれ声で言った。

「よそ者は死んだ！」クレオンが怒鳴《どな》った。「わが兄が死のまぎわに〈怒《いか》れる者たち〉に祈《いの》りを捧《ささ》げ、それが聞き入れられたのだ！　よそ者は死んだ、死んだのだ！」

死んだのだ！　死んだのだ！　廊下にこだまがひびきわたった。

部屋《へや》にもどると、ピラはヘビのかごを床《ゆか》におろし、両手で口をおおってへたりこんだ。コロノス一族の短剣《たんけん》がタラクレアにやってくる。カラス族はケフティウを征服《せいふく》しようとしている。ヒュラスは生きている。

ウウッとうめくと、ヘカビが起きあがった。顔は青ざめているが、正気にかえったようだ。「なにが起きたの。どのくらい時間がたった？」

「あなた、いんちきじゃないのね」

ヘカビは壁《かべ》にもたれると、目を閉《と》じた。「もちろんちがう。こんなふうになったのは、あんたくらいの年のときよ。転んで頭を打ってね。そうしたらこうなった」そう言うと、カササギのような白い髪《かみ》の筋《すじ》にふれた。

「なんでいんちきのふりをするの」

「なんでだと思う」

ピラは少し考えた。「わたしのほうが利用しようとしてるんだって、思わせておきたかったのね。最初からわたしをここへ連れてくるつもりだと、気づかせないために」

「正解《せいかい》」ヘカビはそっけなく答えた。

「カラス族がケフティウを征服しようとしてるって知ってて――」

「そうじゃないかと思っていただけよ。これではっきりしたわね」

「――だから、わたしにそれを聞かせたかったのね。母に伝えさせるために」

「そうすれば、ケフティウだって腰《こし》をあげるだろうから。十年ばかりおそいけれど、カラス族をここから追いだしてくれるでしょ」

廊下《ろうか》で足音が聞こえ、イラルコスが入ってきた。信じられないという顔で首をふっている。「殺せと命じられるかと思ったが、クレオンさまはおまえを気に入られた。ここにとどまるようにとおおせだ」

「呼《よ》ばれればいつでも来るわ。でも、ここで暮《く》らすのはお断《ことわ》り。出入りは自由にさせてもらうわ」ヘカビはきっぱりと言った。

恐《おそ》れ入ったというように、イラルコスはうなずいた。「好きなように」

イラルコスが行ってしまうと、ヘカビは顔の汗《あせ》をぬぐった。「さっき、わたしはうわごとでなにを言っていた？　ぜんぶ教えて」

ピラはためらった。「よそ者が生きてるって」

ヘカビは眉《まゆ》をひそめた。「よそ者……ってだれのこと？　それに、なぜクレオンはそのよそ者を恐れているんだろう」

ピラはまたためらってから、ヘカビに近づいて小声で言った。「お告げがあったの。〝よそ者が剣をふるうとき、コロノス一族はほろびるだろう〟って。秘密《ひみつ》にされているはずよ。戦士たちが知らされているのは、よそ者を殺さなきゃならないってことだけ」

ヘカビはピカリと目を光らせた。「池で話していたあの子。あの子がよそ者なのね。ごまかしたってむだよ、目を見ればわかるんだから」

ピラはくちびるをなめた。「生きてるって、あなた言ってたわ。地の底から這《は》いだしてくるのが見えるって。鉱山《こうざん》の落盤《らくばん》で死ななかったってことよね」

「行きなさい。ここの連中には、薬草をつみに行ったと言っておくから。その子をさがして。生きているのを知られてしまったと伝えるのよ。さがしだして」ヘカビはくりかえした。「クレオンの敵《てき》なら、わたしの仲間だから。さあ、行って！」

19

新しい仲間

子ライオンは少年の前足の下に頭をもぐりこませ、もどかしそうに鳴いた。少年が起きないので、おなかによじのぼって爪《つめ》を立てると――少年は悲鳴をあげて飛びおきた。

あくびまじりにぶつくさ言いながら、少年は熱い水たまりまで這《は》っていった。さっきはそこからウサギの足や尻尾《しっぽ》をつまみあげて、また遊べるように、やぶのなかにほうりこんでくれた。いまは水を飲んでいる。おかしな飲みかただ。ライオンみたいに舌《した》でなめるんじゃなく、ひょろひょろした前足ですくいあげている。

それがすむと、少年は棒切《ぼうき》れを拾って、草の下を掘《ほ》りはじめた。近よってにおいをかごうとしたけれど、おしのけられた。それから根っこを掘りだすと、それを食べた。子ライオンは感心した。

どうしてなめてきれいにしてくれないんだろうとふしぎに思っていたけれど、やっとわかった。少年の舌はつるつるだからだ。毛皮をなめるにはもっとざらざらしていなくちゃ。歯もお粗末《そまつ》だし、爪なんて使いものにならないばかりか、出し入れすることさえできない。尻尾がないから、怒《おこ》ったときにふることもできないし、先っぽのふさなしでは、背《せ》の高い草むらのなかで合図も送れない。なにより変なのは、ひげも毛皮も生えていないことだ。くしゃくしゃのたてがみも貧弱《ひんじゃく》で、顔のまわりはむきだしになっている。心配だ。寒くはないのかしら？

少年は地面にすわってこちらに話しかけてきた。おだやかでたのもしい声を聞いているとうれしくて、子ライオンは後ろ足で立ちあがり、少年の肩《かた》に前足をかけて鼻をなめた。少年は声をあげたが、笑っているんだとわかったので、もっとたくさんなめた。それから転げまわりながら、取っくみあって遊んだ。母さんが死んでから初めて、楽しい気持ちになった。

そのあと、少年は洗《あら》おうとするつもりか、水をひっかけた。それはかまわなかったけれど、次に痛《いた》いほうの前足をつかまれたのはいやだった。針《はり》をぐいっと引っこぬかれたからだ。子ライオンはやぶにもぐりこんで泣きべそをかいた。とても痛かったから。

ふるえながら見ていると、少年は葉っぱをくちゃくちゃと嚙《か》んで泥《どろ》とまぜあわせた。なにをするつもりだろう？

やさしい声で話しかけながら、少年はにじりよってきて、また痛い前足に手をのばした。うなってみたけれど、驚《おどろ》いたことに、少年は前足をつかむと、青くさいにおいのする泥を肉球にこすりつけた。子ライオンはびっくりしすぎて嚙みつくのも忘《わす》れ、それをなめてきれいにした。少年がまたこすりつける。またなめる。ひとしきりそれをくりかえしたあと、少年は怒ってしまい、別の葉っぱを嚙んで塗《ぬ》った。そっちはいやな味がしたので、なめるのをやめた。

それからひと眠《ねむ》りして、目をさましてみると、痛みはましになっていた。

やがて少年は腰《こし》をあげた。立ちあがると木ほどの背丈《せたけ》がある。声をかけられ、子ライオンははっとした。狩《か》りについてきてほしいみたいだ。

あとについて歩きながら、子ライオンは一人前になった気がしていた。のっぽで毛皮も生えていないこの生き物が、新しい群《む》れの一員なんだ。ライオンとはちがうけれど、たてがみはライオンと同じ色だし、へんてこな細い目もライオン色をしている。

本物のライオンじゃないけれど、きっと魂《たましい》はライオンなんだ。

＊

前の日にヤマウズラをわなでつかまえたのにつづいて、今朝は運よく投石器で小さなシカをしとめることができた。

ハボック――めちゃめちゃという意味だ――がシカに鼻をつっこもうとした。

「だめだ」ヒュラスはきっぱりと言った。

お願い、というようにハボックが見あげる。

ヒュラスは鼻を鳴らした。「ウサギをだいなしにしただろ」

シカを片方《かたほう》の肩《かた》に背負《せお》い、野営地《やえいち》へ歩きだすと、ハボックもあとからついてきた。

たっぷりと肉を食べ、ヒュラスの腹《はら》の上で大の字になって眠《ねむ》ったせいで、ハボックはあっというまに元気を取りもどした。おなかはふくらみ、毛皮はふわふわでなめらかになった。なにより、ヒュラスを信頼《しんらい》するようになってきた。クーンクーンと小さな声をしきりにあげながら飛んでくると、ごろんと寝《ね》ころがり、肉球のある足をばたばたさせながら、おなかをなでてとおねだりまでする。

話しかけたり、面倒《めんどう》を見てやったりする相手がいるのはいいものだった。飼《か》い犬《いぬ》のスクラムに似《に》ているところもあって、とにかく知りたがり屋で、しょっちゅうヒュラスのひざによじのぼってくる。なにをやってるの、わたしもいっしょにやらせて、というみたいに。そうはいっても、ライオンなので、背の高い草むらにもぐりこんで心配させるし、犬みたいにうれしいときに尻尾《しっぽ》をふったりもしない。きげんの悪いときに、むちのように打ち鳴らすだけだ。なによりいやがるのは、無視《むし》されることだった。それが大きらいらしい。

　ハボックがまだ少し足を引きずっているので、野営地にもどると、もう一度ニガヨモギの葉で塗《ぬ》り薬《ぐすり》をこしらえ、肉球と鼻の傷《きず》にすりこんでやった。それから、おとなしくさせるために、シカのはらわたをあたえた。

　ハボックがうれしそうにはらわたまみれになっているあいだに、ヒュラスは新しい黒曜石のナイフでシカをさばいた。いくらかは干《ほ》し肉《にく》にして、残りは泉《いずみ》のそばの熱い泥《どろ》に埋《う》めることにした。地面がこれだけ熱ければ、わざわざ火をおこす必要もない。それから毛皮を洗《あら》って、つぶした脳《のう》みそをこすりつけてから、枝《えだ》に引っかけることにした。水袋《みずぶくろ》とキルトをこしらえるぐらいの大きさはありそうだ。

　全部やり終えるまでには、かなり時間がかかってしまうだろう。ピラをさがしに行かないといけないのはわかっている。でも、途中《とちゅう》で干《ひ》からびて死んでしまったら、ピラを助けることもできない。

　日が落ちるころ、泥を掘《ほ》りかえし、汁気《しるけ》たっぷりのやわらかい肉を腹におさめた。ハボックは起きていて、枝にぶらさがったシカの毛皮を見あげていた。木によじのぼりたそうにしているので、気をそらそうと、ヤナギランの茎《くき》を手早く編《あ》んで球をつくった。「ほら、ハボック！　取ってこい！」

　なにを言われたのかはわからなかったようだが、ハボックは球を気に入った。ふたりは野営地をかけまわり、泉を出たり入ったりしながら、夢中《むちゅう》で〝取ってこい〟をして遊んだ。やがて、ハボックはくたびれたのか、ぱたりと倒《たお》れると、眠ってしまった。

　ヒュラスは腰《こし》をおろしてあばら肉をかじった。ハボックはヒュラスにもたれかかり、夢《ゆめ》を見ているのか、尻尾をひくつかせている。ふしぎだ。二、三日前には存在《そんざい》すら知らなかったのに。なんだか、ずっと前からいっしょだったような気がする。

前を歩いていたハボックがふりかえり、ついてきて、とヒュラスを見た。びっくりするほど山をよく知っているらしく、山腹《さんぷく》をくねくねとのぼるヤギの通り道を見つけたのもハボックだった。

ヒュラスの足どりは重かった。真昼の日ざしがじりじりと照りつけているし、手には水袋《みずぶくろ》と肉の包みに加えて、ハボックお気に入りのヤナギランの球までかかえている。置いていこうにも、許《ゆる》してもらえなかった。

＊

ヒュラスはちらりとふりむいた。思ったより高いところまでのぼってきたようだ。森もやぶも、黒曜石の尾根《おね》も、それにヤマナシの木も、はるか低いところに見えている。

くびれからつづいている自分の足跡《あしあと》をたどるのは、危険《きけん》なのでさけることにした。それでこうして山腹をのぼって、島を見わたしてみることにしたのだ。鉱山《こうざん》を通らずに要砦《ようさい》に行ける道が見つかるかもしれない。といっても、ピラを救いだす方法を思いついたわけではないけれど。

クレオンの要砦にとらわれているピラのことを思うとたまらなかった。正体を知ったら、クレオンはピラを利用しようとするだろう。どんなふうにとは考えないようにした。

上までのぼりすぎてしまった。斜面《しゃめん》は目のあらい黒い砂《すな》におおわれ、弱々《よわよわ》しい赤い草がまばらに生えている。むきだしの岩のほかには身をかくす場所もなく、その上には切り立った黒い斜面が山頂《さんちょう》までつづいている。煙《けむり》が吹《ふ》きおりてくる。くさった卵《たまご》みたいなにおいだ。

岩のそばに近づくと、急ににおいが強まり、足元の地面が熱くなった。ヒュラスは立ちどまった。斜面を二歩ほどあがったところにある地面の割《わ》れ目《め》から、荒々《あらあら》しく煙が噴《ふ》きだしていた。割れ目はヒュラスのこぶしほどの幅《はば》で、そのまわりの黒い砂には、どぎつい黄色をしたへんてこな結晶《けっしょう》がちらばっている。えたいの知れない怪物《かいぶつ》の糞《ふん》かなにかみたいだ。針《はり》のようにとがった形をしていて、割れ目のまわりにもこびりついている。割れ目からはくさい煙といっしょに、シューッというわきたつような荒々しい音がもれつづけている。

ザンの言葉がよみがえった――火の精霊《せいれい》たちは地面の割れ目に住んでて、針みたいにとがってて熱いんだ。

熱気が吹きつけた。目に見えない精霊が、すみかから出てきて前を通りすぎていったような気がした。ヒュラスは後ずさりをした。けれど驚《おどろ》いたことに、ハボックは平気な顔で割れ目に近づいていく。

「ハボック、おりてこい」ヒュラスはきつい声で言った。大声は出したくないし、つかまえに行くこともできない。人間界と不死なる者たちの世界は、しきりによってへだてられている。これでは近づきすぎだ。

「ハボック！」

と、ふいに風向きが変わり、ヒュラスはむせかえるような熱い煙にすっぽりとおおわれた。においがのどにしみる。目が見えず、息もできない。

「ハボック！」ヒュラスはあえぎ、よろよろと斜面をおりはじめた。

ハボックがかけよってくると、なにかを目で追うように首をねじ曲げた。ヒュラスにはなにも見えない。

「どうしたんだよ」

ハボックの黄褐色《おうかっしょく》の目のなかに、ちらりと炎《ほのお》が見えた。でも、あたりに火は見あたらない。ハボックはくしゃみをすると、ヒュラスのふくらはぎにおでこをおしつけた。

「上まで来すぎたんだ」ヒュラスはささやいた。「もどらなきゃ」

火の精霊《せいれい》は警告《けいこく》している。ここは不死なる者たちの場所で、人間の来るところではないと。
＊

子ライオンは、火の精霊たちが通りすぎていくのを見守っていた。びっくりしたことに、尻尾《しっぽ》をのばせばとどきそうなほど近くにいるのに、少年には見えないらしい。

まわりでは、火の精霊たちがあちこちのねぐらから出たり入ったりしている。大きくて騒《さわ》がしいのもいれば、おとなしくて小さいのもいる。なのに、少年には少しも見えていないのだ。

どうしたらいいんだろう。少年が山にのぼりたそうにしていたので、ここまで案内してきたけれど、嚙《か》まれてしまうんじゃないかと心配だった。

いまだってほら、小さな精霊のねぐらに足をつっこみそうになっている。

子ライオンは飛んでいって少年の足を体でおした。そっちはだめ！

火の精霊がパチンとはぜ、少年は悲鳴をあげると、けんけんで逃《に》げだした。

それからは少年のそばをはなれないことにした。あぶないところに行かないように気をつけないと。

大きな火の精霊が目の前にやってきたので、子ライオンはうやうやしく耳を寝《ね》かせた。精霊はパチパチとはぜながら通りすぎ、ねぐらにもどっていった。

少年はちっとも気づかないまま、岩のところまでよろよろと歩いていって、やけどをした後ろ足に水をかけはじめた。自分のほうが姉さんみたいだと思いながら、子ライオンはついてまわった。

少年は面倒《めんどう》を見てくれるはずだけれど、どうやら、こっちが気をつけてあげなきゃならないこともあるみたいだ。

やけどした足首を水で洗《あら》うと、ヒュラスはシカの脂《あぶら》のかたまりを塗《ぬ》りつけた。ハボックは火の精霊たちのすみかのようすをうかがっていたが、やがてヒュラスのそばにすわった。両足を真っすぐにそろえて腹《はら》ばいになり、金色の頭を高くもたげている。

「なあ、火の精霊が見えるのかい」ヒュラスはそっとたずねた。

ハボックは首をかしげてヒュラスを見た。すんだ黄褐色《おうかっしょく》の目には、木の年輪みたいな琥珀色《こはくいろ》の模様《もよう》が入っている。ちらちらと揺《ゆ》れる小さな炎《ほのお》はもう消えている。

「見えるのかい」ヒュラスはまたきいた。

ハボックはふわあと大あくびをすると、おでこをヒュラスの太ももにこすりつけた。

いったいどんな力のみちびきで、自分たちはめぐりあったのだろう。ハボックと出会ってから初めて、ヒュラスはそう考えた。野営地《やえいち》をめちゃめちゃにしたとき、ハボックは捧《ささ》げ物《もの》を食べた。そうしたのが怪物《かいぶつ》だったら、それは不死なる者たちにつかわされたということだ。

だけどハボックは？　こんないたずらっ子のちびライオンが、神々《かみがみ》の使いなんてことがあるだろうか。

でも、そういえば、つかまって奴隷《どれい》にされたあの日、ライオンに会ったんだった。あのライオンさえいなければ、とらえられはしなかったし、タラクレアに連れてこられることもなかったはずだ。

あのライオンは、ヒュラスをつかまえさせたかったのだろうか。ハボックと出会わせるために？

ひとつだけたしかなのは、最初からめぐりあう運命だったということだ。

と、ハボックがぴょんと立ちあがると、岩場の端《はし》までかけていった。耳をぴんと立て、東のほうをじっと見つめている。なにか聞こえるようだ。

「どうしたんだ」ヒュラスは小声できいた。

そのとき、ヒュラスにも聞こえた。胃がきゅっとなる。

犬たちの吠《ほ》え声《ごえ》だ。

20

ハリネズミを追って

ピラはヤマナシの木の陰《かげ》にかくれ、耳をすました。風の音。コオロギ。犬の声は聞こえない。でも、たしかにさっきは聞こえた。

尾根《おね》のてっぺんまで這《は》っていくと、いま横切ってきたばかりの焼けつくような黒い野原を見おろした。人間も犬も見あたらない。でも、うっそうとしたイバラのしげみだらけで、見通せないところがある。

きっと、野生のヤギを狩《か》りに来たただの狩人《かりゅうど》たちだろう。そう思いながら、ピラのてのひらはじっとりと汗《あせ》ばんでいた。クレオンは犬たちを獰猛《どうもう》にしておくために、いつも飢《う》えさせている。だから犬たちはなんにでも見さかいなく襲《おそ》いかかる。ひょっとして、自分のにおいをかぎつけられてしまったんだろうか。それとも、ヒュラスの残した目じるしを追っ手が見つけてしまったのかも。自分だって気づいたのだから、だれにでも見つけられるはずだ。

ピラを薬草つみに行かせるというヘカビの話を、イラルコスは疑《うたが》わなかった。おまけに、水袋《みずぶくろ》とオリーブの袋、そして島のくびれにいる戦士たちに止められないようにと、粘土板《ねんどばん》に自分のしるしを書いたものまで持たせてくれた。約束どおりクサヘビたちを逃《に》がしてやると、じきに道端《みちばた》のほこらのなかにヒュラスのひとつ目の目じるしが見つかった。しなびた花飾《はなかざ》りやいびつな粘土《ねんど》細工の雄牛《おうし》にまぎれるように、なにかがきざまれた石が置いてあった。とがった鼻と、とげとげのついた丸いもの。ハリネズミだ。

ハリネズミの鼻が西を向いていたので、ピラはそちらをめざして歩きだした。思ったとおり、熱い湯がわく奇妙《きみょう》な泉《いずみ》のふちに、またハリネズミが描《えが》いてあった。山のふもとの赤い大岩にももうひとつ。ハリエニシダのやぶのなかにもさらに三つ見つかり、それをたどるうちに、このうす気味の悪い黒曜石の尾根《おね》までたどりついた。

太陽がじりじりと照りつけ、吹《ふ》きつける熱風のせいで、目のなかに砂《すな》が入る。ピラは目をすぼめて野原を見わたした。狩人《かりゅうど》たちがいるとしても、近づいてきてはいないようだ。

ヒュラスの目じるしがないかと、尾根のまわりをもう一度さがしてみた。ない。さあ、どうしよう？

ヤギのにおいがする生ぬるい水をひと口飲み、オリーブも二、三個《こ》口に入れた。日の出から歩きっぱなしで、もう昼をすぎようとしている。すっかりくたびれ、日焼けで肌《はだ》はひりひりし、足も痛《いた》む。ここで何日もひとりですごすことになるかもしれないと気づき、ピラはふと不安になった。ナイフは要砦《ようさい》で取りあげられてしまった。

ピラは急いで黒曜石のかたまりをつかむと、ヤマナシの木の下で棒切《ぼうき》れを見つけ、チュニックのすそをさいてつくったひもで石を棒にくくりつけ、棍棒《こんぼう》をこしらえた。ふってみると、ヒュッといい音がした。棒をあたえてくれたことを木に感謝《かんしゃ》しようと、根元に二、三滴《てき》水をたらすと、木はうれしそうにカサカサと葉を揺《ゆ》らした。

すぐそばの岩に鳥が一羽とまり、するどい鳴き声をあげた。ピラは息を殺した。ハヤブサだ。羽づくろいをしたその鳥が、空へ飛びたっていくところを、ピラはじっと見守った。ハヤブサは円を描きながらピラを見おろし、やがてかん高い鳴き声をもう一度あげると、飛び去った。

ピラの心のなかのなにかがいっしょに舞《ま》いあがった。前に見た、太陽から飛びだすようにあらわれたハヤブサのことを思いだし、羽根とライオンのかぎ爪《づめ》を入れてある胸《むね》の小袋《こぶくろ》に手をやった。

きみは勇気があるし、へこたれない。前にヒュラスはそう言ってくれた。さあ行くわよ、ピラ。ヒュラスはどこかにいるはずだから。

これ以上山頂《さんちょう》には近づかないだろうから、ヒュラスは西にある森のなかの尾根か、南のほうの海岸へ行ったにちがいない。魚をとるのがうまいし、きっと南だ。

やぶのなかに、下り坂になった小道が見つかった。メエエとびっくりしたような声が聞こえたので、ヤギの通り道だろう。よかった。ヤギなら下までおりる道を知っているだろうから。

はずれだった。小道はあぶなっかしいほど急になり、行きついた先は崖《がけ》になっていた。めまいがするほどはるか下で、波が逆巻《さかま》いている。

遠くに見えている森のなかの尾根が、白い海岸へとつづいているのがわかった。やっぱりまちがいだった。ヒュラスは西へ行ったのだ。ハヤブサだって西へ飛び去って、そっちへ行けと教えてくれていたのに。

這《は》うようにしてまた坂をのぼるうち、別の道に迷《まよ》いこんでしまったことに気づいた。こっちの道はまた下り坂になり、見たこともないほど奇妙な洞窟《どうくつ》へとつづいていた。灰白色《かいはくしょく》の壁《かべ》にはどぎつい橙《だいだい》色《いろ》の筋《すじ》が入り、奥《おく》のほうには、いやなにおいのする温かい緑の泥《どろ》だまりがあって、ブクブクと泡《あわ》だっている。

硫黄《いおう》のにおいでのどがつまりそうになる。山の女神《めがみ》のことを気にしながら、岩にハリネズミが描かれていないか、急いでたしかめた。

と、犬の吠《ほ》え声《ごえ》がした。気のせいじゃない。

ピラは棍棒《こんぼう》をにぎりしめると、坂をかけあがりはじめた。やぶのすきまからちらりとヤマナシの木が見えたので、それをめざして走った。

黒曜石の尾根《おね》までもどると、てっぺんにある岩の上に腹《はら》ばいになった。

あそこだ。はるか下のほうに、カラス族の戦士が三人と、獰猛《どうもう》そうな犬が数頭いる。どうしよう、ヒュラスの目じるしを見つけた赤い大岩のすぐ近くだ。男たちは黒革《くろかわ》のチュニックに、くるぶしまでのブーツをはいている。めいめい矢筒《やづつ》を背負《せお》い、腰《こし》には短剣《たんけん》をさげている。肩《かた》には人の背丈《せたけ》ほどもある長い弓。犬たちは地面をかぎまわっている。

大岩のところのヒュラスの目じるしはピラが消してきた。でも、追われているのがピラのほうだったら？　イラルコスのしるしも、身の安全を守ってはくれないような気がする。とくに、先に犬につかまったりすれば。

とつぜん犬たちが激《はげ》しく鳴きたてはじめると、北へ走りだした。男たちもあとを追う。ピラのいるところとは逆《ぎゃく》の方向だ。やぶのなかで、男たちが追っている獲物《えもの》がはねるのがちらりと見えた。シカだ。そのまま遠くへ行ってくれますように。

でも恐《おそ》ろしいことに、犬が二頭、かけもどってきた。

ピラは息をするのを忘《わす》れた。

犬たちはまた赤い大岩のあたりをかぎまわりはじめた。一頭が頭をあげると、血も凍《こお》るような吠え声をあげた。二頭はそろって坂をかけあがりはじめた。

ピラのにおいをかぎつけたのだ。

21

犬

ヒュラスははるか下の野原にいるカラス族に気づいた。坂をかけあがってくる二頭の犬にも。尾根の上にいる人間にも。なんてこった。ピラだ。

ハボックをかかえあげると、ヒュラスは転がるように坂をくだった。遊びじゃないと気づいたハボックはおとなしくしているが、おびえたように爪《つめ》を立ててしがみついてくる。

尾根にたどりついてみると、ピラは消えていた。やぶのなかにかくれたのだろう。ヒュラスはヤマナシの木のまたのいちばん高いところにハボックをおしこんだ。ハボックもふるえながら木にしがみついた。

「そこにいろ。おりちゃだめだ。八《や》つ裂《ざ》きにされちゃうぞ！」ひもでくくりつけるべきかどうか、ちょっとのあいだ迷《まよ》った。でも、落っこちて首がつられてしまうかもしれないし、時間もない。

武器《ぶき》以外の持ち物をかなぐり捨《す》てると、ヒュラスはやぶへとつづく小道にピラの足跡《あしあと》をさがした。あった——でも、南に向かっている。いったいなにを考えてるんだ？ そっちは断崖絶壁《だんがいぜっぺき》なのに。

ハリエニシダの背《せ》が高すぎて先は見通せないし、カラス族に聞かれるとまずいから、大声も出せない。吠え声がまた聞こえた。今度はずっと近い。ピラがつかまったら、どんなめにあわされるか、ヒュラスは必死で思い描《えが》かないようにした。

とげだらけの枝《えだ》に行く手をはばまれてばかりだが、犬たちはそんなもの平気だろう。どんなに速く走っても、ピラのところへは犬より先にたどりつけそうにない。

＊

心臓《しんぞう》がのどまでせりあがりそうに感じながら、ピラはやぶをかき分けた。犬たちの吠《ほ》え声《ごえ》が聞こえるが、どこにいるかはわからない。

と、急に声がやんだ。ぞっとするような静寂《せいじゃく》。

においをたどっているのだ。

ピラのにおいを。

そのとき、ふと思いついた。洞窟《どうくつ》が見つかりますようにと祈《いの》りながら、ピラは坂をかけおりた。とげだらけの枝に水袋《みずぶくろ》やオリーブの袋が引っかかるので、棍棒《こんぼう》だけを残して投げ捨《す》てた。後ろをふりかえったり、立ちどまって耳をすましたりしている余裕《よゆう》はない。犬たちがいつあらわれてもおかしくない。

ようやく枝と枝の向こうに白い岩が見えた。坂をすべりおりると、洞窟のなかにもぐりこむ。奥《おく》のほうで、泥《どろ》だまりがなにかの生き物のように待っていた。ひょっとすると、本当に生きているのかもしれない。うす気味悪い緑の泥の下で、怪物《かいぶつ》がうごめいているのかも。でも助かるためには、やるしかない。

生温かい泥がむさぼるように両足にまとわりつく。ピラは全身を沈《しず》めた。どろどろとしたものが目や耳や鼻に流れこんでくる。岩に足をかけて体を引きあげると、泥を吐《は》きだし、顔についたものもこすりとった。においがきつすぎて息が止まりそうだ。これで体のにおいが消えなければ、なにをやってもむだだろう。

棍棒をひっつかみ、泥をまきちらし、自分の足跡《あしあと》を踏《ふ》まないように気をつけながら、ピラは走った。でも、さっきはたくさんあって困《こま》るほどだったヤギの通り道が、いまはひとつも見つからない。無理やり進んでみるものの、ハリエニシダにおしもどされそうになる。

と、後ろから息づかいとかぎ爪《づめ》の足音が聞こえた。ピラはパニックになった。においをごまかせなかったのだ。

泥まみれのサンダルがつるつるすべるが、ぬぎ捨てるひまさえない。胸《むね》がゼイゼイいう。くたびれはてて、これ以上進めそうにない。

ネズのしげみにおおわれたくぼみが見つかったので、そこにもぐりこんだ。後ろから襲《おそ》われるより、ここにかくれて真《ま》っ向《こう》から戦ったほうがいい。

またかぎ爪の音がした。

ピラは身がまえた。ハアハアという息づかい。やがて、ばかでかい毛むくじゃらな犬が頭上を飛びこえ——そのまま走り去った。

ピラは息をつめていた。うまくいったのだろうか？

もう一頭はどこにいるんだろう？

＊

ヒュラスはやぶをかき分けて進んでいた。と、とつぜん犬が胸にぶつかってきた。

斧《おの》はふっ飛んだが、なんとか足を踏んばり、犬をおしやった。犬はすぐにまた襲ってきて、ヒュラスのふくらはぎに嚙《か》みついた。ヒュラスは悲鳴をあげると、腰《こし》に差したナイフに手をのばした。ない。石を拾うと、それでなぐりかかった。石は肩《かた》をかすったものの、犬は平気な顔だ。もう一度なぐろうとすると、犬がのどぶえめがけて飛びかかってきた。ヒュラスはその首をつかんだが、重みで地面にたたきつけられた。

顔に嚙みつかれないように、両手で犬の首をしめあげる。指一本とはなれていないところで、犬の歯が空《くう》を嚙んだ。つばが飛んでくる。生ぐさい息が熱くほおに吹《ふ》きかかり、うなり声で身の毛がよだつ。小さな黄色い目は血に飢《う》えきっている。腕《うで》がふるえはじめた。じきにもちこたえられなくなる。

とっさにヒュラスは、とんでもない行動に出た。こぶしを犬の口につっこんだのだ。

犬はびっくりして嚙みつくのも忘《わす》れている。ヒュラスは空《あ》いているほうの手で石を拾い、犬の頭にたたきつけた。犬はヒュラスにおおいかぶさったまま、ぐったりと動かなくなった。

荒《あら》く息をつきながら、ヒュラスはこぶしを引きぬいた。よだれまみれだが、引っかき傷《きず》ができたくらいだ。ふくらはぎの傷のほうがひどそうだが、まだ痛《いた》みは感じない。全身のふるえが止まらなかった。

斧《おの》を取りもどすと、ヒュラスはよろよろと立ちあがった。やぶのなかは静まりかえっている。もう一頭の犬はどこだ？　ピラは？　ハリエニシダをかき分けて進みながら、ヒュラスは巨大《きょだい》な獣《けもの》に崖《がけ》っぷちまで追いつめられたピラの姿《すがた》を思いうかべた。

危険《きけん》をおかして大声で呼《よ》ぼうとしたそのとき、ヒュラスはよろけ、転んだ。

ぞっとするほど近くでうなり声がした。斧をさがしたが、見つからない。ぼんやりとした赤いものが突進《とっしん》してきた。

と同時に、どこからか〈飛びつき屋〉があらわれ、棍棒《こんぼう》をふりおろした。犬は倒《たお》れて死んだ。

ヒュラスは体を起こすと、目をみはった。

〈飛びつき屋〉は緑の泥《どろ》をしたたらせている。「だいじょうぶ？」と息を切らしたピラがきいた。

22

ヒュラスの望み、カラス族の望み

「〈飛びつき屋〉かと思ったよ」ヒュラスが驚《おどろ》いたように言った。

「〈飛びつき屋〉って？」

「泥《どろ》だらけじゃないか！」

「もう一頭の犬はどこ？」

「殺した」ヒュラスは土ぼこりをはらいながら立ちあがった。引っかき傷《きず》がいくつかでき、ふくらはぎからは血が出ているけれど、前に会ったときよりも、ヒュラスは驚くほど元気そうに見える。肉づきがよくなったし、ボロ布《ぬの》のかわりに、生皮のキルトとていねいに編《あ》まれたベルトを身につけている。なによりも、清潔《せいけつ》だった。髪《かみ》も汚《よご》れほうだいではなく、つやつやとして、熟《う》れた大麦みたいな色にもどっている。わたしも泥だらけじゃなければよかったのに、とピラはふいに思った。

「助けてくれてありがとう」ヒュラスは言うと、腰《こし》をかがめて斧《おの》を拾いあげた。

ピラはくちびるを結んだまま、笑《え》みを浮《う》かべようとした。

「よくぼくを見つけられたな。どうやって要砦《ようさい》をぬけだしたんだ」

「ヘカビのおかげよ。それと……あなたの目じるしを見つけたの」

「なんで泥だらけなんだい」

「ええと……においであとをつけられないように」

「そりゃかしこいな」

ピラはだまっていた。ふたりのあいだには、死んだ犬が横たわっている。かぎ爪《づめ》がひとつ折れていて、なんだか痛々《いたいた》しい。ピラは犬が大好きだった。ずっと飼《か》いたいと思っていた。なのに、こんなことをしてしまうなんて。

自分が殺したんだ。ひざの力がぬけ、ピラはへたりこんだ。ヒュラスが話しかけてきたが、耳には入らない。吐《は》き気《け》をこらえるのに必死だった。

「なあ、なにか持ち物はないのか」

「ええと……水袋《みずぶくろ》と、オリーブの袋があるわ。あっちのほうに」

「ぼくがさがす。きみは――」

「殺しちゃった」ピラはさえぎった。「いままで、なにかを殺したことなんてなかったのに」

ヒュラスが口をあんぐりと開けた。「え、一度もか？」

まじまじと見つめあうと、ふたりのあいだのへだたりが広がった。ヒュラスは生まれたときから狩《か》りをしてきた。そうしないと、飢《う》えて死んでしまうからだ。女神《めがみ》の館《やかた》に住んでいたピラのほうは、手をたたくだけで、奴隷《どれい》たちがなんでも持ってきてくれた。

ヒュラスがピラの肩《かた》に手を置いて、そっと言った。「犬を殺さなきゃ、ぼくがやられてた。それに、こいつにとってもよかったんだ。きっとこの次は牧羊犬に生まれかわって、山で楽しく暮《く》らせるさ」

ピラはおずおずと笑みを浮かべた。

「とむらいの方法を教えるよ」ヒュラスは言うと、ひざまずき、犬の鼻づらに土をふりかけ、脇腹《わきばら》に手を置いた。「これからは、飢《う》えたりも、ぶたれたりもしないよ。どうか安らかに」犬にそう声をかけると、ヒュラスはピラに言った。「ここにいてくれ。尾根《おね》の上まで行ってくる」

「どうして？」

「カラス族のやつらが、本当にいなくなったかたしかめないと。それに取ってくるものもあるし……だいじょうぶか、ピラ」

「ええ」ピラはうそをついた。

ヒュラスの姿《すがた》が見えなくなったとたん、ピラは吐《は》いた。それからヒュラスに見られないように、吐いたものを埋《う》めた。

しばらくすると、ヒュラスはふたりの持ち物を持ってもどってきた。「やつら、もういない。シカをしとめて、くびれまで運んでいくのが見えたから。犬は自分でもどってくると思ったんだろう」

「なんなの、それ？」ピラは悲鳴をあげると、後ずさりをした。

ヒュラスの足のあいだから、へんてこな黄色いネコがこちらを見つめている。

ヒュラスはにやりとした。「ハボックっていうんだ。ライオンの子どもさ。持ち物に気をつけとかないと、食べられちゃうぞ。なにやってるんだ、ハボック？」

子ライオンはピラが吐いたものを埋めたところを掘《ほ》りかえそうとしている。シッシッと追いはらうと、子ライオンはヒュラスの陰《かげ》にかくれた。

「ちょっと用心深いだけさ」ヒュラスは言いながら、子ライオンの耳の後ろをかいてやった。「きみにもなつくよ」

「ネコかと思ったわ」

「ネコって？」

ピラはぽかんとヒュラスを見た。「リュコニアにはネコがいないの？」

「いないと思う」

「ふうん。そうね、ネコっていうのは……すごくちっちゃいライオンみたいなものよ」

ヒュラスははじけるように笑った。「つくり話だろ！」

ピラも笑《え》みを浮《う》かべた。「ほんとよ！」ふわりと気持ちが軽くなった。

「行こう」ヒュラスは言うと、ピラの手を取って引っぱりおこした。「野営地《やえいち》はそんなに遠くない。あったかい泉《いずみ》もあるんだ。体も洗《あら》えるよ」

＊

いろいろなことが、すごい勢《いきお》いで起きた。少年が犬たちに殺されてしまうんじゃないかと子ライオンは心配だったが、少年のほうが犬をやっつけたのですっかり感心した。でも、少年はくさいにおいをぷんぷんさせた女の人間を見つけて、ねぐらに連れてかえった。それから狩《か》りに出かけてしまい、子ライオンは女の人間といっしょに置いてきぼりにされた。

はっきりとはあらわさないけれど、少年が女の人間のことを大好きなのはわかった。でも、信用できるのだろうか。子ライオンは用心深く背《せ》の高い草むらにかくれ、女の人間がかぶっていたくさい毛皮をぬいで熱い水たまりのなかに体をつけるのを見守った。女の人間はずっとそこに入っていて、満足そうな小さなつぶやきをもらしながら、ときどきザブンと頭まで水にもぐっていた。

水からあがったとき、女の人間の体の皮は少年のようなライオン色ではなくて、もっとうすい色になっていた。それに、長くて黒いたてがみがある！　子ライオンはびっくりした。女の人間にはたてがみがあるのかしら？

やがて女の人間は洗《あら》ってきれいにした毛皮をかぶった。それからかくれている子ライオンの前で、草の茎《くき》でできた球をこれ見よがしに転がした。もう、がまんできない。子ライオンは球に飛びかかった。足もついていないのに、球はすばしこく逃《に》げる。女の人間はそれを上手に前足で受けとめると、高々《たかだか》とほうり投げた。子ライオンはまた飛びついた。

ひとしきりそうやって遊ぶうち、子ライオンはくたびれてしまった。あおむけにごろりと横になると、女の人間は前足の付け根をかいてくれた。いちばんかいてほしいところを。

*

「ハボック、わたしになれてきたみたい」シカ肉をほおばったまま、ピラが言った。

「そう言ったろ」ヒュラスはぼそりと答えた。

ハボックはふたりのあいだにすわり、おねだりするようにピラとヤナギランの球を交互《こうご》に見つめている。ピラがヒュラスに球を投げた。ヒュラスはそれを片手《かたて》で受けとめると、ハボックの頭ごしに投げかえした。二、三回それがつづいたあと、球をわたしてもらったハボックは、うばわれまいとするように、腹《はら》ばいになって両足のあいだにはさみこんだ。ピラはにっこりすると、手の爪《つめ》でハボックの脇腹《わきばら》をかいてやった。

ピラが元気になってきたのがヒュラスにはわかった。見た目もよくなった。泥《どろ》は洗い流され、波打つ黒髪《くろかみ》も指でとかしてある。うっすらとしたほおの傷《きず》あとも、きれいな三日月みたいに見える。似《に》合《あ》ってるなとヒュラスは思った。ピラにはなんとなく月を思わせるところがあるから。でも、見られているのに気づいたピラは、顔を赤くしてそっぽを向いたので、傷あとも見えなくなってしまった。

ピラが自分を見つけだしたことが、ヒュラスにはいまだに信じられなかった。野営地《やえいち》まで歩いて帰りながら、〈飛びつき屋〉と落盤《らくばん》のことをピラに話した。ピラからは、占《うらな》い師《し》がクレオンの頭痛《ずつう》をなおしたことと、ザンとコウモリとガリガリが生きのびたことを聞かされた。ほかにも話がありそうなようすだったが、たずねるのはやめにした。いまはただ、カラス族からはなれた場所で、ピラとハボックといっしょに楽しくすごしていたかった。

ほかのことはなにも考えずに。

＊

日が暮《く》れた。ヒュラスはシダをかりとると、ピラのために張《は》りだした岩の下にしいた。それから自分用に、少しはなれたしげみのなかにもシダを運んだ。ピラは泉《いずみ》のそばに腰《こし》をおろし、シカ肉を小さくさいてハボックにあたえていた。

「ヒュラス」ピラがあらたまった声で言った。「話があるの」

ヒュラスはかかえていたシダを下におろした。声の調子からすると、いい話ではないらしい。「明日の朝じゃだめかな」

「だめなのよ」ピラは口ごもった。「カラス族のことなの。あなたが生きてるって知ってるわ」

ヒュラスはだまっていた。

「ねえ、聞こえた？」

ハボックがやってきて、脂《あぶら》でべとべとの鼻先をヒュラスのひざにおしつけた。「なんでばれたんだ」ヒュラスは静かにきいた。

「ヘカビが神がかりになって、〝よそ者は生きている〟って言ったの。クレオンがそれを聞いてしまって」

恐怖《きょうふ》が腹《はら》の底にずしりと沈《しず》んだ。「でも、ぼくがタラクレアに来てることは知らないだろ」

「ええ」

「それに、ぼくの人相も知られてないはずだ」

「知ってる人間はいるかも……テラモンは知ってるわけだし」

テラモン。その名前は、ふたりの目の前に亡霊《ぼうれい》のようによみがえった。

「テラモンは、ずっと遠くのリュコニアにいる」

「ええ、でも――」

ヒュラスはいきなり立ちあがった。ハボックがびっくりしている。「あそこにヤナギランのしげみがあるだろ。ちょっとつんできてくれないか。犬に噛《か》まれた傷《きず》をなんとかしないといけないし、きみの足の引っかき傷も、ねり薬でなおるだろうから」

ピラはだまったままヤナギランを取ってきて手わたし、ヒュラスもだまったまま傷当てを固定するためのひもをこしらえた。カラス族の話はしたくなかった。テラモンの話はとくに。テラモンは自分がカラス族だということを秘密《ひみつ》にしていたのだ。でも、そのテラモンの助けがなければ、ヒュラスは生きてはいられなかっただろう。テラモンは友だちだった。族長の息子《むすこ》だけれど、むかしはヒュラスやイシと山をかけまわるのがなにより好きだった。父親の要砦《ようさい》にいると引け目を感じてばかりなんだと打ち明けてくれたこともある。

「若《わか》いころの父さんは偉大《いだい》な戦士だったし、先祖《せんぞ》たちがいつだって壁《かべ》から見おろしてるし」

「先祖ってのは、死んだ人間だと思ってたけどな」そのときヒュラスはそう答えた。

「だから困《こま》るんだ、ヒュラス。どうしたって逃《に》げられないってことだから。どうしたって、同じくらい強くも勇敢《ゆうかん》にもなれないし」

視線《しせん》をめぐらせると、ピラが見つめていた。

「ごめんなさい。あんなことになるとは思わなくて」

ヒュラスはため息をついた。「きみは悪くない。カラス族のせいだ」

ヒュラスはあたりを歩きまわり、ねり薬をこしらえるためにヘンルーダをつんだ。ピラはずっとようすをうかがっている。ハボックも。耳がぺたんと倒《たお》れているのは、こちらの動揺《どうよう》を感じとっているからだろう。ヒュラスが腰《こし》をおろし、石をふたつ使ってヘンルーダをすりつぶしはじめても、めずらしいことに、なにをしているのかと首をつっこもうとはしなかった。

ピラはチュニックでひざをおおうようにしてすわっている。「クレオンの要砦で聞いたんだけど」そこでひと呼吸《こきゅう》おいた。「あの短剣《たんけん》が運んでこられるらしいの。タラクレアに」

ヒュラスは荒《あら》っぽい手つきでヘンルーダをすりつぶした。灰色《はいいろ》がかった緑のどろどろしたものができあがった。「短剣のことなんて聞きたくない」

「ヒュラス。短剣を持っているかぎり、やつらは無敵《むてき》なのよ。だれも安全ではいられない。わかってるでしょ」

「ぼくはただ、アカイアにもどってイシを見つけたいだけだ」ヒュラスは言い張《は》った。

ピラはとまどった顔をした。「本気じゃないんでしょ。どこに行くっていうの。どうやってやつらから逃げるつもり？」

「山のことなら知ってる。なんとか方法を見つけるさ」

「もう、ヒュラス。ほんとにそんなことできるって信じてるの？」

ヒュラスは苦しげなまなざしをピラに投げかけた。それからシカの脂《あぶら》の包みを取ってくると、ヘンルーダにまぜ、ねり薬をつくった。半分をふくらはぎの傷《きず》に塗《ぬ》りつけ、大きなビロードモウズイカの葉を上からあてがい、ひもで結《ゆ》わえつけた。

「やつら、ケフティウを征服《せいふく》する気なのよ」

「きみには関係ないだろ？　ケフティウから逃《に》げだしたんだから」

「でも、故郷《こきょう》には変わりないから、ほうっては――」

「ほら」ヒュラスはさえぎった。「残ったやつを引っかき傷に塗るんだ」

「ヒュラス――」

「だめだ。いまは話したくない」

「でも――」

「だめだって言ったろ！」ピラをぐっとにらみつけたものの、声には弁解《べんかい》するようなひびきがまじってしまった。

ハボックが不安げに立ちあがり、ふたりの顔を交互《こうご》にながめている。

「もっと食べ物を集めないと」ヒュラスは小さく言った。「それから、この島を出る方法を見つけだす。それがすむまで、カラス族の話はしない。いいか？」

ピラはヒュラスと目を合わせた。そしてうなずいた。「いいわ。それまではね」

23

海とヤギ

ぐっすり眠《ねむ》りこんだピラが目を覚ますと、ヒュラスとハボックはいなかった。わなをたしかめに行ったのだ。ピラはもう一度体を洗《あら》ってさっぱりすると、ほおに泥《どろ》をすりこんだ。この魔法《まほう》みたいな泉《いずみ》なら、傷あとを消してくれるかもしれない。

ピラは空腹《くうふく》だった。前の晩《ばん》にシカは食べつくしてしまったのに、もどってきたヒュラスは手ぶらだった。わなにはなにもかかっていなかったそうだ。

「でもほら、オリーブがまだあるわ」

「うん。でも、本当に必要になるときまで、とっておいたほうがいい」

「思いだした。崖《がけ》のところに行ったとき、森の下に白い砂浜《すなはま》が見えたの。遠くはなさそうだったわ」

ヒュラスはぱっと顔を明るくした。「それじゃ、魚をとりに行こう!」

前の晩は、くたびれはてていてよく見る余裕《よゆう》もなかったが、ピラはあらためて森のすばらしさに気づいた。むっとするマツの香《かお》りに、アザミのしげみで動きまわる大きくてつるつるのコガネムシ。濃《こ》い緑の枝《えだ》の向こうにのぞく真っ青な空。ヒュラスとハボックに降《ふ》りそそぐ、金色の光の筋《すじ》。

「なんてきれいなの」ピラは叫《さけ》んだ。

「なにが」ヒュラスは言うと、獲物《えもの》はいないかとあたりを見まわした。

「ここがよ！」ピラは両腕《りょううで》をかかげた。

ヒュラスはめんくらったような笑《え》みを浮《う》かべると、首を横にふった。森のなかで育ったから、ピラの言いたいことがわからないのだろう。

さらに歩いていると、ハボックが何度もしのびよってきて、足首に飛びつこうとした。

「やめなさい」ピラは言いながら、棒切《ぼうき》れでハボックを追いはらった。

「狩《か》りの練習をしてるだけさ。大きくなったライオンは、そうやって獲物の足をすくうんだ」

「わたしは獲物じゃないわ。ハボック、やめなさいったら！」しまいには、ヤナギランの球にひもをつけて引っぱり、ハボックの気をそらさなくてはならなかった。

とつぜん海の音がしたかと思うと、世にもあやしく光る河口《かこう》が木々《きぎ》のあいだからあらわれた。切り立った両岸の壁《かべ》には、凍《こお》りついた波のように白く輝《かがや》く岩々《いわいわ》がうねっている。海が陸を襲《おそ》った瞬間《しゅんかん》、不死なる者の指によってかためられたみたいに見える。ほこりをかぶったネズとトウダイグサのあいだをすりぬけると、うす気味の悪い白いコオロギが足元ではねまわった。真っ白い砂《すな》はところどころくぼみ、背《せ》の高い堂々《どうどう》とした白い花が咲《さ》いている。

「見たことない花だ」ヒュラスが言った。

「わたしはあるわ」ピラはちらりと不安をおぼえながら言った。「ハマユウよ。神聖《しんせい》な花で、夏のあいだ、海ぞいのすごく暑い場所だけに咲くの。母は人さがしのまじないに使ってるわ」

ヒュラスは聞いていなかった。「海だ！」と叫《さけ》ぶと、目の前にそそり立つ、つるつるした白い大岩をよじのぼりはじめた。

ピラもハマユウのことを忘《わす》れ、あとにつづいた。

でも、てっぺんまでのぼってみると、その先に待っていたのは絶壁《ぜっぺき》だった。海は足元のはるか下だ。

「ここをおりるのは無理だ。だから魚もとれない」

ますますおなかをすかせながら、ふたりは川ぞいをもどりはじめた。

そのとき、ピラはネズの木立の陰《かげ》に、さっきは見落としていたものを見つけた。「ザクロだわ！」そう叫ぶと、熟《う》れた実がないかとかけよった。

「ザク――なんだい、それ？」

「食べてみて、きっと気に入るわ！」

「でも急いでくれ、早くわなを見に行きたいんだ」

ピラはそれを無視《むし》した。

ザクロを三つつみ、四つ目に手をのばしたとき、ふと視線《しせん》を感じた。

頭上の崖《がけ》のふちの草むらになにかが立ち、こちらを見おろしている。逆光《ぎゃっこう》のなかで姿《すがた》は黒く沈《しず》んでいる。見てとれるのは、二本の角《つの》とたれた耳だけだ。ヤギだと思ったとたん、ヒュンと音を立てて石が飛び、次の瞬間、ヤギはどさりとピラの足元に転がった。

「死んだか」ヒュラスは叫び、投石器をベルトに差しながらかけよってきた。

「え、ええ。すごいわね。あなたは気づいてもいないかと思ってた」

ヒュラスはにやりとした。「かんじんなのは、相手に気づかれないことなんだ」

＊

魂《たましい》をあの世へ送ってやってから、ヒュラスはヤギの足の骨《ほね》を縦《たて》に割《わ》った。濃《こ》くておいしい骨の髄《ずい》をしゃぶり、ぐんと元気が出たところで、ふたりは野営地《やえいち》まで獲物《えもの》を運んだ。

ヒュラスはヤギの体を残らず使いつくすことにこだわった。でないとヤギにもうしわけないからと。後ろ足はピラが集めたカタツムリといっしょに泥《どろ》のなかで蒸《む》し焼《や》きにした。それから、しばらく言いあらそった末に、皮をこすってきれいにする面倒《めんどう》な仕事をピラがやらされることになった。そのあいだ、ヒュラスは肉や肝臓《かんぞう》や心臓《しんぞう》をうす切りにし、木の枝《えだ》の上でかわかしていた――興味《きょうみ》しんしんなだれかさんにいじくられないように。

ふたりは皮と胃袋《いぶくろ》をなめして小袋と水袋をこしらえながら、おだやかな午後をすごした。かたまった血ときざんだケッパーのつぼみを腸《ちょう》につめ、ソーセージもつくった（ピラがケッパーを加えると、ヒュラスは疑《うたが》わしそうに見ていた。自分のほうがくわしいことがあるのが、ピラはうれしかった）。

皮をきれいにする役をおしつけたおわびにと、ヒュラスはナイフをつくってくれた。刃《は》はするどい黒曜石で、ヤギの角《つの》の柄《つか》がついている。マツの根っこを細くさいたものを巻《ま》きつけて、にぎりやすくしてある。女神《めがみ》の館《やかた》にあるのとは似《に》ても似つかないものだったから、ピラはすっかりそれを気に入った。

肉が焼きあがると、ふたりは声も出さず、むさぼるように食べた。

ハボックは食べすぎておなかを瓜《うり》みたいにふくらませ、横向きになって、うたた寝《ね》をしていた。首にはしなびたハマユウの花が巻きつけてある。河口《かこう》を去る前、ヒュラスはヤギの耳を捧《ささ》げ物《もの》にし、ピラはハマユウを二輪すりつぶして、ふたりのおでこに塗《ぬ》った。ハボックにも幸いがおとずれるように、三輪目の花を首に飾《かざ》ってやったのだ。

ピラは満足のため息をつくと、あごにたれた脂《あぶら》をぬぐった。「こんなおいしいもの食べたの、初めてよ。それに熱々《あつあつ》だし！　ケフティウじゃ、わたしの食事はいつもさめちゃってたの。部屋《へや》が炊事場《すいじば》から遠すぎるから」

ヒュラスは鼻で笑った。「そりゃ気の毒だ」

ピラはカタツムリの殻《から》を投げつけると、ウイキョウの茎《くき》を嚙《か》みながら、横向きに寝ころがった。

「それにしても、なんで足跡《あしあと》のたどりかたとか、いろんなことを知ってるの？」

ヒュラスはイバラのとげでカタツムリを殻からほじくりだすと、口に入れた。「年寄《としよ》りのよそ者に教わったんだ。名前は知らない。森の男って呼《よ》ばれてたけど、メッセニアから来たって聞いたことがある」

「どんな人だった？」

「目と歯がひとつずつしかなくて、どっちもこげ茶色だった。糞《ふん》の山みたいにくさかったし。でも、野山のことならなんでも知ってた。カラスの飛びかたを見ただけで、嵐《あらし》が来るってわかるんだ。足跡のたどりかたは、コガネムシと砂《すな》を使って教えてくれた」

「コガネムシ？」

ヒュラスはうなずいた。「ぼくが目をつぶってるあいだに、平らにならした砂の上にコガネムシを置いて、歩かせるんだ。足跡をたどって、そのコガネムシをさがしださなきゃならない。砂ならかんたんだけど、次は砂利《じゃり》の上で同じことをさせられて、そっちはむずかしかった。そのあとは草で、それから木の葉っぱになるんだ。それがいちばん苦労したな。何日もかかったっけ。コガネムシもうんざりしてたよ」

ピラは目をぱちくりさせた。「ずっと同じコガネムシを使ったの？」

ヒュラスは噴《ふ》きだした。「そんなはずないだろ！　きみってときどき、ころりとだまされるんだな！」

ピラは苦笑いすると、カタツムリをもうひとつ投げつけた。「でも、コガネムシは使ったんでしょ」

「うん、でも同じのじゃないさ！」

ヒュラスは腹《はら》ばいになり、ほおづえをついた。「その人が父さんなんじゃないかって思ってたんだ。でも、一度きいてみたら、ちがうって言ってた。なにかを知ってるみたいだったけど、そのうち熱病で死んじゃったから、わからずじまいだった」そこでピラをちらりと見た。「きみの父さんは？」

「知らないの。母は子どもを産もうと決めたとき、三人の神官とつきあったの。わたしがだれの子かわからないように」

ヒュラスはびっくりした顔をした。「三人に会ったことは？」

ピラは首を横にふった。「わたしが小さいころに地揺《じゆ》れで死んだから。少なくとも、そう聞かされてるわ。でも、やっかいなことにならないように、母が始末したんじゃないかって、ずっと思ってるの」

ヒュラスは口笛を吹《ふ》いた。「その人たちのこと、知りたいとは思わないのかい。ぼくは父さんのことが知りたくてたまらないんだ」

「知る必要なんてある？　母がいるだけでも大変なのに」頭に浮《う》かんだヤササラの姿《すがた》をピラはふりはらった。

ヒュラスはピラを見つめると、静かにきいた。「追ってくると思うかい？」

ピラは新しいウイキョウの茎《くき》に手をのばした。「そりゃそうよ、追っ手をさしむけるわ。けっしてあきらめないでしょうね」〈ささやきの間《ま》〉で神秘《しんぴ》なるハマユウの香《かお》りをかいでいる母の姿が頭をかすめた。ひょっとすると、もうすでにタラクレアのハマユウたちが風にのせて香りを送り、ピラの居《い》場所《ばしょ》をケフティウのハマユウたちに伝えてしまったかもしれない――そしてそれが母にも伝わって……。

「わたし、ぜったいにもどらない」ピラは声に出して言った。「今度閉《と》じこめられたら、死んでやるわ」

そう言いながら、カラス族のたくらみをケフティウに知らせようとしているのは、おかしな話だ。そんなことはピラだって気づいていた。ヒュラスもそう考えているようだ。でも、それを口にしないでいてくれるのがありがたかった。

ヒュラスはカタツムリをもうひとつ殻《から》から引っぱりだすと、ピラにさしだした。「でもやっぱり、母さんがいてきみは運がいいよ」

「運がいい？」ピラはカタツムリをのどにつまらせかけた。「わたしは母が大きらいだし、母だってそうなのよ！」

「うん、でも……ぼくがおぼえてる母さんの思い出といったら、最後に別れたときのことだけだから。ほかにもある気がするけど、思いだせそうで、思いだせないんだ」

気の毒なヒュラス、とピラは思った。なんて皮肉なんだろう。自分には母がいるけど仲が悪くて、ヒュラスのほうは、おぼえてもいないお母さんが大好きだなんて。

「お母さん、いまも生きてると思う？」

「たぶん。いつかはまた、みんないっしょに暮《く》らせるかもしれない。母さんとぼくとイシとで」ヒュラスはつらそうな顔になると、地面に円を描《えが》いた。

ハボックが目をさましてやってくると、カタツムリのにおいをかいだ。ヒュラスはハボックをそっとおしのけ、ピラに言った。「ケフティウから逃《に》げだして、どうするつもりだったんだ？」

ピラはお手上げのしぐさをした。「そこまでちゃんと考えてなかったの。とにかく逃げたくて。なぜ？」

ヒュラスは地面にもうひとつ円を描《えが》いた。「いっしょに来てもいいよ。リュコニアへ。山で暮《く》らしたらいい」

ピラはほおを赤らめた。「ありがとう」

ヒュラスは肩《かた》をすくめた。

ハボックはカタツムリの殻《から》を吐《は》きだすと、むせた。ヒュラスは残りのカタツムリを集め、さわらせないように木のまたに置いた。

あたりが暗くなりはじめても、眠《ねむ》る気になれないので、ピラはオリーブの種をどこまで遠くに飛ばせるかとヒュラスにきいた。

ヒュラスは口をゆがめた。「きみよりは遠くへね」

「あら、そう？　そんなことないわ！」

ふたりはオリーブの袋《ふくろ》に手をつっこみ、実を嚙《か》むと、種を飛ばした。ケフティウでしょっちゅうその遊びをしていたので、ピラはもうちょっとで勝てるところだったが、ヒュラスに笑わされ、種をのどにつまらせそうになった。それでますます大笑いしたせいで、負けてしまった。

「ずるしたわね！」ピラは息をはずませて言った。

「だから？　勝ちは勝ちさ」

ふたりはあおむけに寝《ね》そべって、ザクロの種をカリカリと嚙んだ。ピラに何度もすすめられて、ヒュラスもやっとザクロを口にするようになっていた。

「どこで種の飛ばしかたをおぼえたんだ？」ヒュラスがきいた。

「ユセレフに教わったの。すごく上手なのよ」

ヒュラスは胸《むね》の上によじのぼってきたハボックの耳を引っぱった。

「ユセレフが見たら、喜ぶでしょうね。エジプトには、雌《めす》ライオンの頭をした強い神さまがいるから」

ヒュラスはハボックの首筋《くびすじ》をかいてやった。「聞いたか、ハボック？」

ハボックは大あくびをしたはずみに、落っこちた。

なぜ穴《あな》グモたちにノミと呼《よ》ばれてるの、とピラは寝そべったままたずねた。とっさにその名前が頭に浮《う》かんだんだと答えが返ってきた。「去年の夏、あの男にそう呼ばれていたから。おぼえてるかい、アカストスさ」

ピラはぶるっとふるえた。「あの人ね、あなたをしばりつけて、置きざりにした――」そこで声をひそめた。「〈怒《いか》れる者たち〉のいるところに」

沈黙《ちんもく》が落ちた。そういえば、カラス族は〈怒れる者たち〉を崇拝《すうはい》していて、恐《おそ》ろしげな秘密《ひみつ》の儀式《ぎしき》を行おうとしているんだった。ピラは、ヒュラスに伝えようとしたものの――思いなおした。いまはやめておこう。暗いうちは。

夜の闇《やみ》が濃《こ》くなりはじめた。明日はどうしようとふたりは声をひそめて相談した。ヒュラスは黒曜石の尾根《おね》を越えて、山をまわりこむように西へ向かい、海をめざそうと言った。尾根よりもずっと高いところには、シューッと奇妙《きみょう》な音を立てる割《わ》れ目《め》があって、そこに火の精霊《せいれい》たちがいるのだという。ハボックには精霊たちが見えるらしく、そこにはもう近よりたくなさそうだ。「でも、低いところを歩けば、出くわさずにすむと思う。海岸に出る道はあるだろうし、村があったら、小舟《こぶね》を盗《ぬす》める」

「それより、ヘカビの村に行く道を見つけるのはどう？　きっと助けてくれるわ。小屋の裏《うら》に金もかくしてあるし」
ヒュラスはだまりこんだ。
ピラはカラス族や短剣《たんけん》の話にふれずにいるのが落ち着かなかった。
ヒュラスの目を見ると、すっとそらされた。きっと同じことを考えているのだろう。

24

それぞれの家族

「あなたが育ったリュカス山って、こんなのだった？」ピラは声をひそめてきいた。

「いや」

赤い草がまばらに生えた黒い斜面《しゃめん》を西へ向かっていたふたりは、目の前にあらわれた光景に足を止めた。山頂《さんちょう》からふもとまでをつらぬくように、斜面が焼けこげている。毒をふくんだ息を吹《ふ》きかけられたみたいに、木々《きぎ》が残らずなぎ倒《たお》されている。

「山火事で、こんなことになるの？」

「わからない。マツがぜんぶ下を向いて倒れてる。なんにせよ、上から来たものにやられたってことだ」

ふたりは不安げに、煙《けむり》を吐《は》く山頂を見あげた。

「見て、ふくらんでる。なにかが飛びだそうとしてるみたい」

〝だれかが〟かもしれない、とヒュラスは考えた。

森のなかにいたときは、山のことは考えずにいられた。ここまで来て、なぎ倒されたマツを見ると、警告《けいこく》されているような気がしてきた。わたしの力は強大なのだ、おまえたちの生き死にも、わた

し の意のままなのだ――〈火の女神《めがみ》〉がそう言っているみたいだ。

ハボックは焼けた斜面《しゃめん》に足を踏《ふ》みだすと、ヒュラスをふりかえった。そのとおりだ。ここを越《こ》えていくしかない。

燃《も》えがらの上を歩くと、熱風が巻《ま》きあげた灰《はい》が目に入りこんだ。炭になった枝《えだ》は足元でつるつるとすべり、苦いようなにおいが、去年の夏の焼けた峡谷《きょうこく》を思いださせる。焼けた場所に取りつく、〈怒《いか》れる者たち〉のことも。

この山にも取りついているんだろうかと、ヒュラスは小声でピラにきいた。

「〈怒れる者たち〉だって、ここには寄《よ》りつかないいんじゃない」ピラは言葉をつづけようとしたが、そのとき、ハボックが興奮《こうふん》したように小さくうなり、黒こげのマツの倒木《とうぼく》のそばへ飛んでいった。

「なにか見つけたんだ」

ハボックはしきりににおいをかいでいる。見つけたのは糞《ふん》だった。シカの毛と骨《ほね》のかけらがまじっている。ヒュラスがかがみこむと、つんとするにおいがした。「ライオンだ」

ピラは青くなった。「え、こんな高いところに?」

「ほら、足跡《あしあと》がある」

ヒュラスは足跡をたどった。ハボックも、ひとつひとつにおいをたしかめていく。「歩幅《ほはば》が広いから、急いでいたんだと思う……深い跡もまじってる。けがをして、右の後ろ足を引きずっていたんだろう……」枝の燃えがらが積みかさなったところで、足跡は消えていた。

ピラはびくびくとあたりを見まわした。「まだ近くにいると思う?」

ヒュラスは首を横にふった。「古い足跡だ。ハボックの父さんか母さんだろう」

「なんのためにライオンがこんなところまでのぼってきたのかしら」

「さあ。逃《に》げようとしてたとか」

ハボックがまた焼けた斜面を横切りはじめた。金色の体がくっきりと浮《う》かびあがっている。ヒュラスの髪《かみ》もかがり火みたいに目立っているにちがいない。

「行こう」そう言うと、ヒュラスは灰をすくい、髪にすりこんだ。「早いとこ、かくれられる場所に行かないと」

燃えがらの山を越えてもかくれる場所はなかったが、ふたりはひと息つこうと、生干《なまぼ》しのヤギの肉を食べ、水袋《みずぶくろ》の水も少し飲んだ。

「あの足跡で思いだしたわ」ピラはそう言うと、小袋からなにか取りだし、ヒュラスにさしだした。

「あげようと思ってたのに、いつも忘《わす》れちゃって」

ヒュラスはてのひらにのったライオンのかぎ爪《づめ》を見つめた。

「お守りにすればいいと思って。あなたは〈野の生き物の母〉を崇拝《すうはい》してるし、それにほら、ライオンもあなたも強いから。とにかく、ハヤブサの羽根をもらったお返しよ」

「ありがとう」最初はつかまった日に見たライオン。そしてハボック。それからライオンの糞に、今度はこれか。なにかがつながっているような気がして、ヒュラスは不安をおぼえた。

「つけてみて」ピラがせかした。

ヒュラスはひもを首に結びつけた。

ピラはうなずいた。「似合《にあ》うわ」

たしかに強くなった気はするけれど、なんだかゲームのこまみたいに神々《かみがみ》にあやつられているような感じがした。

ヤギの通り道を見つけ、一列になってそこを進むあいだ、ふたりは頭上にそびえる山頂《さんちょう》を見ないようにした。めまいがするほどはるか下にあるハリエニシダのやぶも。やがて、尾根《おね》をひとつ越《こ》したとたん、強風が顔に吹《ふ》きつけた。タラクレアの北岸にたどりついたのだ。

集落も、小屋のひとつも見あたらず、海までおりる道もない。風の吹きすさぶ崖《がけ》と、逆巻《さかま》く波ばかりだ。

「舟《ふね》はなさそうね」ほこりが入らないように目をすぼめながら、ピラが言った。

「もうちょっと行けば、見つかるかもしれない」ヒュラスは言い張《は》った。

でも、いくらも行かないうちに、遠くから鎚音《つちおと》が聞こえてきた。足元には黒い野原と島のくびれが横たわり、その向こうに、口を開けて吠《ほ》えている頭のような形をしたタラクレアの東半分が見える。赤い傷《きず》あとのような鉱山《こうざん》も、あらゆるものを見わたしているクレオンの要砦《ようさい》も。

道がひらけたところで、ピラが風の吹きこまない小さな洞穴《ほらあな》を見つけた。持ち物をかなぐり捨《す》てると、ピラはひざをかかえてすわりこんだ。ハボックは、どうするのという顔で見あげている。

熱風を顔に浴びてたたずんでいると、ヒュラスの胸《むね》に絶望《ぜつぼう》がおしよせた。この島にある集落はヘカビの村だけで、そこまで行くと鉱山に近よりすぎてしまうから危険《きけん》だ。たとえたどりついて、金と交換《こうかん》に船に乗せてもらえることになったとしても、どうして逃《に》げることができるだろう。クレオンが要砦で目を光らせているというのに。

「ヒュラス」ピラが静かに言った。

だまってろ。ヒュラスは目で告げた。

「これ以上引きのばすわけにはいかないわ。どうするか決めなきゃ」

「短剣《たんけん》のことか」ヒュラスは低い声できいた。

ピラはうなずいた。「逃げだしたら、盗《ぬす》みだすチャンスはもうないわ。選ばなきゃ」

ヒュラスは荒々《あらあら》しくかかとで砂利《じゃり》を蹴《け》ちらし、そっけなく言った。「短剣なんてどうでもいい」

ピラは黒い眉《まゆ》をひそめた。「去年の夏は、やつらにわたさないようにって、必死だったじゃない。なんで変わっちゃったの？」

「一年がすぎたせいさ。鉱山で暮《く》らしたせいもある。いまはイシをさがしたいだけだ」

「神さまたちがお許《ゆる》しにならなかったら？」

「なにが望みなんだ、神さまたちは！」ヒュラスは叫《さけ》んだ。「あんたはなにが望みなんだ！」煙《けむり》をあげる山に向かって怒鳴《どな》ると、その声がこだました――望みなんだ、望みなんだ、望みなんだ……。

「ハボックがこわがってるわ」

ヒュラスはくるりと背《せ》を向けた。頭のなかには、コロノス一族の短剣が浮《う》かんでいた。幅《はば》の広い角ばった付け根と、真っすぐに筋《すじ》の通ったするどい刃《は》。手に持って太陽にかざし、力が体じゅうをかけめぐるのを感じたい……そして海の底に投げこんでしまいたい。

「はなれられっこないのよ」ヒュラスの心の声を聞いたように、ピラが言った。「なにをしたって、どこへ行ったって。だめよ、逃げないで聞いて。短剣がいつまでタラクレアにあるかはわからないけど、これだけはたしかよ。ずっとここにあるわけじゃない。ミケーネに持って帰るはずよ。そうなっちゃったら、どうしようもないわ。いまが一度きりのチャンスなのよ」

「なんでそんなこと気にするんだ。きみには関係ないだろ！」

「あるわ！　ケフティウはわたしの国よ。見殺しにはできないわ」

「きのうの晩《ばん》は、連れもどされるくらいなら死んでやるって言ってたじゃないか。自分はつかまらずに、ケフティウを救えるなんて、本気で思ってるのか」

ピラはたじろいだ。「やってみるわよ」手首の印章をさわると、小さな紫水晶《むらさきずいしょう》のハヤブサが日ざしを受けてきらめいた。「ヒュラス、あなたやわたしがここに来たのは、偶然《ぐうぜん》じゃないと思う。短剣《たんけん》がタラクレアに運んでこられるのも。巫女《みこ》のお告げにあなたが出てきたのだって――」

「そんなことたのんでない！」ヒュラスは怒鳴《どな》った。「それに、ぼくのことじゃないかもしれないだろ、よそ者はほかにもいるんだ！　ぼくはやらない！　イシとはぐれてからずっと、遠くなる一方なんだ。もうたくさんだ！」

「ほんとはそうするべきだってわかってるから、怒《おこ》ってるんでしょ」

「どうするべきかなんてどうでもいい、大事なのはイシだ！」

「イシを見つけたとして、カラス族が力をにぎったままだったら、いつまでリュカス山で暮《く》らせると思う？」

ヒュラスはピラをにらみつけた。「きのうの晩《ばん》、母さんのことをきいたよな。もしまた会えたら、母さんにどう言えばいい、ピラ。『妹の面倒《めんどう》を見ることがたったひとつの約束だったのに……できなかったんだ』って？　イシを見つけなきゃ。ほかのことはみんな――お告げも、カラス族も、短剣も――じゃまなだけだ」

「わたしもそう？」ピラが冷ややかにきいた。「ハボックも？　じゃまなわけ？」

ヒュラスはピラをまじまじと見つめた。そして背中《せなか》を向けると、その場をはなれた。

＊

しばらくしてヒュラスはもどった。

ピラは置きざりにされた洞穴《ほらあな》のなかにすわったままだった。かたわらにはハボックが寝《ね》そべり、足にくっついた灰《はい》をなめてきれいにしていた。ヒュラスが近づくと、小さく鼻を鳴らしながら、はずむようにかけよってきた。ピラはふりむかなかった。

「ごめん」ヒュラスは声をかけた。

ピラはうなずいた。「わたしこそ。決めたの。あなたがどうしようと、わたしはもどる。なんとかして短剣を盗《ぬす》みだして、ケフティウに危険《きけん》を知らせるわ。そうよ、ヒュラス、どっちもやってみせるつもり」

「どうかしてる。要砦《ようさい》がどんなに恐《おそ》ろしいところか、自分で言ってたじゃないか」

ピラは斧《おの》の柄《え》をぐりぐりと地面におしつけた。ほおの傷《きず》あとが白く浮《う》かびあがり、かたい決意をたたえた顔は、なんとなく母親の大巫女を思わせる。

「あなたはどうするの」ピラは顔をふせたままきいた。

「わからない」ヒュラスは道のふちから山腹《さんぷく》を見おろした。黒々《くろぐろ》とした斜面《しゃめん》がハリエニシダのやぶにおおわれているあたりを、ぼんやりとながめた。ほこりとタイムと木が燃《も》えるにおいがする。いったい、どうすればいいんだろう。

「ケフティウを征服《せいふく》させたりしないわ。国のみんなに警告《けいこく》することしかできないとしても、やれるだけのことはやるつもり」

木が燃えるにおい……。

ヒュラスはひざをついた。

「ヒュラス？」

はるか下のやぶのなかにちらりと炎《ほのお》が見えた。枝《えだ》のあいだから、男たちと犬たちの姿《すがた》ものぞいている。

遠すぎてよく見えないが、犬が六、七頭と、カラス族の狩人《かりゅうど》も七人ほどいるようだ。そこで野営《やえい》するつもりらしい。

そのとき、木々《きぎ》のすきまから、ヒュラスと同じ年頃《としごろ》の少年が見えた。背《せ》は高く、がっしりとしていて、長い黒髪《くろかみ》を戦士らしく編《あ》んでいる。少年が手首の印章をいじくるのを見たとたん、ヒュラスははっとした。見おぼえのあるしぐさ。耳のなかで血がドクドクと音を立てた。テラモンだ。

どうしたのかとハボックがのぞきこんだせいで、小石がパラパラと斜面《しゃめん》を転がり落ちた。テラモンが顔をあげた。ヒュラスはハボックの首根っこをつかみ、見つからないように引きもどした。

「どうしたの」ピラも近づいてきた。

「ふせろ!」ヒュラスは小声で言った。

ピラは身をかがめた。

おそかった。

テラモンがピラに気づいた。

25

〈火の精霊《せいれい》〉のすみか

犬たちは早くも斜面をかけのぼり、カラス族たちは逃《に》げ道《みち》をふさぐようにちらばっている。

ヒュラスは山頂《さんちょう》のほうにあごをしゃくった。「のぼるしかない」

ピラはうなずいた。「あそこに道があるわ――」

「――山を越《こ》えて向こう側に出たら、やぶのなかにおりられるかもしれない……」

道が急すぎないように、とヒュラスは思った。それに、それまでに犬たちにつかまってしまわないように。ピラの顔を見ると、同じことを考えているのがわかった。

体を低くしたまま、ふたりはその道をめざした。ハボックが先を行く。犬たちはわけなく追いついてくるだろう。

驚《おどろ》いたことに、道には黒曜石の砂利《じゃり》がしきつめられていた。曲がりくねりながら山頂へとつづいている。島の人々《ひとびと》が山に捧《ささ》げ物《もの》をするためにつくったんだわ、とピラが言った。おまけにその道は、転びそうになるほどごつるつるだった。サンダルがぬげそうになるので、ピラははだしで走りはじめた。

かぎ爪《づめ》の足音や矢の飛んでくる音が聞こえやしないかと、ヒュラスは気が気でなかったが、聞こえるのは風のうなり声と、自分たちの荒《あら》い息づかいだけだった。やがて太陽が闇《やみ》につつまれ、ふたりは毒をふくんだ煙《けむり》の壁《かべ》にのみこまれた。肺《はい》がチクチクし、せきが出そうになる。煙ごしに見ると、ピラもよろめきながら手で口をふさいでいる。

道からはみださないでというように、ハボックが足に体をおしつけてくる。風が吹《ふ》いて煙の切れ間ができ、ヒュラスはそのわけをさとった。道のすぐ脇《わき》に、黄色いものがこびりついた割《わ》れ目《め》がブクブクと音を立てている。火の精霊《せいれい》のすみかだ。

ヒュラスはピラの腕《うで》をつかむと、そちらを指さした。「道からそれないようにするんだ。そこらじゅうにあるから」

ヘビのようにうねる黒曜石の道をのぼっていくと、風が激《はげ》しくなってきた。煙はとぎれたかと思うと、また吹きよせる。道の両脇《りょうわき》からは怒《おこ》った精霊たちのつぶやきが聞こえてくる。山がてっぺんへとみちびこうとしているみたいだ。

ヒュラスの持ち物が背中《せなか》ではずみ、ハボックのヤナギランの球がこわれて、熱い割れ目に転がり落ちた。シューッという怒ったような音がして、黒煙《こくえん》があがり、球はめらめらと燃《も》えだした。

だが、ハボックは目をくれようともしなかった。なにやら別のにおいをかぎとったようだ。ただならぬようすでうなると、道をかけあがりはじめた。

ヒュラスは驚《おどろ》いてピラを見やった。ハボックはこわがるどころが、先へ進みたがっているみたいに見える。

斜面《しゃめん》の下の煙のなかで、男がせきをした。

ふたりはびくりと顔を見あわせた。

遠くで犬が吠《ほ》えた。合図を送るように、荒々《あらあら》しく三度。もっと下のほうで、さらに鳴き声がした。

ヒュラスとピラは小道をかけあがった。坂はけわしくなり、じきに手をつかないとのぼれなくなった。顔をあげたヒュラスは、山頂《さんちょう》のそばまで来たことに気づいてはっとした。毒をふくんだ蒸気《じょうき》が白く濃《こ》い波のように流れ落ちてくる。

黒曜石の砂利《じゃり》はとぎれ、道には黒い石がゴロゴロ転がっている。煙ごしに、ピラがよろめくのが見えた。と、足元がくずれ、ピラの姿《すがた》が消えた。

ピラは崖《がけ》のふちにぶらさがり、両足をばたつかせて、とっかかりをさがしている。ヒュラスはその手首をつかむと、ピラを引っぱりあげた。

「尾根《おね》に出たみたいだ」ヒュラスはあえいだ。

尾根はナイフのようにとがっていて、ならんで立つのがやっとなほどだった。片側《かたがわ》の斜面のはるか下にはやぶがあるが、とてもおりられそうにない。反対側はピラが落ちかけた断崖《だんがい》だ。煙のせいで、底は見通せない。

「底はどうなってるのかしら」ピラが息をはずませて言った。

ヒュラスは石を投げおろした。斜面に当たってはねかえる音はしたが、底を打つ音は聞こえない。

そのとき、とつぜん煙が切れ、視界《しかい》がひらけた。火口までたどりついたのだ。そこは大きくぽっかりとくぼんだお釜《かま》のような形をしていて、そのまわりには、燃えさかる火の精霊たちのすみかがならんでいる。草ひとつ生えていない火口の内壁《ないへき》は、煙が渦《うず》巻《ま》く底へとつづいている。〈火の女神《めがみ》〉の住む場所だ。下手に動いたら、丸のみされそうだ。

背後《はいご》で犬の鳴き声があがった。火口のふちは急なのぼり坂になっていて、内側からとてつもない力で吐《は》きだされたみたいに見える大岩があちこちに転がっている。さらにのぼるしか道はない。

と、ピラが目をみはり、ヒュラスを引っぱってしゃがませた。

ヒュンとなにかが頭の横をかすめ、地面につき刺《さ》さってふるえた。

それは、カラスの羽根がついた矢だった。

＊

ピラはヒュラスとならんで火口のふちに立ち、棍棒《こんぼう》をにぎりなおした。

矢が飛んできただけで、カラス族の姿《すがた》はまだ見えないが、二頭の犬が煙《けむり》のなかからあらわれ、猛然《もうぜん》とふたりにかけよりはじめた。

「はなれるな」ヒュラスが声をひそめて言った。「きみのほうが小さいから、先にねらわれる」顔はこわばり、生皮のキルトと首にさげたライオンのかぎ爪《づめ》のせいで、いつも以上に〝よそ者〟らしく見える。

毛むくじゃらの赤犬たちは、イノシシの牙《きば》のような歯をしている。近くまで来ると、血に飢《う》えた目をしているのがわかった。

一頭がいきなりピラに飛びかかった。ピラは棍棒をふるった。はずれた。ヒュラスの斧《おの》が空中で犬をとらえ、息の根を止めた。

もう一方も襲《おそ》いかかってくる。鼻先に棍棒をふりおろすと、犬は一瞬《いっしゅん》たじろいだが、恐《おそ》ろしいほどのすばやさでまた飛びかかってきた。ヒュラスが蹴《け》りつけると、犬は悲鳴をあげて火口の底に転がり落ちていき、はずみでヒュラスもよろけた。ピラが支《ささ》えなければ、火の精霊《せいれい》のすみかに落っこちてしまっただろう。

さらに二頭の犬がせまり、煙のなかから戦士たちの姿が浮《う》かびあがった。弓に矢をつがえている者もいれば、短剣《たんけん》をにぎっている者もいる。

「後ろを見ろ」ヒュラスは息を切らしながらあごをしゃくった。「ライオンみたいな大岩があるだろ、あそこまで行けたら、盾《たて》にできる……」

矢をよけながら、ふたりは後ずさりで坂をのぼった。ところが、大岩のそばまで来たとき、地面を揺《ゆ》るがすようなうなり声が聞こえた。

「なんてこった」ヒュラスが言った。

ピラは後ろをふりかえった。そこにはライオンに似《に》た岩ではなく──本物のライオンがいた。獲物《えもの》をねらうようにかがめられた大きな頭。いまにも襲いかかりそうに地面をかく、りっぱなかぎ爪。たくましい後ろ足の陰《かげ》に、ハボックがかくれている。ピラははっとした。焼けこげた斜面《しゃめん》で見つけた足跡《あしあと》は、ハボックの両親じゃなく、別の雌《めす》ライオンのものだったのだ。その主はいまここにいて、ハボックを守ろうとしている──ピラたちからも。

目の前にはカラス族、背後《はいご》には怒《おこ》った雌ライオン。

「ふせろ！」ヒュラスが言い、ピラを引っぱってしゃがませた。

雌ライオンは黄ばんだ大きな牙をむきだしてうなった。

ヒュラスは背負《せお》っていた水袋《みずぶくろ》をほうった。雌ライオンは巨大《きょだい》な前足でそれを火口へたたき落とした。ピラもヒュラスのまねをした。なんでもいいから、気をそらさないと。

カラス族たちははなれたところで足を止めているが、犬たちはこちらへかけよってくる。ピラの目の端《はし》に、体を低く沈《しず》めた雌ライオンの姿がちらりとうつった。肩《かた》を怒《いか》らせ、尻《しり》をつきだして、飛びだそうと身がまえている。

「頭をさげろ」ヒュラスが言った。

シュッと音がしたかと思うと、雌ライオンはふたりの頭上を飛びこえ、犬たちに真《ま》っ向《こう》からぶつかった。一撃《いちげき》とともにキャンと悲鳴があがり、動かなくなった犬が一頭、斜面をすべり落ちていった。

だが、立ちあがった雌《めす》ライオンのほうもよろけていた。脇腹《わきばら》を波打たせ、口からはよだれをたらしている。年寄《としよ》りで、おまけにひどいけがをしているのだ。

雌ライオンはカラス族とピラたちのあいだにいる。チャンスとばかりに、ふたりは走りだした。でも、戦士たちがライオンに襲《おそ》いかかっているあいだに、二頭の犬がその横をすりぬけてやってきた。一頭はヒュラスをねらい、もう片方《かたほう》は真っすぐハボックのほうに向かっていく。

ヒュラスは片手に斧《おの》を、もう一方の手にナイフを持って犬と戦っている。ハボックのほうは岩を背《せ》にして、自分の三倍もの大きさの敵《てき》を相手に、けなげにうなり声をあげている。ピラはヒュラスをおいて坂をのぼった。犬がハボックに飛びかかった瞬間《しゅんかん》、ピラは棍棒《こんぼう》をたたきつけた。犬は死んだ。ハボックは一瞬《いっしゅん》ピラを見つめると、身をひるがえして煙《けむり》のなかへ消えた。

犬をやっつけたヒュラスは、ピラのそばに来ようとしてつまずき、足を踏《ふ》みはずした。ピラは斧の柄《え》をつかむと、ヒュラスが立ちあがるのを待った。

すぐ下では、年老いた雌ライオンが戦士たちと残りの一頭の犬に追いつめられていた。脇腹には何本も矢が刺《さ》さっている。犬が雌ライオンののどぶえに食らいついた。雌ライオンはひと声吠《ほ》えると、かぎ爪《づめ》を犬に食いこませた。二頭は牙《きば》と毛皮をからませあったまま、火口のなかに落ちていった。

ヒュラスとピラはふたたび火口のへりをのぼりはじめた。が、山はじゃまをするように、顔に煙を吹《ふ》きかけ、後退《こうたい》させようとする。

よろめきながら後ずさりをすると、戦士のひとりがぬっとあらわれ、ピラの髪《かみ》をひっつかんだ。別の戦士がヒュラスの腕《うで》をつかみ、手荒《てあら》く背中《せなか》にねじあげた。

「つかまえたぞ！」戦士は叫《さけ》んだ。

26

裏切《うらぎ》りと友情《ゆうじょう》

戦士は骨《ほね》がくだけそうなほど強くピラの手首をにぎっていた。もがいても、蹴《け》っても、岩を相手にするようなものだった。

「その子をはなせ！」ヒュラスが叫《さけ》んだ。「占《うらな》い師《し》の奴隷《どれい》だぞ。クレオンの病気をなおすのに必要だろ！」そのとたん、ナイフの柄《つか》で顔をなぐられた。

「ふたりをとらえました！」ヒュラスをつかまえている男が、坂の下にいる相手に呼《よ》びかけた。煙《けむり》のなかに足音がひびき、ふたりの戦士はかしこまって背筋《せすじ》をのばした。ピラはのぼってきた若者《わかもの》を見た。

ヒュラスはその姿《すがた》を見ると、血の気を失い、ピラに向かって低い声で言った。「おとなしくしてろ。きみにはなにもできない」

若者は戦士らしく長い髪を編《あ》み、彫《ほ》りの深い端正《たんせい》な顔に憂《うれ》いをただよわせている。テラモン。ピラのいいなずけだったあの少年だ。

なにもかもおしまいだ。ピラは頭が真っ白になった。ヒュラスはクレオンのところへ連れていかれて、カラスのえさにされてしまうだろう。

テラモンがちらりとピラを見た。表情《ひょうじょう》は変わらないものの、正体に気づかれてしまったのがわかった。やがてテラモンはヒュラスに向きなおった。

ヒュラスは血を吐《は》きだすと、負けじと見かえした。

テラモンは眉《まゆ》ひとつ動かさなかったが、ナイフを握《にぎ》る手に力をこめたのが、ピラにはわかった。

「ここで始末しますか」ピラをつかまえている男が言った。「それとも、鉱山《こうざん》に連れてかえって、見世物にして殺しますか」

「ここは聖《せい》なる山よ。わたしたちを殺したら、あなたたち、永遠《えいえん》に呪《のろ》われるわ！」呪いの話はでっちあげだが、戦士たちはたじろいだ。

「はなしてやれ」テラモンが言った。「ひとりでもどれるだろう」

いきなり手をはなされ、ピラはよろめいた。「よそ者のほうはどうします？」戦士がきいた。

テラモンの黒い目がヒュラスに注がれた。と、ナイフをさやにおさめると、そっぽを向いた。ピラにだけはその表情が見えた。胸《むね》のなかでいくつもの感情《かんじょう》がせめぎあっているような顔だった。

「こいつじゃない」テラモンは背《せ》を向けたまま言った。

戦士たちはあっけにとられた。「な、なんと？」ひとりがききかえした。

「よろしいのですか？」もう片方《かたほう》も言った。「毛皮も着てますし、わたしが思うに――」

「おまえがどう思おうと関係ない」テラモンは冷ややかに言った。「よそ者の顔は知ってる。こいつじゃない。ただの脱走《だっそう》した奴隷だ」

男たちはめんくらったように目と目を見交《みか》わした。「それでは、鉱山に連れてかえりますか」

「いや。あそこにもどしたら、ほかの連中をたきつけて、反逆《はんぎゃく》をくわだてるにちがいない」

「では、どうすれば」

テラモンは少し考えた。「炉《ろ》に連れていけ。鍛冶師《かじし》のところではたらかせる。あそこなら、長くはもたないだろうから」

＊

「いまきみを殺したら、ぼくは英雄《えいゆう》になれるんだぞ」テラモンが言った。

「でも殺さないだろ」そう言いながら、ヒュラスにも自信はなかった。

「それはわからないさ」

テラモンは両手でこめかみをおさえた。「どっか遠くへ行ってほしい。二度と会いたくない。もうたくさんだ。肉親にうそをつくのなんて。それも、もう友だちでもないやつを助けるために」

ふたりはやぶにかこまれたカラス族の野営地《やえいち》にいた。テラモンはふたりきりになるため、家来に逃《に》げた犬たちをさがしに行かせていた。ヒュラスは後ろ手にしばられ、すわらされていた。腕《うで》が痛《いた》みはじめ、ほおの骨《ほね》もズキズキする。

目の前では、テラモンがたき火の燃《も》えかすのまわりを歩きまわっていた。編《あ》んだ髪《かみ》が揺《ゆ》れ、先っぽについた円盤型《えんばんがた》の小さな粘土《ねんど》細工がカチカチと小さく鳴る。聞きなれた音に、ヒュラスの胸は痛んだ。背はのびたけれど、テラモンはテラモンだ。こっそりと家をぬけだし、リュカス山のヒュラスとイシに会いに来た、あのころと同じに見える。

「ぼくを殺さないなら、自由にしてくれ」

テラモンは鼻で笑った。「それで、どう言いわけしろっていうんだ？　火の精霊《せいれい》に連れ去られたとか？」

「それじゃ、どうする気なんだ」

テラモンは手首の印章をいじくった。「まだ信じられない。きみがここにいるなんて。なんでだ？」

「好きで来たんじゃない。つかまって、奴隷《どれい》として売られたんだ」

テラモンは探《さぐ》るような目でヒュラスを見た。「本当か」

「もちろん本当さ。この入《い》れ墨《ずみ》が証拠《しょうこ》だ」ヒュラスは身をよじり、腕に彫《ほ》られたしるしを見せた。

「でも、なんだってこのタラクレアに来た？　それも、なんでいまなんだ。よりによって、コロノスが──一族みんながここに集まっているときに」

「きみが来るなんて知るわけがない。なあ、テラモン。あんな短剣《たんけん》なんて、ぼくにはどうでもいい。この島を出て、イシをさがしたいだけなんだ！」

テラモンは無表情《むひょうじょう》のままヒュラスを見すえた。「信じたいさ。でも、前にも信じたのに、きみはうそをついた」

「きみもだろ」

テラモンはたじろいだ。やがてたき火の燃《も》えかすに近づくと、足で蹴《け》り、苦い灰《はい》を舞《ま》いあがらせた。

背《せ》を向けたテラモンを見て、ほんの一瞬《いっしゅん》、ヒュラスは地面におし倒《たお》そうかと考えた。でも、テラモンのほうが力は強いし、武器《ぶき》も持っている。ヒュラスは思いなおして言った。「ぼくが生きてるって知っても、驚《おどろ》いてないみたいだな」

「驚いてないさ。ちょっと前に知ったんだ」

「どうやって？」

それには答えず、テラモンは低い声で言った。「きみのために泣いたんだぞ、ヒュラス。友を失ったのが悲しくて。なのに、きみはずっと笑ってたんだな」

「笑ってなんかない」

「本当か？」

「本当さ」

こわれてしまった友情《ゆうじょう》を前に、ふたりは冷ややかに見つめあった。

やぶのなかで、男たちの声がした。

テラモンはすばやくヒュラスのそばにしゃがむと、縄《なわ》の結び目をしめなおすふりをしながら、小声で言った。「炉《ろ》の丘《おか》に着いたら、なんとかして生きのびるんだ。鍛冶師《かじし》はきびしいし、変わり者だって言われてる。ぶたれるかもしれないけど、ぼくがそれを止めたら、まわりに疑《うたが》われる。いまだって、じゅうぶんに危険《きけん》をおかしてるんだ。二、三日しんぼうしてくれ、そしたら、船に乗せてやれるかもしれない」

ヒュラスはテラモンに向きなおった。「逃《に》げる手助けをしてくれるっていうのか？」

「シッ！　声が大きい！」

「でも、なんでだ」

「なんでわからないんだ。きみは友だちだった。いろいろあったけど、それでも……それでも、きみが殺されるところは見たくない。島から出ていかせたら、それで二度と会わずにすむ」

「でも、ぼくを助けたら、自分の一族を裏切《うらぎ》ることになるんだろ」

テラモンはヒュラスをにらみつけた。「そんなことわかってないとでも思ってるのか」

男たちがおびえきった三頭の犬たちを連れて帰ってきた。そのとたん、テラモンは横柄《おうへい》な若《わか》い隊長にもどり、ヒュラスを立ちあがらせた。「歩け」

ヒュラスたちは野原を真っすぐにつらぬく黒曜石の道を歩き、午後おそくにはくびれのそばまでたどりついた。

一度、ピラが遠くからついてきているのがちらりと見えた。助けようなんてばかなことは考えず、村へ行ってくれとヒュラスは願った。ハボックの姿《すがた》は見あたらない。山をおりられただろうか。それとも、まだ上にいて、毒気まじりの煙《けむり》のなかをさまよっているのだろうか。

*

くびれに着くと、テラモンは馬に乗り、一行はそのまま炉《ろ》の丘《おか》をめざした。鉱山《こうざん》を通りかかったとき、くずれた立坑《たてこう》をなおす奴隷《どれい》たちの姿が見えた。じきに、落盤《らくばん》なんてなかったみたいに元にもどるのだろう。ヒュラスは地の底にいる〈飛びつき屋〉を思いうかべた。岩のあいだから、怒《いか》りの声が聞こえてきそうに思えた。

炉へとつづく道はけわしく、両脇《りょうわき》には焼けこげた石くずが積みあげられていた。テラモンの家来たちにかこまれたヒュラスは、疲《つか》れでもうろうとなりながら、とぼとぼと歩いた。丘の上に出ると、鎚音《つちおと》が大きくなった。

テラモンの馬がおじけづいた。「おとなしくしろ」テラモンはしかりつけた。平静をよそおっているが、緊張《きんちょう》しているのがわかる。鍛冶師《かじし》は特別なんだ、カラス族だって気を使ってる、とザンは言っていた。新しい奴隷をあたえることで、テラモンは危険《きけん》をおかしているのだ。

うす汚《よご》れた奴隷たちが、巨大《きょだい》な幼虫《ようちゅう》にむらがるアリみたいに、いくつもの炉のまわりで作業をしている。粘土《ねんど》でできた炉は、ずんぐりとした柱のような形をしていて、いやなにおいの茶色い煙を穴《あな》から立ちのぼらせている。ちょうど奴隷たちが炉のひとつを開けたところだった。煮《に》えたぎる真っ赤な液体《えきたい》が石の桶《おけ》に流しこまれる。緑の石をくだいて、火にかけると、銅《どう》がとれる……。

石づくりの小屋のなかでは、炎《ほのお》があがり、鎚音がひびいている。神秘《しんぴ》なる技《わざ》によって、そこで銅と錫《すず》がまぜあわされ、青銅《せいどう》がつくられているのだろう。

やがて、風の吹《ふ》きすさぶ岬《みさき》の先にたどりついた。カモメが鳴き、空気には塩気がまじっている。足元のはるか下に海が見え、めまいがしそうになる。そこからは逃《に》げられそうにない。

奴隷《どれい》が四人、牛車に積まれた炭をサンザシの木の下におろしている。その向こうの岬の突端《とったん》には、石づくりの大きな小屋がぽつんと建っている。鎚音が聞こえてくる。ヒュラスの胃がきゅっとなった。あれがきっと鍛冶師だ。

テラモンは馬をおりると、男たちにヒュラスの縄《なわ》をほどかせた。それから奴隷たちに言った。「話があると親方に伝えてこい」

奴隷たちはくちびるをさわると、首を横にふった。

「口がきけないんですよ」戦士のひとりが言った。「鍛冶師が、口のきけるやつをそばに置くのをいやがるんで」

そういえばそうだった。自分はどうなるのだろう。ヒュラスは不安になった。

戦士も同じことを思ったらしい。「おそらく鍛冶師は――」

「ぼくの命令にはしたがうさ」そう言いながらも、テラモンは汗《あせ》をにじませている。

奴隷のひとりが走っていき、木の下につるされた銅鑼《どら》をたたいた。

鎚音がやんだ。男が出てきて、こちらに近づいてくる。肩幅《かたはば》の広い、たくましい体つきで、筋骨《きんこつ》隆々《りゅうりゅう》の腕《うで》にはあちこちやけどのあとがある。炉《ろ》の熱から身を守るための革《かわ》の前かけをして、黒いあごひげは短くかりこまれ、肩までの長さの髪《かみ》は、汗じみのついた生皮のバンドで後ろにまとめられている。顔の上半分は革《かわ》の仮面《かめん》でおおわれていて見えない。

テラモンは会釈《えしゃく》をした。

鍛冶師《かじし》のほうはかすかにうなずいただけだった。「鍛冶師の親方」とテラモンは横柄《おうへい》さと敬意《けいい》の両方をこめた口調で呼びかけた。「こいつは逃げた奴隷《どれい》だ。面倒《めんどう》を起こさないように、ほかの者たちとは別にしておいてほしい」

鍛冶師は仮面のすきまからヒュラスを見すえた。それから、ついてこいとつぶやくと、鍛冶場のほうへ歩きだした。

ヒュラスはふりむいてみたが、テラモンはすでに馬に乗り、去っていくところだった。助けると言っていたのは、本気だろうか。

「入れ」鍛冶師が怒鳴《どな》った。

ヒュラスはしびれた手首をさすりながら、親方について小屋へ入った。

なかは熱気がこもり、血なまぐさいような奇妙《きみょう》な甘《あま》いにおいがしていた。一段《だん》高くなった石づくりの火床《ひどこ》のなかで、炭がくすぶっている。その横には四角い大きな石のかたまりがあり、黒ずんだ粘《ねん》土《ど》の送風口がついた生皮のふいごがいくつも置かれている。一キュービットほどの大きさの、広げた牛皮のような形をした青銅《せいどう》ののべ板が山をなし、斧《おの》の頭や、ナイフや、矢尻《やじり》といったものが積みあげられている。できあがったばかりの青銅は、どれも桃色《ももいろ》がかった輝《かがや》きを放っている。作業台の上には石でできた鋳型《いがた》や、鎚《つち》や、のみがならべられ、干《ほ》したイワシとチーズののった皿と、葉っぱの入った半開きの袋《ふくろ》も置かれている。

ヒュラスはとまどった。あの葉っぱ、なにかを思いだすような……。

鍛冶師は角《つの》でできた碗《わん》を取りあげ、桶《おけ》の水を飲んだ。「それで、本当のところ、なんでおまえはここに連れてこられたんだ？」

なめらかで力強いその声。前にも聞いたことがある。それに、作業台にある葉はクロウメモドキだ。それを噛《か》むと、幽霊《ゆうれい》を遠ざけることができる――あるいは、〈怒《いか》れる者たち〉を。

ヒュラスは勇気をかき集めた。「ぼくをおぼえてるでしょ」

鍛冶師は碗を置いた。仮面の奥《おく》で、目がキラリと光る。

「ほら、ノミです。去年の夏、ぼくをつかまえたでしょ。そのときは、鍛冶師なんかじゃなくて、乗ってた船が難破《なんぱ》したって言ってたし、名前もアカス――」

アカストスと名乗っていた男は、ヘビのようにすばしこくヒュラスの口を手でふさいだ。「ダミアスだ」男は息をひそめて言った。「鍛冶師のダミアス。いいな。わかったら、二度まばたきをしろ。でないと後悔《こうかい》するぞ」

ヒュラスは二度まばたきをした。

27

鍛治師《かじし》

アカストスはヒュラスを火床《ひどこ》に引きずっていき、こぶしを火にかざした。「おれの本名をだれにも言わないと誓《ちか》え」

「誓います！」ヒュラスはあえいだ。

「ちゃんと言うんだ。火にかけて誓え」

「あなたの名前は、絶対《ぜったい》にだれにも言わないと誓います！」

アカストスはヒュラスのこぶしを水の桶《おけ》につっこみ、椅子《いす》に腰《こし》をおろすとヒュラスをひざまずかせ、真正面から向きあわせた。抵抗《ていこう》してもむだだ。肩《かた》をつかんでいる手は、骨《ほね》を卵《たまご》の殻《から》みたいにくだいてしまいそうだ。こうしてアカストスにまたつかまえられ、こわがっているのか、それともほっとしているのか、ヒュラスは自分でもわからなかった。この男は〈怒《いか》れる者たち〉から逃《に》げるためにヒュラスをおとりにした。でも、たまにやさしい顔を見せるときもあった。

アカストスは仮面《かめん》をかなぐり捨《す》てると、射《い》るようなまなざしをヒュラスに注いだ。髪《かみ》は前より短く、ごわごわのあごひげに塩はこびりついていない。でも、人を不安にさせるうすい灰色《はいいろ》の目は、あいかわらずなにを考えているのかわからない。

「ここでなにしてる？」アカストスは嚙《か》みつくようにきいた。

ヒュラスは息をのんだ。「奴隷《どれい》にされてしまって。だから逃《に》げだしたんです」

「だましっこなしだ、ぼうず、おまえは生きるか死ぬかの瀬戸際《せとぎわ》なんだぞ。この前と同じにな。ここでなにしてる？」

「ほんとなんです！」

アカストスは鼻を鳴らした。「去年の夏、おまえは〈背《せ》びれ族の島〉にいた。カラス族がよそ者を皆殺《みなごろ》しにしていて、おまえも追われているが、なぜだかわからないと言ったよな。自分はヤギ飼《か》いだとも言ったが、なぜかコロノス一族の短剣《たんけん》のことを知っていた。今度もまた、偶然《ぐうぜん》おれの前にあらわれたってのか？」

「故郷《こきょう》に帰ろうとしてたんです。でもつかまって、ここに連れてこられた」

「なんで殺されなかった？」

「ぼくだとは気づかれなかったから……その、ぼくがよそ者だとは」

「なら、こう言うつもりか。コロノス一族がここに来ているときに、おまえもたまたまいあわせたと。やつらは知らないのか」

ヒュラスはうなずいた。「ぼくのことは言わないで。殺されてしまう」

アカストスはだしぬけにヒュラスをはなすと、火床に近づいた。炎《ほのお》がその顔をまだらに照らしだす。

ヒュラスは思いきって戸口に目をやった。

「そうはいくか」考えを読んだように、アカストスが言った。「炉《ろ》の先までは行けっこないし、崖《がけ》をおりる道はひとつしかない。下まではすぐだが、落ちたら一巻《いっかん》の終わりさ」

アカストスはまた椅子《いす》にかけると、たくましい腕《うで》をひざに置いた。アカストスが低い声で話しだしたとたん、ヒュラスは鍛冶場《かじば》にいることを忘《わす》れた。「短剣《たんけん》のことで、おまえはなにを知ってる？　つつみかくさず白状《はくじょう》しろ」

ヒュラスは深呼吸《しんこきゅう》をした。「墓《はか》のなかで死にかけてた男の人から、もらったんです。盗《ぬす》んだものだから、かくしておくようにって」

アカストスは身をこわばらせた。「どんな男だった？」

「若《わか》いケフティウ人で、たぶん裕福《ゆうふく》だったと思う……知ってる人ですか」

まつ毛一本動かなかったが、アカストスの頭が猛然《もうぜん》と回転しているのがわかった。「つまり、おまえは短剣を持ってたってことか」

「でも、クラトスにうばわれて。戦いになって、クラトスはおぼれ死んだけど、短剣はカラス族の手にもどってしまったんです」

アカストスは眉《まゆ》をつりあげた。「クラトスが死んだって？　ようやくいい知らせを聞けたな。だが、なんでまだカラス族に追われてる？」

「お告げがあったんです。〝よそ者が剣をふるうとき、コロノス一族はほろびるだろう〟って。やつら、そのよそ者がぼくのことだと思ってる。でもそんなことどうでもいい、ぼくは妹を見つけたいだけなんだ」

アカストスは考えこんだ。「これはわなだ。やつら、おまえがここにいるのを知ってるんだ」

「ほんとに知らないんです！　ただ……テラモンだけは知ってるけど、でも――」

「テラモン？」

「ぼくをここに連れてきた少年です。テストールの息子《むすこ》の。前は友だちだったんだ……カラス族だとは知らなかったから」

　アカストスはフックにぶらさがったワイン袋《ぶくろ》に手をのばし、粘土《ねんど》の碗《わん》に半分ほど注ぐと、桶《おけ》の水を加えて満杯《まんぱい》にした。それを飲むところを、のどのかわいたヒュラスはじっと見つめた。

「リュコニアのテストールか」アカストスは言い、手の甲《こう》で口をぬぐった。「その息子だと」

　ヒュラスはうなずいた。「ぼくを助けてくれるって」

「それを信じてるのか」

　ヒュラスは返事をしなかった。

　アカストスは長い指で碗をまわした。「それで、おまえをどうしたもんかな、ノミ公。面倒《めんどう》なことにならずにすむ方法はひとつだけだがな」

「でも、そんなことしないでしょ」ヒュラスはあわてて言った。「殺したりなんて」

「なんでそう言える?」

　ヒュラスは息を整えようとつとめた。「あなたの名前を人に言わないって誓《ちか》わせたから。ぼくを殺す気なら、そんな必要ないはずだ」

　アカストスの口元のしわが深くなった。笑い方を忘《わす》れていなければ、ほほ笑《え》んでいたかもしれない。

　ヒュラスはふと、サンザシの木のところにいたもの言わぬ奴隷《どれい》たちを思いだした。「お、お願いです。舌《した》を切ったりしないで!」

　それを聞いたアカストスはむっとした。「なんだってそんなことをすると思った? 外にいる奴隷たちは生まれつき口がきけないんだ。そういうやつらを鉱山《こうざん》から選んできただけだ」

「ごめんなさい」ヒュラスは言うと、碗に目をやった。「飲んでもいいですか」

アカストスはまた鼻を鳴らした。「好きにしろ」

ヒュラスはワインと水を三杯《ばい》飲みほすと、イワシも食べていいかとたずねた。

アカストスは肩《かた》をすくめた。

「ぼくと会えて、ちょっとはうれしいでしょ」がつがつと魚をほおばりながら、ヒュラスはきいた。

「なんでだ？　ノミ公、おまえはツキが悪い。去年の夏にそう言ったろ」

「ぼくらが似《に》た者《もの》同士だとも言ってたから。ずっと生きのびてきたって」

「だから？　それだけで、おれのことがわかったつもりか？」

「いえ、でも――」

「おれのなにを知ってるっていうんだ、ノミ公？」

ヒュラスはチーズの最後のひとかけらを飲みこむと、正直に話したほうが安全だろうと判断《はんだん》した。

「あなたは船乗りだった。それに戦士だったんじゃないかな、腕《うで》っぷしが強いから。ぼくがいままで会ったなかでいちばんかしこくて、ぼくが生まれる前からずっとカラス族に追われてる。それに」ヒュラスは声をひそめた。「〈怒《いか》れる者たち〉にも。ということは、恐《おそ》ろしいことをしたということだけど、なにかはわからない」

火床《ひどこ》の火がパチッとはぜた。もしかして、しゃべりすぎただろうか。

アカストスはあごを引っかくと、ため息をついた。「なんだってまたおれの前にあらわれたりしたんだ、ノミ公」

「な、なぜ？　どうするつもりです？」

アカストスは立ちあがると、鍛冶場《かじば》のなかを歩きまわりはじめた。と、とつぜん笑い声をあげた。

「まったく、神々《かみがみ》のいたずらってやつは！」

「どういう意味です」

「おまえのことを手っとり早く利用するなら、クレオンに引きわたすのがいちばんだよな」

「でも……そんなことできないはずだ！」

「よそ者をつきだしてやったら、やつに信用されて、要砦《ようさい》にも入れる」

「でも、お告げが！　ぼくなら、やつらを倒《たお》す手伝いができる！　それが望みなんでしょ？　だからここにいるんですよね」

「お告げってのは、やっかいなもんでな、ノミ公、おれは信じたりせん。そのお告げにしたって、おまえは神々に選ばれた者かもしれんし、ただの無力なヤギ飼《か》いにすぎんかもしれん。本当のところは、わかりっこないのさ」

「でも……ぼくがお告げのよそ者だとしたら、カラス族からぼくをかくまってくれれば、やつらを倒せるチャンスは大きくなるでしょ！」

「たしかに。だがおまえをかくまえば、やつらに見つかる可能性《かのうせい》も高くなる。おまえがおれの本名を白状《はくじょう》しちまうかもしれん」

「言わないって誓《ちか》ったのに！」

「ああ、ノミ公。やり方さえ知っていれば、だれだって誓いをなしにできるのさ」

声の調子からして、アカストスはその方法を知っているらしい。

「ぼくのこと、好きだと思ってたのに」ヒュラスは冷ややかに言った。

「それとこれとは話が別だ」アカストスはピシャリと答えた。「かんじんなのは——」そこで言葉を切り、戸口をじっと見つめた。

「どうしたんです」ヒュラスは小声できいた。

だまってろ、とアカストスは手で合図した。

外で音がした。だれかが聞き耳を立てているようだ。

アカストスは足音をしのばせて戸口に近づいた。外にいる者を警戒《けいかい》させないように、自分の影《かげ》を消している。と、ヘビのようにすばやく飛びかかると、もがきまわるなにかのかたまりを引きずりこんだ。

「手を出さないで！」ヒュラスは叫《さけ》んだ。

アカストスはかたまりから手をはなすと、嚙《か》まれた手をなめた。

ヒュラスの後ろにさっとかくれると、ハボックがうなり声をあげた。

28

ミケーネのライオン

「手を出さないで！」ヒュラスはまた言うと、おびえきったハボックをかかえあげた。体のふるえと心臓《しんぞう》の鼓動《こどう》が胸《むね》に伝わってくる。

アカストスはナイフを手にせまってくると、荒々《あらあら》しくきいた。「なんのつもりだ？」

「お願いです！　まだ子どもなんだ！」

驚《おどろ》いたことに、アカストスは額《ひたい》に汗《あせ》を浮《う》かべている。「ライオンじゃないか」とつぶやくと、ヒュラスに向かって言った。「おれを引っかけようってのか？　なにかの兆《きざ》しだと信じさせるつもりか」

「ちがう！　山で見つけたんだ。クレオンに親を殺されて、ひとりじゃ生きていけないんです！」

アカストスはヒュラスをにらみつけた。「ミケーネのライオンという名を聞いたことがないか」

ヒュラスは首を横にふった。

「ミケーネの大族長はかつてそう呼《よ》ばれてたのさ。おれはミケーネからそう遠くないところに、畑を持ってた。それがいまこうやって、ライオンの子があらわれた。なにかの兆しにちがいない」

「でも……こいつのせいじゃないでしょ！」

アカストスはゆっくりとナイフをさやにおさめると、くぐもった声で言った。「そいつを追いだせ」

ヒュラスはとっさに考えた。「鍛冶場《かじば》の裏《うら》にかくしておきます。ぼくがえさをやりに――」

「そうしろ」

ヒュラスはためらった。ハボックがあらわれる前、アカストスはなにを言おうとしていたのだろう。たずねるのはこわいけれど、知らずにいるわけにはいかない。「あの……ぼくをクレオンに引きわたしたりしませんよね」

アカストスは片手《かたて》で顔をおおった。「いいから、そいつを外に連れていけ」

＊

黒いたてがみの大男は、子ライオンが少年にかかえられて小屋から出ていくあいだ、じっとにらみつけていた。

おそろしさのあまり、子ライオンはもがくことさえできなかった。肉球は痛《いた》いし、おなかもへった。少女は山でトカゲをとってくれたけれど、野原におりてからはぐれてしまい、それからあとはずっとひとりぼっちで、とほうに暮《く》れていた。

ようやく少年のにおいをかぎつけたものの、そばに悪い人間たちがいるので、かくれていることにした。そしてあとをつけるうちに、この恐《おそ》ろしくてうるさい場所までやってきたのだった。人間たちは大地を痛《いた》めつけ、大地はうなり声をあげていた。なのに、人間たちには聞こえていないようなのだ。ここにいるのはいやでたまらないけれど、少年のそばをはなれないようにしなくては。

少年は小屋の裏の大岩のそばに子ライオンを連れていった。土ぼこりとコガネムシのにおいがする。ライオンの気配はない。おそるおそる崖《がけ》のふちに近づいてみた。はるか下に、大きくてつるつるとした生き物がいる。しわのよった灰色《はいいろ》の毛皮を着ていて、低い声でひっきりなしに吠《ほ》えながら、岩場を歩いている。子ライオンは耳をぺたんと倒《たお》すと、大岩のそばにかけもどった。

少年はやさしく話しかけながら、子ライオンをやぶの陰《かげ》にある小さな岩穴《いわあな》におしこんだ。なじみのあるにおいがする。子ライオンはちょっと安心した。少年は走っていって、魚を持ってもどってきた。それを食べていると、少年はまたいなくなってしまった。あとを追いかけようと、子ライオンは立ちあがった。

なにかにぐいっと引っぱられた。怒《おこ》ってうなりながら、自由になろうともがいた。また引っぱられる。なんてことだろう。首になにかが巻《ま》きつけられている。それがそばの木に結ばれているので、動けないのだ。食いちぎるのはかんたんそうだ。でも、子ライオンは急にくたびれてしまった。

両足のあいだに頭をうずめ、子ライオンは黒いたてがみの男のことを考えた。どうも、よくわからない人間だ。狩《か》りをしているときのライオンみたいにたえずピリピリしているし、心のなかは、いいものと悪いものがごちゃまぜになっているみたいに感じられる。

なによりおっかないのは、かすかだけど人間のものとはちがうにおいをさせていることだった。邪《じゃ》悪《あく》そうな、つんとするにおい——こわくてたまらない夢《ゆめ》に出てくる、恐ろしい精霊《せいれい》たちのにおいを。

＊

どろどろの青銅《せいどう》が、とけた太陽のように煮《に》えたぎっていた。

ヒュラスはしきりにふいごを動かした。アカストスはるつぼのまわりに縄《なわ》をくくりつけ、火からおろした。ヒュラスはふいごを置くと、先端《せんたん》に平らな石が取りつけられた棒《ぼう》を手に取った。アカストスは煮えたぎる液体《えきたい》を鋳型《いがた》に流しこみ、ヒュラスは平らな石をるつぼのへりにあてがい、青銅に炭のかけらがまじらないようにした。白い火花が飛びちり、どろりとした赤い液体が鋳型のなかでかたまっていく。アカストスは額《ひたい》をぬぐった。斧《おの》の頭がひとつできあがった。

ヒュラスが鍛冶場《かじば》に来てから三日がすぎていた。テラモンはもどってこないし、ピラの気配もない。ピラが無事でありますようにとヒュラスは願った。自分には助けてやることもできない。

ハボックの首の縄《なわ》は三本食いちぎられてしまったが、四本目は糞《ふん》をなすりつけてやったので無事だった。ノスリや鍛冶場の鎚音《つちおと》がこわいのか、ハボックも昼のあいだは穴《あな》に引っこんでいた。でも夜になると暴《あば》れだすので、首の縄がしまってしまうんではないかとヒュラスは心配だった。だから、あいかわらず疑《うたが》わしげなアカストスをときふせ、面倒《めんどう》は起こさせないからと約束して、ハボックを鍛冶場に入れてもらうことにした。ハボックをおとなしくさせようと、ヒュラスは麻袋《あさぶくろ》の切《き》れ端《はし》をあたえた。さらにヤナギランの球も編《あ》んでやると、ハボックは以前の球と同じくらいそれを気に入った。

アカストスはヒュラスに火の番をさせたり、できたての武器《ぶき》をみがかせたりとこき使った。でも、食べ物はたっぷりあたえてくれるし、いろいろなことを教えてもくれた。アカストスによれば、金属《きんぞく》のなかでいちばん貴重《きちょう》なのは銀で、めずらしいのは星から落ちてくるという鉄だが、なによりも人がほしがるのは金だということだった。金は川底の砂《すな》をヒツジの毛皮の上に流して集めるのだという。毛のあいだに砂金《さきん》が沈《しず》むので、毛皮は黄金色《こがねいろ》に染《そ》まるそうだ。

かと思うと、きびしく問いつめられることもあった。どのくらいのあいだ短剣《たんけん》を持っていたのか。落盤《らくばん》とゆがんだ鼻のペリファスのことで、なにをおぼえているか。そんなときは、なにか特別な目的があって自分を生かしているだけなんだろうかと思えた。

そうであってほしくはなかった。冷酷《れいこく》ではあるけれど、ヒュラスはアカストスが好きで、みとめてほしいと願っていた。もしも父さんがいたら、アカストスのような人ならいいとも思っていた。

「ぼやぼやするな、ノミ公」アカストスの小言が飛んできた。「火が消えかかってる」

ヒュラスはふいごに注意をもどした。粘土《ねんど》でできたとがった先は石板の穴に通してあり、それで火《ひ》床《どこ》の熱がさえぎられるようになっているが、それでもダラダラと汗《あせ》が流れ落ちる。

アカストスが桶《おけ》のなかで鋳型《いがた》をさますと、ジューッと蒸気《じょうき》があがった。鋳型をひっくりかえし、石鎚の尻《しり》で底をたたくと、斧の頭が枠《わく》からはずれる。できたばかりの青銅《せいどう》は濃《こ》い金色に美しく輝《かがや》いている。

「なんでみんな青銅をつくりたがるんだろう」ヒュラスは言った。「その、なんで銅じゃだめなんです？」

アカストスは口をゆがめた。「質問《しつもん》ばかりするやつだな、おまえは。青銅は銅よりかたいし、するどい刃先《はさき》をつくれるからだ」

「だからカラス族も――」

「そうだ」アカストスは声をひそめた。「じょうぶで長持ちするから、やつらも青銅で短剣をつくることにしたってわけさ」そう言って、しげしげと斧をながめた。「青銅はいつまでも古びない。生身の体みたいにひとりでに傷《きず》が消えるし、雷《かみなり》を集めるはたらきもある」そしてさらりとつけくわえた。「だから、嵐《あらし》のときは剣をかかげないほうが利口ってこった」

きげんは悪くなさそうなので、ヒュラスはずっと気になっていたことをたずねてみた。「どうやって鍛冶のやりかたをおぼえたんです？」

「親父《おやじ》の農場でな」アカストスはそっけなく答えると、石鎚で斧をたたいた。頭のなかの考えをこなごなにしてしまおうとするように、鎚をふるいつづけている。それ以上はたずねないほうがよさそうだ。

石鎚の扱《あつか》いかたはやさしそうに見えたが、一度やらせてもらうと、片手《かたて》で持ちあげるのがやっとなほど重く、ふりおろしたとたん、ガツンとはねかえされてしまった。「もっと強くだ、ノミ公、これたりせんさ。おまえやおれと同じに、青銅《せいどう》はしぶといんだ。強くたたけばたたくほど、じょうぶになる」

斧《おの》は戦いに使えるほど、すっかりかたくなった。アカストスはふたたび青銅をとかしたるつぼに向かい、ふたりは同じ作業を一からくりかえした。一日が終わるころには、斧や槍《やり》、矢尻《やじり》、それにナイフもどっさりできあがった。

アカストスが鍛冶師《かじし》になりすましている理由が、ヒュラスにもじきにのみこめた。そうやってうまく身を守っているのだ。口をきかない奴隷《どれい》たちが鍛冶場に人を近づけないよう見張《みは》っているし、仮面《かめん》をかぶったほうがいいときも知らせてくれる。アカストスは炉《ろ》の丘《おか》の主なので、火床《ひどこ》の灰《はい》や炉の燃《も》えかすを毎日運びだすよう命じることもできる。それが〈怒《いか》れる者たち〉を遠ざけるためだとは、だれも気づかない。

でも、なんだってタラクレアに来たりしたんだろう。それに、復讐《ふくしゅう》の精霊《せいれい》たちに追われているなんて、いったいどんな恐《おそ》ろしい罪《つみ》をおかしたのだろう。

日が落ちると、炉はひっそりと静かになる。でも、鍛冶場のなかでは、ヒュラスとアカストスが交代で火の番をしながら、〈怒れる者たち〉を遠ざける古い呪文《じゅもん》をとなえつづけることになっている。ちょうどヒュラスが寝《ね》ずの番をする晩《ばん》だった。壁《かべ》ぎわの粗末《そまつ》な寝床《ねどこ》では、アカストスが寝苦しそうにしている。親指を鎚《つち》でたたいてしまい、爪《つめ》がどす黒く染《そ》まっている。

火床のそばにすわるヒュラスの足元には、ハボックがおとなしく腹《はら》ばいになり、爪で麻袋《あさぶくろ》の切《き》れ端《はし》を引きさいている。

くたびれたヒュラスは、呪文をとなえながらうとうとしかかっていた。あたりにはそこかしこに影《かげ》が落ちている。ふと、去年の夏に通った不気味な谷あいの道を思いだした。〈怒れる者たち〉に追われ、恐ろしさのあまり頭がおかしくなりそうだった。やつらは燃えがらに引きよせられる。カラス族はほおに灰を塗《ぬ》りたくっているけれど……まさか、〈怒れる者たち〉を崇拝《すうはい》しているんだろうか。

頭ががくんと前にたれた。呪文は意味不明なつぶやきに変わっている。

なにかが梁《はり》から床《ゆか》に落ちて、ゆらゆらと近づいてくる――

ヒュラスははっと目をさました。

アカストスが寝床で身じろぎをして、寝言を言った。

ハボックは立ちあがり、耳をそばだてている。

「どうしたんだ？」ヒュラスはささやいた。

ふりむいたハボックの目が、火に照らされて金色に輝《かがや》いた。

暑いはずなのに、ヒュラスはぞくりとした。なにかが屋根の上にとまる音がした。

ふるえながら火のついた枝《えだ》を取りあげると、鍛冶場のなかをぐるっと照らした。光をいやがるように影が消えていく。ほかにはなにもない。それでも、うなじの毛がさかだっている。

ヒュラスは心臓《しんぞう》をドキドキさせながら外へ出た。今度ばかりは、さすがにハボックも先に立とうはせずに、小屋のなかに引っこんでいる。

星空の下に、屋根が黒々《くろぐろ》とそびえている。そういえば明日の晩《ばん》は新月だ。〈怒れる者たち〉の力がいちばん強くなる。

わらぶきの屋根からなにかが飛びたった。

悲鳴をあげて後ずさりをしたヒュラスは、アカストスにぶつかった。

「やつらじゃない」アカストスは言った。

「ほ、ほんとに?」

「ああ、そうなら気づくさ、ノミ公」

ヒュラスはふうっと息を吐《は》いた。「そのうち見つかってしまうのかな」

「さあな」アカストスは手首のひもに手をふれた。「鍛冶師《かじし》の印章をつけているから、しばらくのあいだは気づかれずにすむだろう」

「本物のダミアスはどうなったんです?」

アカストスはためらった。「これはもらったものだと言っておこうか」

鍛冶場にもどってハボックにヤギのチーズのかたい外皮をやると、ヒュラスはふるえるひざをかかえてちぢこまった。

アカストスは火床《ひどこ》をかきまわし、火を燃《も》えたたせた。ぱっと明るくなった光に照らされ、肩《かた》や胸《むね》にきざまれた傷《きず》あとが見えた。戦傷《いくさきず》だろうか。そう思ったのは初めてではなかった。左腕《ひだりうで》より右腕のほうが少しだけ太いことにも気づいていた。鎚《つち》をふるってきたからか、それとも剣《けん》だろうか。

「なんで〈怒《いか》れる者たち〉に追われてるんですか」ヒュラスはそっとたずねた。「だれを殺したんです?」

29
兆《きざ》しとお告げ

「妙《みょう》なもんだな」アカストスは炎《ほのお》を見つめながら言った。「やつらは光を生む火をきらう。なのに、燃えがらに引きよせられる。それと、罪悪感《ざいあくかん》をかかえた者にも」

「罪悪感ならぼくにもある」ヒュラスは言った。

「その年でか。そうは思えんな」

ヒュラスはカラス族からイシを引きはなそうとおとりになったものの、そのせいではぐれてしまったことを打ち明けた。

「戦士たち相手に、ぼうずひとりでなにができる。おまえのせいじゃないさ」

「でも、イシはきっと見捨《みす》てられたと思ってる」ヒュラスはひざのかさぶたをはがした。「ときどき思うんです。ハボックを守ってやったら、〈野の生き物の母〉がイシを助けてくれるんじゃないかって」

アカストスの顔にあわれみの色が浮《う》かんだ。「気をつけろ、ノミ公、あまりそいつに情《じょう》をうつすな。なにかに情をうつしすぎると、傷つくことになる」

ヒュラスははっとした。「ハボックのこと、まだ兆《きざ》しだと思ってるんですか」

アカストスは棒切《ぼうき》れで火をかきたてた。「そうだな。ミケーネの大族長は、ライオンと呼《よ》ばれていた。コロノスに打ち負かされる前の、本物の大族長のことだ。おれの農場は城塞《じょうさい》のすぐ下の平野にあったんだ。それから何年もたったいま、おまえがおれの鍛冶場《かじば》にやってきた。胸《むね》にライオンのかぎ爪《づめ》をぶらさげ、ライオンの子を連れたよそ者の小僧《こぞう》が。そう、だからなノミ公、こいつは兆《きざ》しだと思う。意味するところはわからんがな」

自分の話だとわかっているように、ハボックがやってきて、ヒュラスにもたれかかった。首筋《くびすじ》をかいてやると、ヒュラスのひざをなめ、足の上にうずくまって眠《ねむ》りこんだ。

「兆しなんて信じないんでしょ」

「お告げはあてにならないと言ったんだ。お告げは占《うらな》い師《し》の口から出るなぞかけみたいなもんだ。兆しや前ぶれは、動物たちが知らせてくれるものだろ。占い師はうそをつく。動物はちがう」

「ぼくの故郷《こきょう》では、農民はみんな猫背《ねこぜ》でガニ股《また》だった。あなたは農民には見えないな」

アカストスは肩《かた》をすくめた。「ミケーネの平野はアカイアのどこよりも土地が肥《こ》えてる。らくに作物が育つのさ。おれは大麦畑と、オリーブ園を持ってた。ブドウ園も……うちのワインはどこのものより濃《こ》くて力強かったものさ……カラス族にみんなうばわれたがな」

「家族はいたんですか」

アカストスはためらった。「息子《むすこ》が生きてれば、おまえと同じ年頃《としごろ》のはずだ」記憶《きおく》をたぐるように遠い目になる。「最初のうちは、コロノス一族と、わずかな戦士たちだけだった。故郷のリュコニアから、土産物《みやげもの》を持ってやってきたのさ。大族長はだまされやしなかったが、ほかの者たちはちがった。気づいたときには、手おくれも同然だった。それでもしばらくのあいだは、きわどい勢力争《せいりょくあらそ》いがつづいた。勝敗の鍵《かぎ》をにぎるのは、ミケーネの山あいの土地だった。そこにはよそ者の一族が住んでいて――」

「よそ者って？」ヒュラスは叫《さけ》んだ。

「おまえの故郷とはちがって、しいたげられた民《たみ》じゃない。森のことにたいそうくわしい、誇《ほこ》り高い人々《ひとびと》だ。だれよりも山のことを知りつくしている。聞いたことはないか」

ヒュラスは首を横にふった。「それで、どうなったんです？」

「大族長は彼《かれ》らの長《おさ》をたずねて、カラス族との戦いに力を貸《か》してほしいとたのんだんだ」アカストスの声がけわしくなった。「よそ者の長は、関《かか》わり合《あ》いになるのをこばんだ。自分たちには関係のないことだとな。じきにカラス族が優勢《ゆうせい》になり、大族長は殺された。ミケーネはコロノスの手に落ちたのさ」そこで言葉を切った。「それからだ、おれが〈怒《いか》れる者たち〉に追われるようになったのは」

ヒュラスは息をつめたまま待った。

「おれには弟がいた。いちばんの親友でもあったんだ。だが、カラス族がでたらめを吹《ふ》きこんで、おれたちを仲たがいさせた」アカストスは両手を開くと、自分にしか見えないなにかをこすり落とすしぐさをした。「おれは弟を殺した。じつの弟をな」

火がパチッとはぜた。鍛冶場はむせかえるように暑い。

「〈怒れる者たち〉は疫病《えきびょう》みたいに襲《おそ》ってきた」アカストスは炎《ほのお》を見つめながら言った。「作物を枯《か》らし、家畜《かちく》を殺した。おれは農場を出るしかなかった。でないとなにもかもだめになるのが目に見えていたから」そこでひと息ついた。「だからこうやって、あちこちをさまよって、いろんなものに化けてるってわけさ。弟を殺したせいでな」

ヒュラスは勇気をふるいおこし、アカストスの目を真っすぐに見た。「カラス族が悪いんだ、あなたのせいじゃない。そうしむけられたんだから」

「おれのせいさ、ノミ公」

「もしかすると、神々《かみがみ》の思《おぼ》し召《め》しかも――」

「そいつは臆病者《おくびょうもの》の言いわけだな。ナイフで刺《さ》したのはおれだ。血を流させたのもおれなんだ。いや、〝血を流す〟なんてきれいなもんじゃないな。人を殺すのは、きれいなことなんかじゃない。だれかを殺すときはな、ノミ公、相手の体にナイフが刺さるのを感じるんだ。断末魔《だんまつま》のうめきを聞き、死をさとった相手の恐怖《きょうふ》をかぎとる。やがてうつろになった相手の目を見て、自分のしでかしたことの恐《おそ》ろしさに気づく。だが、あとの祭りだ。人の命をうばったら、取りかえしがつかないんだ……」アカストスは手で口をおおった。その手がふるえているのがヒュラスにもわかった。

「やつらはときどき夢《ゆめ》にも出てくる」アカストスはささやいた。「みんな弟の顔をして。目から血を流して。怒《おこ》った顔で、おれを責《せ》めたてるんだ」そこで間をおいた。「ここに住まわせてるのは、別におまえのためじゃないのさ、ノミ公」

「おかげでぼくは生きてられるでしょ。でも、なんでこのタラクレアに来たんですか。カラス族は〈怒《いか》れる者たち〉を崇拝《すうはい》してるのに。なのに、なぜわざわざそばにいようとするんです」

うすい灰色《はいいろ》の目でつき刺すように見つめられ、どこまで打ち明けるべきかとアカストスがすばやく頭をめぐらせているのがわかった。「おれは十四年ものあいだ逃《に》げてきた。死ぬまでに、ふたつのことはやりとげると誓《ちか》ったんだ。ほかのことはどうでもいい。コロノス一族の短剣《たんけん》を破壊《はかい》すること――そして、弟の霊《れい》をなぐさめること。そのためなら、どんなこともいとわない。〈怒れる者たち〉につかまってもいい」

火床《ひどこ》の薪《まき》がカタンとくずれ、ヒュラスは飛びあがった。「霊をなぐさめるって、どうやるんです?」

「仇《かたき》の血を捧《ささ》げるのさ。カラス族のなかでも、位の高い者の生き血を。そうすれば、弟の魂《たましい》もようやく安らげる。おれもようやく〈怒れる者たち〉に追われなくなる」

崖《がけ》の上ではもうカモメが目覚めている。炭坑《たんこう》から牛車がのぼってくる音もしている。赤い朝日が鍛《か》冶場《じば》にしのびこみ、アカストスの苦悩《くのう》にみちた顔を照らした。

ヒュラスはいま聞いたことについて考えた。「なんでいまの話をぼくにしたんです?」

驚《おどろ》いたことに、アカストスは感心したようにうなずいた。「いいぞ、生きのびるには、そうやって頭を使うことが大事だ」

「それで……なんでです?」

「おまえに話したのはな、ノミ公、妙《みょう》な話だが、おまえをクレオンに引きわたして、ブタみたいに殺させるのはしのびないからさ。だが、もしもおれのじゃまをしたら、容赦《ようしゃ》はしない。これでおれのねらいはわかったろ。じゃまはするなよ」アカストスは立ちあがると、ヒュラスが返事をするより先に鍛冶場を出ていった。

ヒュラスは戸口へかけよると、アカストスの後ろ姿《すがた》を見守った。流れ者のアカストスは鍛冶師《かじし》のダミアスに変身し、緑の石と炭が炉《ろ》に行きわたっているかをたしかめに行こうとしている。ちらりとふりかえったとき、その顔がなにを言おうとしているかわかった――打ち明け話をしたからって、なにも変わらないぞ。さあ、仕事にもどれ。そしてアカストスは仮面《かめん》をつけると、向こうに行った。

火に薪をくべながらヒュラスは考えた。アカストスはどうやってたえてこられたのだろう。〈怒れる者たち〉に追われると、たいていの人間は一年とたたないうちに気がふれてしまう。アカストスは十四年ものあいだ逃げつづけてきたのだ。

外で足音が聞こえ、ヒュラスはアカストスだと思って、声をかけようとふりかえった。

ちがった。そこにいたのは見おぼえのない若《わか》い奴隷《どれい》で、汗《あせ》まみれになり、おびえきったウサギみたいに目を見ひらいていた。

「テラモンさまからの伝言だ」奴隷《どれい》は小声で言った。「真夜中に、ここで」

「ここで？　ここで待ってろって？」

「崖《がけ》の下に小舟《こぶね》が用意される。おりる道はテラモンさまがごぞんじだ」

「待って！　それだけか？」

「おれはそれしか知らない」奴隷はそうつぶやくと、そそくさと立ち去った。

ヒュラスは動揺《どうよう》していた。でも、よく考えているひまはなかった。三十歩ほど先のサンザシの木の下に、ふたりの人間がたたずんでいる。

ひとりは髪《かみ》に白い筋《すじ》の入った背《せ》の高い女で、けわしい目でヒュラスをじっと見すえている。

もうひとりは、ピラだった。

30

使命

「ハボックを見つけてくれて、ほんとによかったわ」ピラは言うと、鍛冶場《かじば》の床《ゆか》にひざまずいて、ハボックの額《ひたい》に自分の額をこすりつけた。

「ぼくじゃない、こいつのほうが見つけたんだ」

ふたりはにやりと笑《え》みをかわした。

ハボックはピラのひざに前足をかけ、音を立ててほおをなめた。ヒュラスがしゃがみこんで新しいヤナギランの球を転がすと、それに飛びついた。

ヒュラスは炭で髪を染《そ》めていて、それがところどころ筋になってはげかけていた。すっかりたくましくなったように見える。うれしいことに、胸《むね》にはライオンのかぎ爪《づめ》をさげてくれているし、背中にはみみずばれもなくてピラは安心した。

「鍛冶師《かじし》にむちで打たれてるんじゃないかって、心配したのよ」

ヒュラスはちらりとピラを見た。「そっちこそ、村にもどれないんじゃないかと心配したよ」

「もどったんだけど、ヘカビがクレオンに呼《よ》びだされてて、丘《おか》の見張《みは》りがわたしひとりじゃ通してくれなかったの。だから待つしかなくて。あなたがどうしてるかって、気が気じゃなかったわ」

ヒュラスはハボックをなでながら言った。「会えてほんとにうれしいよ、ピラ」

「わたしも」ピラは髪《かみ》を耳の後ろにおしやったが、傷《きず》あとのことを思いだし、ヒュラスに見られないように顔をそむけた。

「なんでそんなことするんだ」ヒュラスはそっと言った。「その傷あとは、きみの一部なのに」

ピラは顔を赤らめた。「でも、後悔《こうかい》してるの。あのふしぎな泥《どろ》をすりこんでみたけど、効《き》き目《め》がなくて。ヘカビのお父さんのメロプスから硫黄《いおう》の粉ももらったんだけど、それもだめだったわ」だまりなさい、ピラ。ことは一刻《いっこく》を争《あらそ》うのに、どうでもいい傷あとのことなんかをぺらぺらしゃべったりして。

サンザシの木の下にいるヘカビは、もう待ちくたびれている。

「ヘカビが話をしたいって」とピラは言った。

とたんにヒュラスは警戒《けいかい》するような顔になった。「なんの？」

ピラはためらった。「お告げの話をヘカビにしたの。そしたら――」

「ぼくの正体を話したのか!?」

「聞いて、ヒュラス。ヘカビはわたしたちに負けないくらいカラス族を憎《にく》んでる。それに……短剣《たんけん》を追ってるの」

ヒュラスは立ちあがると、火床《ひどこ》の向こうにまわった。ふたりのあいだをなにかでへだてようとするみたいに。「山で話したこと、忘《わす》れたのか」ピラと目を合わせずに言った。「短剣のことなんて、もうどうでもいい」

「そんなのうそよ」

「ほんとさ」

ピラも立ちあがり、ヒュラスと向きあった。目の前には火床がシューと音を立て、熱で空気が揺《ゆ》らめいている。「いいから、話だけでも聞いて」

「いやだ。きみこそ聞けよ」ヒュラスはおき火をにらみつけている。「テラモンが脱出《だっしゅつ》を手伝ってくれる」

ピラは息をのむと、ききかえした。「テラモンが？　カラス族のテラモンが？　コロノスの孫なのに？」

ヒュラスはたじろいだ。「ぼくを裏切《うらぎ》る気なら、とっくにそうしてるさ」

「それが思いこみだったら？」

「いや、そんなことはない」

「わかったわ」ピラは怒《いか》りがこみあげるのを感じながら言った。「それで、テラモンは――あなたの友だちは――いつ逃《に》げる手助けをしてくれるの」

「今夜。真夜中にここで会うんだ」

ピラは胸《むね》をなぐられたような思いだった。鍛冶場《かじば》まで自分がやってこなかったら、置きざりにする気だったんだ。「それを……信用してるわけ」

「ピラ、これがたったひとつのチャンスなんだ。イシのために、かけてみるしかない。わかってくれよ」

ヘカビがサンザシの木をはなれ、こちらへやってくる。

「いっしょに行こう」ヒュラスがだしぬけに言った。

でもピラには、目の前にコロノス一族の短剣が横たわり、ふたりを引きさこうとしているように思えた。「できないわ」

「なんでだよ」

「わからないの。尻尾《しっぽ》を巻《ま》いて逃《に》げだすなんて、どうしてできる？」

ヒュラスのほおに赤みがさした。「逃げだすんじゃない」

「そうよ」ヘカビが言った。

ふたりはふりかえり、戸口を入ってくるヘカビを見つめた。青銅《せいどう》ののべ板の山の後ろに逃げこむハボックにちらりと目をやってから、ヘカビはヒュラスに視線《しせん》をもどした。

ヒュラスがいどむようにヘカビを見た。「あんたになんの関係がある？」

「なにもかもよ。もしもあんたがお告げのよそ者なら、あんたなしにはやつらを倒《たお》せない」ヘカビはきびしい声で言い、手をのばすと、指でヒュラスの額《ひたい》にふれた。「あんた、不死なる者に近づいたね。さわるとビリビリ感じるわ」

「いや」ヒュラスは後ずさりをした。

「近づいたわ」とピラは言った。「去年の夏、洞窟《どうくつ》のなかで〈海の女神《めがみ》〉さまのすぐそばまで行ったの。ヒュラスは青い火にさわったのよ」

「そう」ヘカビは低く言った。「神の燃《も》える影《かげ》にね。わたしにはすぐにわかった」

「だから？　それがどうしたっていうんだ」

「やっぱりあんただってことよ。あんたには使命があるってこと。命だって自分だけのものじゃないの」

「なにをやってる」戸口で声がした。

ピラがふりかえると、そこには怒《おこ》った顔で腰《こし》に手を当てている背《せ》の高い男がいた。なんてことだろう。前にヒュラスをつかまえた、あのあやしい船乗りだ。

「おれの鍛冶場《かじば》から出ていけ！」男は怒鳴《どな》った。

＊

ピラがなにか言いだすより先に、ヒュラスはピラの手首をつかむと、火床《ひどこ》の奥《おく》に引っぱりこんだ。

「ダミアスって呼《よ》ぶんだ」ヒュラスはささやいた。「アカストスって名は知らないことにしてろ」

ピラは手をふりはらった。「どういうこと。この人が鍛冶師《かじし》なの？」

「この人はカラス族を憎《にく》んでる。農場をうばわれたから。それにお告げのことも知ってる。信用できる……と思う」

「思うですって？」ピラが小声で食ってかかる。

説明しているひまはない。ヒュラスは頭がくらくらした。最初はテラモンからの伝言、それからピラ、そしていまは、アカストスにらみつけられている。

「どういうことだ、ノミ公」アカストスは腹立《はらだ》たしげに言った。「おれの鍛冶場に女を入れるなんて。それがどんなに不吉《ふきつ》なことか、知らんのか」

「あんた、不吉なことにはなれっこじゃないの」ヘカビが口をはさんだ。「ねえ、ダミアス。その名前だって、本物かどうかあやしいもんだけど」

アカストスはヘカビに向かって言った。「どういう意味だ」

アカストスに見おろされても、ヘカビはひるまなかった。「あんたはなにかに追われてる。においでわかるの。空気と闇《やみ》の精霊《せいれい》たちに」

アカストスはぴくりとも表情《ひょうじょう》を変えなかった。

「お守りをあげるわ、やつらを遠ざけておけるように……ちょっとのあいだだけでも」

アカストスはひげ面《づら》をつきだした。「クレオンに薬をやる女の手など借りるものか」

「わたしだって、あいつのために武器《ぶき》をこしらえる男の指図は受けないわ。この子をわたしてくれたら、さっさと帰るから」

「なんでわたさにゃならん？　こいつはおれがあずかってるんだ」

「この子に用なんてないでしょ。こっちにはある。わたしてちょうだい。お礼に、その手に効《き》くねり薬をあげてもいいから」ヘカビは紫色《むらさきいろ》にはれあがったアカストスの親指にあごをしゃくった。

「それにはおよばん」アカストスは平然と言うと、錐《きり》を取りあげ、親指の先につき立てた。血が噴《ふ》きだす。「これでいい。さあ、出ていけ」

そのとき、ピラがヒュラスをおしのけ、占い師《うらなし》と鍛冶師《かじし》のあいだに割《わ》りこんだ。「もめてる場合じゃないでしょ。目的はみんな同じなんだから！」

「だれだ、これは」

「ぼくの友だちです。この子は——」

だまってて、とピラが目で合図した。「ヘカビはこの島からカラス族を追いだしたがってる。ダミアスは農場を取りかえしたいんでしょ」

アカストスがヒュラスをにらんだ。

「わたしの望みは」とピラが話をつづけた。「やつらがケフティウを征服《せいふく》するのを止めること。ヒュラスだけは、逃《に》げだしたがってるけど」あきれはてたと言いたげな口調だ。ヒュラスののどに熱いかたまりがこみあげた。「だから、もめてる場合じゃないのよ。短剣《たんけん》を盗《ぬす》みださなきゃ。別々《べつべつ》にやるより、力を合わせたほうが成功するチャンスは大きくなるわ」

「だれだ、おまえは」アカストスがまたきいた。

ピラは答えなかった。顔には赤みがさし、ほおの傷《きず》あとも燃《も》えたっている。背丈《せたけ》はアカストスの半分しかないのに、気迫《きはく》では負けていない。

「この子の言うとおりよ」ヘカビが言った。「それに、策《さく》を考えてあるの」

アカストスは腕組《うでぐ》みをした。「ここで会うかどうかもわからないのに、策まで練ってきたって？それを信じろってのか」

ヘカビはうっすらと笑った。「わたしは占い師なのよ」

アカストスは探《さぐ》るようにヘカビを見た。「協力する見かえりに、なにがほしい」

「この子をちょうだい」

「ぼくはだれのものにもならない！」ヒュラスは叫《さけ》んだ。

アカストスはちらりとヒュラスに目を向けた。ベルトにさげた小袋《こぶくろ》を開くと、クロウメモドキの葉を取りだして噛《か》み、ヘカビに向かって言った。「おまえのことは信用しない。策とやらも、どんなもんだかな。だが、要砦《ようさい》に入らせてくれさえすりゃ、あとはおれがなんとかする」

31

要《よう》砦《さい》へ

先を歩くピラとヘカビは、すでに要砦の階段《かいだん》までたどりついていた。ヒュラスは首をのばすと、その上空を黒い灰《はい》のように舞《ま》っているカラスたちに目をやった。

不安で吐《は》きそうだった。あの壁《かべ》のなかにはクレオンだけでなく、ファラクスとアレクトという恐《おそ》ろしいきょうだいたちもいる——おまけに大族長まで。コロノス。名前を思いうかべただけで、ヒュラスの胸《むね》に影《かげ》がさした。

「さっさと歩け」アカストスがぼそりと言った。「逃《に》げようなんて思うなよ。見張《みは》りたちにつかまって、たちまち鉱山《こうざん》送りだぞ」アカストスは仮面《かめん》をかぶったうえに、のどにやけどを負ったせいでしゃべれないふりをしている。声で正体に気づかれないようにするためだ。かわりにしゃべる役をやるようにとヒュラスは言いつけられていた。

「後生《ごしょう》だから、かんべんしてください」そうたのむのは十回目だった。「あそこに入ったら、二度と出てこられない」

「出てこられるさ」

「だれかに気づかれるかも」

「おまえの顔を知ってるのはテラモンだけだ。そいつは裏切《うらぎ》らないんだろ」

言いかえそうとしたが、ちょうどカラス族の一団《いちだん》を追いこすところだったので、アカストスに目でだまらされた。

逃げるに逃げられないまま、不吉《ふきつ》な兆《きざ》しばかりが目についた。山から噴《ふ》きだす煙《けむり》は濃《こ》くなり、灰色に変わっている。夕焼けさえいつもとようすがちがい、空はうす気味悪い黄色に染《そ》まり、毒々《どくどく》しい緑の筋《すじ》が入っている。占《うらな》い師《し》でなくたって、とんでもないわざわいが待ちうけていると気づくはずだ。

「新月の晩《ばん》、コロノスは〈怒《いか》れる者たち〉をタラクレアに呼《よ》びよせるつもりなの」とヘカビからは聞いていた。「〈火の女神《めがみ》〉さまを征服《せいふく》するために。儀式《ぎしき》は三つに分けて行われる。最初が秘密《ひみつ》の生け贄《にえ》の儀式で、それから宴《うたげ》、最後が煙占《けむりうらな》いよ。クレオンには、宴でふるまわれる生け贄の肉は、特別な火で焼かないといけないと信じさせておいたわ。この炉《ろ》でおこした火を、鍛冶師《かじし》に持ってこさせないとだめだと」

それがヘカビの策《さく》だった。アカストスと奴隷《どれい》のヒュラスが火をとどけ、ヘカビと奴隷のピラが煙占いの手伝いをする。アカストスの合図で、ヘカビがひきつけを起こしたふりをし、カラス族たちの気をそらす。そして、どうにかしてアカストスが短剣《たんけん》を盗《ぬす》みだし、気づかれる前に全員が脱出《だっしゅつ》するという。

魚の網《あみ》よりも穴《あな》だらけの計画だなとヒュラスは思ったが、アカストスは聞く耳を持たなかった。それでも、最後の最後でなにか考えついたのか、奴隷ふたりに布《ぬの》をかぶせたかごを持たせて連れてきていた。中身をたずねても、あいまいにこう言うだけだった。「あの占い師がしくじったときのための手を、こっちも考えておかんとな」

要砦へつながるけわしい階段を、アカストスが先に立ってのぼりはじめた。両手に革《かわ》の籠手《こて》をはめ、陶器《とうき》の碗《わん》に青銅《せいどう》の碗を重ねたものを捧《ささ》げもっている。なかには炉《ろ》のおき火が入れられている。肩《かた》は緊張《きんちょう》のせいかこわばっている。ヘカビから〈怒《いか》れる者たち〉を遠ざけるお守《まも》り袋《ぶくろ》をもらいはしたものの、アカストスはたいして信用していないようだった。長年追われつづけてきた精霊《せいれい》たちに近づくのが不安でならないのだろう。

ちらりとふりむくと、ぎょっとするほどはるか下に鉱山《こうざん》が見えた。まわりでは巣を掘《ほ》りかえされたアリみたいに奴隷《どれい》たちがうごめいている。坑道《こうどう》を元どおりにし、さらに深く掘るようにと命じられているからだ。小さな地揺《じゆ》れがたびたび起きていた。山が怒《おこ》っているのだと、だれもが知っている。なのに、クレオンは〈火の女神《めがみ》〉を力でねじふせられると思いこんでいるのだ。

カラス族の儀式《ぎしき》は本当に〈怒れる者たち〉を呼《よ》びよせられるんでしょうか、とヒュラスは小声でアカストスにたずねた。

「かもしれん」アカストスはけわしい顔で答えた。「だが、味方につけられると思っているんなら、それはまちがいだ。〈怒れる者たち〉を味方につけることなど、だれにもできん」

ヒュラスは顔をふせて階段《かいだん》をのぼりつづけた。死体の臭気《しゅうき》と山からただよう硫黄《いおう》のにおいが鼻をつく。生きてここを出ることなど、できるのだろうか。ハボックのことも心配だった。鍛冶場《かじば》の裏《うら》につないできたから、自分がもどらないと、飢《う》え死《じ》にしてしまうだろう。たとえ、ものすごく運よく鍛冶場までもどり、テラモンと落ちあえたとしても、いやがるハボックをかかえたまま、どうやって崖《がけ》をおりればいい?

音がして顔をあげると、驚《おどろ》いたことに、ピラがひとつ上の階段に立っていた。革《かわ》の帽子《ぼうし》をさしだしている。「髪《かみ》に塗《ぬ》った炭がはげかけてるから」

「ああ。ありがとう」

ふたりはだまったまま、ならんで階段をのぼりはじめた。ピラは疲《つか》れたような青い顔をしている。ヒュラスと同じように、よく眠《ねむ》れなかったのだろうか。

「本気でやるつもりなの」ピラは小声で言った。「本気で逃《に》げるつもり？」

ヒュラスは顔を赤らめた。「そんなチャンスはなさそうだけどな」

「だから……もしこれがうまくいったらの話よ」

「そのときは、そう、逃げてやるつもりだ」

ピラは眉《まゆ》をひそめた。「もっとましな人だと思ってた」

グサリ。「きみにも妹がいたら、同じことをするさ」

「そんなことないわ」

「そうか？　あの奴隷だったらどうだよ……ユセレフだっけ。兄さんみたいなものだって言ったろ。ユセレフがあぶないめにあってて、きみが救えるとしたら？　きみならどうするんだ、ピラ」

ピラは返事をしなかった。

ピリピリとした沈黙《ちんもく》のなかを、ふたりはのぼった。と、ピラが急にふりむき、ヒュラスの肩に手を置くと、おし殺したような声で言った。「さよなら、ヒュラス。妹さんが見つかるといいわね」

「ピラ、たのむよ――」

でも、ピラはもうヘカビのほうへと階段をかけのぼりはじめていた。

ヒュラスは追わなかった。心がみだれ、腹《はら》が立った。だれに怒っているのか自分でもわからなかった。ピラにだろうか、それとも自分にだろうか。

＊

ピラはクレオンの要砦《ようさい》の門をふたたびくぐった。両脇《りょうわき》には二十キュービットもの厚《あつ》みの巨大《きょだい》な石《いし》壁《かべ》が張《は》りめぐらされている。息づかいがうす気味悪くこだまする廊下《ろうか》に足を踏《ふ》み入れるのも、これで二度目だ。

ふたりだけ先に行こうとヘカビが言い張らなければよかったのに。ヒュラスを思いとどまらせることが、なにかもっと言えたはずだ。さっきのが最後のさよならになってしまうなんて。

黒っぽい人影《ひとかげ》が部屋《へや》から出てくると、ピラの腕《うで》をつかんだ。

「はなしなさい」ヘカビがするどく言った。「この子はわたしの連れよ」

「すぐに追いつかせる」テラモンは答えた。そして、先に行くようにと護衛《ごえい》に言いつけると、ピラを窓《まど》のない小部屋に引っぱりこんだ。なかにはパチパチと音を立てるたいまつがともされている。

「なんの用なの」ピラは嚙《か》みつくように言うと、手をふりはらった。

「ここでなにをしてる？」

「知ってるでしょ、わたしはヘカビの奴隷《どれい》なのよ。それと、わたしの正体をばらそうと思ってるのかもしれないけど、わたしならやめておくわ。結婚《けっこん》させられてしまうから」

「こっちがお断《ことわ》りだ」

「やっと意見が合ったわね」そう言いかえしたものの、内心では不安だった。部屋のなかを歩きまわるテラモンは、こわくなるほど強そうに見える。ピラはチュニックの下の太ももにくくりつけた黒曜石のナイフを思いだした。でも、ひもをはずすより先にやられてしまうだろう。

「ヒュラスはなんで来たんだ」テラモンがだしぬけに言った。

「ご心配なく」ピラは軽蔑《けいべつ》をこめて答えた。「あなたの計画どおり、鍛冶場《かじば》に行くはずよ」

テラモンはあんぐりと口を開けた。「きみに話したのか」

「友だちだもの。いろいろ聞いてるわ」ピラはわざとそこで言葉を切った。そしてかたい声できいた。「あなたはどうなの。なんでヒュラスを助けようとするの」

部屋の入り口に戦士があらわれた。「大族長さまがお呼《よ》びです、若君《わかぎみ》」

「あっちへ行ってろ！」テラモンは怒鳴《どな》りつけた。でも、額《ひたい》には汗《あせ》がにじんでいる。

テラモンは恐《おそ》れているのだ。自分の肉親を。

ちらりと同情《どうじょう》を感じずにはいられなかった。物心ついたときからずっと、ピラも母親をこわがってきたから。

テラモンはピラの前に立ちはだかり、こぶしを開いたり閉《と》じたりしている。たくましい腕や肩《かた》が目に入り、おびえをさとられないように、ピラは目をそらした。

「どうなってるのか知りたいんだ。こっちを見ろ、ピラ。こっちを見ろって！　なんであいつは要砦に来たりしたんだ。よりによって今夜」

ピラはテラモンを見た。「本人にきいてみれば」

「鍛冶《かじ》師《し》が近よらせてくれないんだ。無理じいしたら、みんなにあやしまれる」

「わたしにはどうにもできないわ」

テラモンがうなり声をあげ、頭の横の壁をなぐりつけたので、ピラはびくっとした。テラモンは息を荒《あら》らげ、こぶしを石壁におしつけている。

「テラモン」ピラはできるだけおだやかに言った。「もういいでしょ。占《うらな》い師《し》のところにもどらなきゃ」

テラモンはピラを見おろし、ピラも負けじと見かえした。

「なんであいつを助けようとするのかってきいたよな」テラモンは小声で言った。「ぼくらは兄弟みたいだったんだ。たったひとりの友だちだったし」

わたしだって、とピラは悲しく思った。

「なにもしなかったら、あいつを裏切《うらぎ》ることになる」テラモンがつづけた。「もしも助けたら、今度は肉親を裏切ることになる。でも、島から出ていかせたら、二度と会わずにすむ。こんなふうに悩《なや》まなくてよくなるんだ」

「本気でそう信じてるの」

テラモンは苦しげな目でピラを見た。「なんでこんなことになるんだ。望んでもいないのに！」

「だから？　わたしだって、母の取引のためにさしだされたいなんて思ってなかったわ。オリーブの瓶《かめ》みたいに――」

「女なんだから、それがつとめだろ」

テラモンへの同情《どうじょう》はふっとんだ。「なんでこんなことになるかなんて、どうでもいいわ」ピラは冷ややかに言った。「大事なのは、どうするかよ。ヒュラスをだましたりしないでね」

テラモンはいきりたった。「なんでぼくが」

「カラス族だからよ」

「そんなふうに呼《よ》ぶな！　ぼくらは誇《ほこ》り高くて由緒《ゆいしょ》正しい一族なんだぞ！」

「連中のやってることを、すばらしいって思えるわけ？　どうなの、テラモン」

テラモンはぐっとつまった。「いや」

「ほんとに？　おじさんを火葬《かそう》したとき、顔に灰《はい》を塗《ぬ》りたくってたじゃない」

「あれは、死者をとむらうためだ」

「それじゃ、いまはなぜここにいるの。〈怒《いか》れる者たち〉を呼びよせようというときに」

「関係ない、ぼくは加わってないんだ！」

「でも、止めようともしないのね」

「止められるもんか」たいまつに照らされたテラモンの顔はとても美しかった。しっかりとしたあごに、きらめく黒い瞳《ひとみ》。でも、上くちびるはどことなく気弱そうに見える。

「ふたりが仲良くなったのは、ヒュラスは強くて、あなたが弱いからでしょ。あなたはずっと弱虫のままよ、テラモン」

テラモンは急に憎々《にくにく》しげな顔になり、ピラをにらみつけた。「そろそろケフティウに送りかえしてやらないとな」

「そんなことをしたら、わたしたち――」

「いや、結婚《けっこん》の話はなしだ、それは約束する。きみは母親のところにもどって、しかるべき罰《ばつ》を受けるといい」テラモンは痛《いた》いくらいに強くピラの腕《うで》をつかんだ。「来るんだ。会わせなきゃならない者がいる」

32

儀式《ぎしき》

戦士がふたり歩いてきたので、ヒュラスは壁《かべ》にへばりついた。すれちがうとき、生皮がこすれる音が聞こえ、灰《はい》のにおいがした。胃がきゅっとした。自分はいま、カラス族の要砦《ようさい》のなかにいるのだ。

アカストスと奴隷《どれい》たちは後ろを歩いている。行く手には、ヘカビの姿《すがた》は見えるものの、ピラは見あたらない。もっと先を歩いているのだろうか。

さっきのピラの目……〝もっとましな人だと思ってた〟。

ヘカビは赤い垂《た》れ布《ぬの》がかかった部屋《へや》の入り口の前で立ちどまった。

「ピラは？」ヒュラスは小さくきいた。

「シーッ！」

アカストスと奴隷たちが追いつくと、番兵が垂れ布を引き、一同をなかへおしこんだ。

両脇《りょうわき》には煙《けむり》をあげるランプが置かれ、ぼんやりと部屋を照らしていた。うす暗がりのなか、窓《まど》におおいがかけられ、壁《かべ》に巨大《きょだい》なライオンの毛皮が飾《かざ》られているのが見えた。ハボックの父親のなれのはてだろう。部屋の真んなかには大きな青銅製《せいどうせい》の三脚台《さんきゃくだい》が置かれ、火のついていない炭が積みあげられている。室内にはまだ秘密《ひみつ》の生《い》け贄《にえ》の儀式《ぎしき》の余韻《よいん》がただよっている。イグサがしかれた床《ゆか》に、黒い弓形のしみがついているのは、死骸《しがい》が引きずりだされたあとだろう。

黒っぽい女の人影《ひとかげ》が三脚台のまわりをまわり、小さな水晶《すいしょう》の器《うつわ》に指を入れ、炭に油をふりかけている。顔は見えないが、ピラから聞いた話から考えると、きっとこれがアレクトだろう。クモの巣のようにうすく、キラキラと光る風変わりな布でできたドレスを着ている。金の腕輪《うでわ》と足輪をチリンチリンと揺《ゆ》らし、頭にはいくつものくさび形の飾りがついた金の冠《かんむり》をかぶっている。

三脚台のそばには戦士がしゃがみこんでいて、床の肉塊《にくかい》を小さく切りわけ、炭の上にのせている。これがファラクスにちがいない。飾りけのないチュニックに、飾り鋲《びょう》のついた吊《つ》り剣《けん》ベルトをしめているが、肉を切りわけるのに使っているのは自分の剣ではなく、コロノス一族の短剣だった。暗がりのなかでも見まちがいようがない。ヒュラスは短剣に呼《よ》ばれているような気がした。となりでアカストスが息をのむのが聞こえた。

薄闇《うすやみ》のなかから三人目の人間があらわれた。クレオンだ。赤い羊毛のマントをまとい、金を帯状《おびじょう》にのばした冠をいただいている。だが、そわそわと落ち着かなげで、顔は汗《あせ》で光っている。「それが例の火か」

「はい、族長さま」ヘカビが答えた。

「うまくいくんだろうな」クレオンがあごをしゃくると、アカストスはおき火を三脚台の上にのせた。油がふりかけられた炭に火がつき、ぱっとあがった炎《ほのお》のなかで、カラス族たちの影が梁《はり》までのびた。

アレクトがアカストスとヒュラスのまわりをまわりはじめた。甘《あま》い香《かお》りにまじって、つんと灰のにおいがする。「鍛冶師《かじし》はなぜ仮面《かめん》をかぶっているのかしら」アレクトは冷ややかにきいた。年は若《わか》く、まともに見るのもためらわれるほど美しいが、大きな黒い瞳《ひとみ》は、大理石にうがたれたふたつの穴《あな》のようにうつろに見える。

アカストスがヒュラスの脇腹《わきばら》をつついた。

「ろ、炉《ろ》で事故《じこ》にあって」ヒュラスはつっかえながら言った。「やけどのあとがひどくて、とてもお見せできないんです」

アレクトは身ぶるいをした。「この男をさがらせて。みにくいものは大きらいなの」

「鍛冶師《かじし》はここにいさせる」クレオンが怒鳴《どな》った。

「自分でしゃべれないのか」ファラクスが立ちあがりながらきいた。

「の、のどを焼かれてしまったから、ぼくがかわりにしゃべります」

ファラクスはだまりこんだ。クレオンよりも引きしまった体をしていて、はるかに恐《おそ》ろしく見える。食い入るようにヒュラスを見すえながら、目に見えない武器《ぶき》を持っているかのように、空《あ》いているほうの手も軽くにぎっている。

「どうしてまじない女なんかがいるの」アレクトは不満げに言った。

「煙占《けむりうらな》いをさせるからだ」とクレオンが答えた。「儀式《ぎしき》が首尾《しゅび》よくいったかどうか、たしかめるために。というよりだ、わたしがいさせると決めたからさ」

アレクトはわざとらしくおじぎをすると、つぶやいた。「えらそうに」

クレオンがアレクトをにらみつけると、ファラクスが大声で笑った。イグサで短剣《たんけん》をぬぐい終えると、ファラクスは三脚台《さんきゃくだい》の奥《おく》にある長椅子《ながいす》に置かれた黒い箱におさめた。そして短剣をわがものにしたがっているかのように、ふたの上に手を置いた。

テラモンがかけこんでくると、おわびの言葉をつぶやいた。

「おそかったな」クレオンがどやしつけた。

テラモンはヒュラスをちらりと見ると、目をそらした。そしてもう一度あやまった。「すみません、おじさん」

「奴隷《どれい》の少女といっしょだったでしょ。やせっぽちで、顔に傷《きず》まである。なんと趣味《しゅみ》のいいこと」アレクトがせせら笑った。

ピラだ。ヒュラスはテラモンをにらみつけたが、テラモンはかすかに首をふるだけだった。いったい、どういう意味だ？

「宴《うたげ》には、おいっ子も参加するのかな」ファラクスもとげのある口調で言った。

「どうかしら」テラモンを困《こま》らせて喜ぶように、アレクトは答えた。「まだ子どもだから、かたい肉は食べられないんじゃなくて」

かたい肉。やつらはなにを生《い》け贄《にえ》にしたんだ？

と、アレクトが部屋《へや》の入り口にいる人間に気づき、あざけるような口元の笑《え》みを消した。ファラクスとクレオンも身をこわばらせ、三脚台の炎《ほのお》さえ弱まったように見えた。

ひとりの老人が、恐《おそ》れおののく四人の奴隷をしたがえて部屋に入ってきた。紫色《むらさきいろ》のチュニックと白いヤギ皮でできた大族長のマントをまとい、肩《かた》のところをにぎりこぶしほどの大きさのマントピンでとめている。年齢《ねんれい》のせいであごひげは白くなり、頭のてっぺんはうすくなっているが、年月によっておとろえるどころか、御影石《みかげいし》のような強さを身につけてきたように見える。あたりを恐怖《きょうふ》でみたしながら老人は歩みを進めた。群《む》れを率《ひき》いるオオカミのように、だれとも目を合わせることなく、一同の頭上を無表情《むひょうじょう》に見すえている。

ファラクスも、クレオンも、アレクトも、胸《むね》に両手を当てると、頭《こうべ》をたれ、「父上」と低くつぶやいた。テラモンも頭《こうべ》をたれた。

奴隷《どれい》たちは黒ヒツジの毛皮をしいた長椅子《ながいす》をさらに運びこみ、三本脚《あし》の台の上に器《うつわ》をのせると、そそくさと立ち去った。クレオンが近よりかけたが、コロノスは手をひとふりしてそれを止めると、中央の長椅子に腰《こし》をおろした。

ヘカビは困《こま》った顔でアカストスを見た。大族長は短剣《たんけん》が入った箱の真正面にすわっている。ひきつけを起こしたふりをしたところで、盗《ぬす》みだせるとはとても思えない。海の底に沈《しず》んでいるのと同じだ。

「どうするんです」ヒュラスは小声できいた。

「待つんだ」アカストスも声をひそめて答えた。

三脚台《さんきゃくだい》の上では生《い》け贄《にえ》の肉がこげはじめ、苦い煙《けむり》が立ちこめている。

アレクトが水差しを取りあげ、父親の手に水を注ぐと、布《ぬの》でふいた。父親の体にふれないようにとつとめながら、身をふるわせている。

ファラクスはつややかな黒曜石でできた背《せ》の高い器を持ちあげると、炎《ほのお》がすけて見えるほどうすい陶器《とうき》の杯《さかずき》に赤くて濃《こ》い液体《えきたい》を注いだ――血とワインだろうか。コロノスがそれを飲むのを、ヒュラスは心臓《しんぞう》を高鳴らせながら見守った。トカゲのような半開きの目。青白い舌《した》がゆっくりとつきだされ、うすいくちびるをなめた。

クレオンが焼けた肉をのせた青銅《せいどう》の皿をさしだすと、大族長は肉をひとかけ口に入れた。指の爪《つめ》は黒く塗《ぬ》られ、とがった形に切りそろえられていて、親指には灰色《はいいろ》の金属《きんぞく》の指輪がはめられている。たぶん、鉄だろう。「孫よ、おまえの番だ」コロノスは冷ややかに言った。

ほかの者たちはじっと待った。

テラモンはくちびるをなめた。そして肉のかけらに手をのばすと、口に入れた。

コロノスは一度うなずくと、息子《むすこ》たちと娘《むすめ》にも食べるようにとうながした。

カラス族たちは席につくと、とがった黒い爪で焼けこげた肉のかけらをひっつかみ、むさぼりはじめた。クレオンはあごひげを脂《あぶら》でべたつかせ、アレクトも白い歯でこげた皮を食いちぎっている。

大族長はもう一度のどをうるおすと、杯を床《ゆか》に投げ捨《す》て、こなごなにした。コロノスは新しい器しか使わないとヘカビが言っていた。同じものは二度使わないのだと。

その音に身じろぎしたのに気づいたのか、コロノスがヒュラスを見た。ヒュラスは顔をふせた。トカゲを思わせるまなざしが、稲光《いなびかり》のようにするどく注がれるのを感じる。めまいがした。この男が、よそ者を皆殺《みなごろ》しにしろと命じたのだ。この男のせいで、イシともはぐれた。ひょっとすると、死んでしまったかも……。

肩《かた》をぎゅっとつかまれた。アカストスが耳元でささやいた。「もうすぐだ。おれの教えるとおりにしゃべるんだ」

カラス族たちはほおに灰《はい》を塗りたくっている。宴《うたげ》は終わった。次は煙占《けむりうらな》いで、儀式《ぎしき》が無事に成功したかどうかをたしかめるのだ。

ファラクスはおき火の入った青銅の器を剣で打ち鳴らしはじめた。アレクトは歌を歌い、つややかな足で床にまかれたドクニンジンを踏《ふ》みしめながら、三脚台のまわりをまわっている。

コロノスが立ちあがり、両手を上に向けて三脚台にかざした。

アレクトは歌いながら黒曜石の器を取りあげると、赤い液体を父親の両手に注いだ。シューッと音を立てて炭が煙をあげる。指先をぬらした液体は神々《かみがみ》へ、そして指のあいだをこぼれ落ちたものは先祖《せんぞ》へ捧《ささ》げられたものだ。残りの大部分はてのひらに残っている。それは、コロノスでさえ本物の名で呼《よ》ぶことをはばかる精霊《せいれい》たちへの供物《くもつ》だ。〈怒《いか》れる者たち〉への。

器《うつわ》が空《から》になると、アレクトは後ろにさがった。コロノスは身を乗りだし、煙《けむり》を吸《す》いこんだ。ヘカビが煙のしるしを読もうと進みでた。

静寂《せいじゃく》のなか、おき火がはぜる音と、ひそやかな息づかいだけが聞こえている。ヒュラスは胸《むね》にさげたライオンのかぎ爪《づめ》に手をのばした。となりにいるアカストスも、ヘカビのお守《まも》り袋《ぶくろ》をにぎりしめている。

ランプの火がチラチラと揺《ゆ》らめき、かき消えた。暗闇《くらやみ》を照らしているのは三脚台《さんきゃくだい》のかすかな火だけだ。ヒュラスの腕《うで》の毛がさかだった。ぞくりと寒けがする。

と、窓《まど》から突風《とっぷう》が吹《ふ》きこんだ。バタンと音を立てておおいが落ちた。ヒュラスはひざからくずおれた。風が渦巻《うずま》く部屋《へや》のなかに、ひときわ黒いものがあらわれた。翼《つばさ》のある巨大《きょだい》な影《かげ》たち。恐怖《きょうふ》で心《しん》臓《ぞう》が凍《こお》りつく。ぎゅっと目をつぶってみたものの、その姿《すがた》は消えてくれない。カオスの火に黒こげにされた恐《おそ》ろしい頭、ぱっくりとさけた傷《きず》のような真っ赤な口……。

やがて、影たちは飛びたち、星明かりをさえぎりながら、山のほうへ姿を消した。

ヒュラスはようやく目を開けた。

煙は消えていた。おき火のうす明かりのなかに立ちつくしたヘカビが、荒《あら》い息で言った。「うまくいきました。彼《かれ》らが来たのです」

テラモンは肝《きも》をつぶしたような顔をしている。クレオンは額《ひたい》の汗《あせ》をぬぐった。ファラクスは勝ちほこって胸を打ち、コロノスもひざに置いたこぶしをにぎりしめた。

「聞こえなかったのか」アカストスがささやいた。「言ったとおりにしゃべるんだ。ほら！　いまがチャンスだ！」

でも、ヒュラスは動けなかった。恐怖で身がすくんだままだ。

アカストスはうなり声をあげると、ヒュラスをおしのけた。「この鍛治師《かじし》ダミアスが、〈火の女神《めがみ》〉に勝利なされたコロノスさまに、祝いの品を用意してございます」アカストスはしゃがれ声でそう言うと、暗がりに引っこんだ。入れかわりに奴隷《どれい》たちが進みでる。ふりむいたカラス族たちが見守るなか、ふたりの奴隷はかごを三脚台の前に置き、おおいを取り去った。

テラモンがはっと息をのみ、クレオンたちはみつぎ物のかごをまじまじと見つめた。コロノスは身じろぎもしない。

ヒュラスは叫《さけ》び声《ごえ》をあげると飛びだそうとしたが、ヘカビに引きもどされた。「騒《さわ》がないで！」ヘカビは耳元でささやいた。「目立たないように！」

小さなかごにはハボックがおしこめられ、身動きもできずにいる。声を出さないように鼻面《はなづら》を生皮のひもで結ばれ、怒りにふるえている。

クレオンはヘカビに目をやった。「どうすればいい」

冷酷非情《れいこくひじょう》ないくつもの顔が、かごのなかをのぞきこんでいる。ヘカビはヒュラスの肩《かた》に指を食いこませると、こう言った。「族長さまの思《おぼ》し召《め》しのままに」

クレオンはくちびるをなめた。

ファラクスが短剣《たんけん》の箱のところへ行き、ふたを持ちあげた。コロノス一族の短剣が、おき火の明かりを浴びて赤くきらめく。「生《い》け贄《にえ》は殺す、当然だろう」

33 替《か》え玉《だま》

「ほら、刺《さ》し殺しなさいよ。あなたの答えはいつもそうでしょ」アレクトが言った。

「おまえもだろうが」ファラクスが言いかえした。

こらえきれず、ヒュラスは声をあげた。「生かしておくようにと鍛冶師《かじし》は言っています！」ヘカビが驚《おどろ》いたように見ているが、かまいやしない。

「なぜだ」ファラクスがきいた。箱を開けたからには、短剣《たんけん》を使いたくてたまらないのだろう。

「そ、それはクレオンさまのものです。クレオンさまの島で見つけたものですから」

クレオンは目を輝《かがや》かせ、ファラクスは顔をしかめた。「だから？」

ヒュラスはすばやく考えをめぐらせた。「だから、そいつを生かしておいて……大きく強く育ったら、コロノス一族の力も強大になるということです。ミケーネのライオン以上に」

クレオンはそれを気に入り、勝ちほこったような目でファラクスを見た。

「それに雌《めす》だから、雄《おす》より狩《か》りもうまいはずよ」アレクトもそっけなく言った。

コロノスが立ちあがり、箱を閉《と》じるようにとファラクスに合図すると、「生かしておけ」と告げた。

ヒュラスは部屋《へや》を出る大族長の姿《すがた》をぼうぜんと見送った。ほかの者たちもそれにつづいた。ファラクスが短剣の箱をかかえ、そのあとから、奴隷《どれい》たちがハボックのかごを持ってそそくさと立ち去った。ハボックはヒュラスのほうをふりかえろうともがいていた。やがて、その姿が見えなくなると、アカストスがヒュラスを廊下《ろうか》に引っぱりだした。

＊

真夜中が近づいていた。ヒュラスは足を速めた。炉《ろ》の丘《おか》には見張《みは》りのかがり火がたかれているが、それ以外は闇《やみ》に沈《しず》んでいる。鍛冶師の奴隷だということで、見張りたちは道を通してくれた。

でも、その鍛冶師はどこだ？

要砦《ようさい》を出てきたときはみんないっしょだった。ヘカビが自分の奴隷を置いては帰らないと門のところで言い張り、ようやく連れてこられたピラはふるえていたが、無事だった。暗い階段《かいだん》をおりると、ヘカビとピラはいきなり村をめざして歩きだし、ヒュラスはひとりになった。アカストスも消えてしまったからだ。

岬《みさき》には風が吹《ふ》きすさび、サンザシの枝《えだ》をカサカサと鳴らしている。鍛冶場の戸が細く開き、地面に黄色い光の帯がのびている。土の上にはハボックの足跡《あしあと》と、お気に入りのヤナギランの球が見つかった。ヒュラスののどがしめつけられた。

アカストスは火床《ひどこ》のそばの椅子《いす》にすわり、静かに砥石《といし》で短剣をといでいた。しきりに手を動かし、ヒュラスが入っていっても顔をあげなかった。

「なんでだ！」ヒュラスは叫《さけ》んだ。

アカストスはため息をついた。「すまんな、ノミ公。やつらの気をそらすものが必要だったんだ」

「でも、それはヘカビがやるはずだったでしょ！」

「いかれた女がひきつけを起こしたくらいで、連中の気を引けてたと思うか」アカストスは短剣《たんけん》を持ちあげ、目をすがめて念入りにながめた。「おまえのおかげで、思ってた以上にうまくいったよ。機転がきくな、ノミ公、たいしたもんだ。おまえがああ言ったせいで、あいつは助かったんだ」

「あなたのせいで、ハボックはみじめに暮《く》らさなきゃならなくなったんだ。あんな恐《おそ》ろしいところで！」

「死ぬよりはましだろ」

「そんなことしか言えないのか！」怒《いか》り、わめき、暴《あば》れまわりたかった。なんでもいいからやってやりたい。アカストスは顔色も変えず、なれた手つきでゆっくり砥石《といし》に刃《は》を走らせている。それをぼんやり見ながらつっ立っているだけなんて、たえられない。

「すまん」アカストスがまた言った。「だがな、おれは長いあいだ待ってきたんだ。情《なさ》けを捨《す》てなきゃならないほどにな」

「どうでもいいっていうのか。大事な短剣だって盗《ぬす》めなかったじゃないか。それでも平気なのか」

アカストスは返事をしなかった。

さらになじろうとヒュラスは口を開きかけ――やがて閉《と》じた。アカストスが手にした青銅《せいどう》の短剣が、炎《ほのお》に照らされて赤くきらめいている。幅《はば》の広い角ばった付け根と、切っ先まで真っすぐに通った筋《すじ》。柄《つか》についた三つの飾《かざ》り鋲《びょう》と、きざまれた丸に十字のしるし。コロノス一族の敵《てき》を蹴《け》ちらす戦車の車輪だ。

「盗みだしたんですね」

アカストスはちらりとヒュラスを見た。

「でも……箱のなかに入ってたのに。ファラクスがふたを閉じて、運んでいくのも見たのに」

「ヒュラスはすべてをさとった。

「替《か》え玉《だま》をつくったんだ。それとすりかえたんでしょ」奴隷《どれい》たちがハボックのかごのおおいを取ったときのことが、たちまちよみがえる。そういえば、暗がりに引っこんだあと、アカストスの姿《すがた》を見なかった。カラス族たちも同じだろう。だれもがハボックに気を取られていたから。「でも……要砦《ようさい》に入るとき、持ち物を調べられたでしょ。どうやって替え玉を持ちこめたんです？」

アカストスは鼻で笑った。「武器《ぶき》のしのばせかたには、少しばかりくわしいからな。まぬけな番兵どもとはちがって」

小屋の外では、サンザシの木がうなり声をあげている。遠くでひづめの音が聞こえた気がした。アカストスにも聞こえたようだ。短剣をにぎり、音もなく戸口に近づくと、そこで身がまえた。その姿は鍛冶師《かじし》ではなく、人の殺しかたを身につけた戦士に変わっている。

ひづめの音が近づいてきた。きっとテラモンだ。

アカストスもしきりに耳をすましている。

ヒュラスはぞっとした。

死ぬまでに、ふたつのことはやりとげると誓《ちか》っている。アカストスはそう言っていた。コロノス一族の短剣を破壊《はかい》することと、弟の霊《れい》をなぐさめることだと。

霊をなぐさめるって、どうやるんです、とそのときヒュラスはきいた。

仇《かたき》の血を捧《ささ》げるんだ。

仇の血。

位の高いカラス族の生き血を。

「だめだ、テラモンは殺させない」ヒュラスは言った。

＊

「あいつはコロノスの孫だ」

「ぼくの友だちだったんだ」

「カラス族だ」

ヒュラスは戸口に立ちふさがった。「殺させるもんか」

「じゃまをするな、ノミ公。おまえを痛《いた》めつけたくはない」

ヒュラスは動かなかった。カラス族にうばわれてしまったので、武器《ぶき》は持っていない。アカストスのほうは短剣《たんけん》があり、おまけに倍も背丈《せたけ》のある大人だ。

「どいてくれ、ノミ公」その声には、どこか切々《せつせつ》としたひびきがこめられていた。「おまえのことは傷《きず》つけたくないんだ！」

ひづめの音がさらにせまってくる。

ふりかえって大声で知らせようとしたが、飛びかかってきたアカストスに口をふさがれた。ヒュラスはガブリと手に噛《か》みついた。アカストスははなしてくれない。足をひざにからめて転ばせようとした。うまくはいかなかったものの、アカストスはバランスを失い、ヒュラスをつかまえたまま火床《ひどこ》のほうへよろめいた。ヒュラスは無我夢中《むがむちゅう》で背後《はいご》に手をのばし、火のついた棒切《ぼうき》れをつかむとふりまわした。ふくらはぎを打たれたアカストスが悲鳴をあげ、力をゆるめた瞬間《しゅんかん》、ヒュラスはその腕《うで》をふりはらった。

「テラモン！」ヒュラスは声をかぎりに叫《さけ》んだ。「ここから逃《に》げろ！　危険《きけん》だ！」

ひづめの音がぱたりとやんだ。

アカストスは痛みに歯を食いしばりながら飛びかかってきたが、ヒュラスは火床の後ろに逃げた。右へ左へと向きを変えながら、ふたりは火床のまわりを走りまわった。

「テラモン、来るんじゃない！」ヒュラスは叫んだ。「きみを殺すつもりだ！」

アカストスが手をつきだした。ヒュラスはかわした。が、それはフェイントだった。つかまりそうになる。

「ここから逃げろ！　ぼくじゃなく、きみがねらわれてるんだ！」

いななきが聞こえた。テラモンが馬にまわれ右をさせたのだろう。坂をくだるひづめの音が聞こえ、やがて夜のしじまに消えた。

ヒュラスとアカストスは、くすぶった火をはさんだまま向かいあっていた。アカストスの息はあがっている。火のついた棒切れが当たったふくらはぎには、真っ赤なやけどができている。痛みにうめきながら、アカストスは壁《かべ》によりかかり、床《ゆか》にしゃがみこんだ。「このばかが」

ヒュラスは水の桶《おけ》とアーモンド油の瓶《かめ》をアカストスのそばに置くと、後ろへさがった。「けがをさせてごめんなさい。でも、殺させるわけにはいかなかったんだ」

アカストスは壁にもたれ、目を閉《と》じた。

「ごめんなさい」ヒュラスはもう一度言った。

「あやまられたところで、なんになる？　それでコロノスを殺す武器でもつくれるってのか。やつらめがけて突進《とっしん》できる戦車でもこさえられるのか」アカストスは壁に頭を打ちつけた。「十四年も逃げてきたんだ。かくれて。策《さく》を練って。しくじって。またやりなおして」額《ひたい》は汗《あせ》で光っている。首の血管が縄《なわ》のように浮《う》きでている。「これが最大のチャンスだったんだ。なにもかも、今夜かぎりで片《かた》をつけられたのに。自由になれたのに。おまえさえいなけりゃな」

ヒュラスは両手をねじらんばかりにして言った。「でも、まだ短剣《たんけん》があるでしょ。いまここで、火《ひ》床《どこ》に投げこんでこわしちゃえばいいんだ！」

アカストスは目を開けると、ヒュラスをにらみつけた。「そんなにかんたんだと思うか？」そう言って立ちあがろうとする。「そんなにかんたんだと思うのか！　なら、なんでここにもどってすぐにやっちまわなかったと思う？　なんでだ。人間がこさえた火床ぐらいじゃ、生ぬるすぎて、歯が立たないからさ。コロノス一族の短剣は、神にしかこわせんのだ！」

34

短剣《たんけん》のこわしかた

夜明けはまだ先だが、空はおどろおどろしい暗赤色《あんせきしょく》に染《そ》まっていた。炉《ろ》の丘《おか》をかけおりるヒュラスの目の前に、山がぬっとそびえ立っている。山頂《さんちょう》から吹《ふ》きおろしていた煙《けむり》は、天までとどきそうに立ちのぼりはじめ、毒々《どくどく》しい赤い光のなかに浮《う》かびあがっている。〈怒《いか》れる者たち〉が〈火の女神《めがみ》〉を襲《おそ》っているのだろうかとヒュラスは思った。怒り。なにもかもが怒っている。

ひどいやけどを負い、短剣をこわすすべもないとさとったアカストスは、ライオンのように怒りくるった。でも、じきに落ち着きを取りもどした。やけどに油をたらすと、怒鳴《どな》り声《ごえ》を聞きつけて飛んできた見張《みは》りたちを追いかえし、ワインを碗《わん》に注いでくれとヒュラスに言いつけた。そして驚《おどろ》いたことに、笑いだした。

「なんとなあ、ノミ公。またしても、おまえさんと神々《かみがみ》にしてやられたようだな」

碗を空《から》にすると、アカストスは手の甲《こう》で口をぬぐった。それから短剣を投げてよこしたので、ヒュラスはびっくりした。「持っていけ。占《うらな》い師《し》をさがすんだ。あの女なら、こわしかたを知ってるだろう」

短剣《たんけん》はヒュラスのためにつくられたかのように手になじんだ。柄《つか》をにぎりしめると、ひんやりとした力が体をかけめぐるのを感じた。「村までの道には番兵がいるでしょ。どうやって通ればいいんです？」

アカストスがクルミほどの大きさの粘土《ねんど》のかたまりを持ってきて、それに自分の印章をおした。「鍛冶師《かじし》のしるしだ。これを見せれば無事に通れる。ほら。おまえはその手に自分の命をにぎってるんだぞ。おれの命もだ。しくじるな」

月のない闇《やみ》のなか、ヒュラスは五叉路《ごさろ》へと急いだ。海鳥たちが崖《がけ》から飛びたっていく。なんだか変だ。海鳥は、夜のあいだ巣に帰っているものなのに。

さやに入れた短剣が腰ではずんだ。アカストスに言われて、麻袋《あさぶくろ》の切《き》れ端《はし》でつつんでかくしてあるが、それを身につけているだけで自分が無敵《むてき》になったように感じ、興奮《こうふん》せずにはいられなかった。まるで、アカストスでなくヒュラスのほうがワインを飲んだみたいに。

それがいやでたまらなかった。その短剣のせいでピラとは仲たがいし、脱出《だっしゅつ》計画もだめになってしまったのだ。イシを見つける望みも消えてしまった。

勇敢《ゆうかん》で、気が強くて、向こうみずな妹が目に浮《う》かんだ。いまごろメッセニアの荒野《こうや》で必死に生きぬこうとしているだろう。「ごめんよ、イシ」ヒュラスは小さくつぶやいた。「おまえをさがしに行ってやれないみたいだ。いまはまだ。これが終わるまでは」自分のやろうとしていることを知ったら、イシは許《ゆる》してくれるかもしれない。ヒュラスはふとそう思った。同じ立場に立たされたら、イシだってこうするだろうから。

丘《おか》の上にそびえるクレオンの要砦《ようさい》は、かがり火に明るく照らされている。短剣がなくなったことに気づいたのだろうか。

さやから抜《ぬ》くと、短剣の刃《は》は星明かりにうっすらと照らされ、血でも浴びたように深紅《しんく》に輝《かがや》いた。暑い夜なのに、ヒュラスはぞくりとした。始末されようとしていることに、短剣は気づいているのだろうか。

でも、神にしかこわせないものを、自分にどうできる？　ヘカビだってやりかたを知らないかもしれない。

野原の向こうでは、山が怒《おこ》ったように煙《けむり》をあげつづけている。ヒュラスは火の精霊《せいれい》たちのすみかを思いうかべた。燃《も》えさかる地の底にあるすみかを。

そのとき、ヒュラスは短剣のこわしかたに気づいた。

＊

野原の向こうでは、山が赤っぽい奇妙《きみょう》な煙をあげていた。

「怒ってるみたい」ピラは言った。

「怒っていらっしゃる、でしょ」ヘカビが言いなおした。「カラス族が、空気と闇の精霊《せいれい》をさしむけたから。もちろん〈火の女神《めがみ》〉さまがお勝ちになる。でも、お許しにはならないわ」

ヘカビも怒っていた。ピリピリとした沈黙《ちんもく》のなか、ふたりは要砦をあとにすると、村への道を歩きはじめた。短剣は盗《ぬす》みそこねたし、ヒュラスはとっくに島をぬけだしたあとだろう。カラス族を倒《たお》すチャンスは失われてしまった。

でも、道を半分ほど進んだところで、ヘカビは立ちどまった。「これで終わりじゃない。感じるわ。もどらないと」

だからこうしてまた、五叉路まで引きかえしてきたところだった。星明かりのなかに、ひっそりとした池が見える。ヒュラスと再会《さいかい》した場所だ。もう何か月も前のことに思える。

妹ばかり大切にするヒュラスをピラが責《せ》めたとき、ヒュラスはこう言った――もしユセレフがあぶないめにあってて、きみが救えるとしたら、どうするんだ。

そう、いまならわかる。

要砦《ようさい》のなかで、「会わせなきゃならない者がいる」と言ったテラモンは、ピラを引っぱって別の部屋《へや》に連れていった。そして、なかで待っている男とピラをふたりきりにした。

最初はだれだかわからなかった。ケフティウからの使者らしく、りっぱな身なりをしていたからだ。緑色の上等なマントに、組みひもの飾《かざ》りのついた青いキルト、そして金箔《きんぱく》をはった牛革《ぎゅうがわ》のベルト。胸《むね》には見なれた目玉のお守りのほかに、瑠璃《るり》がはめこまれた蠟板《ろうばん》をぶらさげていた。大巫女《おおみこ》ヤササラの印章をきざみつけたものだ。

いつものとおり、ユセレフは真っさきにピラに小言を言った。「ピラさま、どうなさったんです！農民みたいな身なりをして、髪《かみ》も短すぎる。それにその足、泥《どろ》だらけではないですか！」

「会いたかったわ」とピラは正直に言った。でも、ユセレフが近づこうとすると、手をあげて止めた。「むだよ、ユセレフ。わたしは帰れないわ」

「帰っていただかないと」ユセレフはやさしく言った。

「いまは、自由になりたいとか、そんなことを言ってるんじゃないの。もっと重大なことなのよ」盗《ぬす》み聞きされないように、短剣《たんけん》のことはだまっていたが、カラス族がケフティウを征服《せいふく》しようとしていることをピラは小声で伝えた。

驚《おどろ》いたことに、ユセレフは知っていた。「大巫女さまは、何か月も前からごぞんじです」

「知ってるですって！」

「ピラさま、いつになったらおわかりになるんです。大巫女さまは、なんでもごぞんじなのです」

ピラはいやいやながらそれをみとめた。「でもやっぱり帰れないわ」

「帰るんです」ユセレフの口調が変わった。

そして打ち明けられた。ヤササラはぬけめなくこう言ったのだ——娘《むすめ》を連れてもどらなければ、おまえの命もないと思うがよいと。

ピラは、赤《あか》ん坊《ぼう》のころから世話をしてくれた心やさしい若者《わかもの》と向きあうと、もう一度言った。「帰れないわ」

「ピラさま。わたしのためと思って」

「でも……あなたも逃《に》げればいいじゃない！　いまがチャンスなんだから。エジプトに帰って、ずっと会いたがってた家族を見つけるのよ！　自由になれるわ！」

かがり火のなかで、ユセレフの整った顔がけわしくなった。「神々《かみがみ》の思《おぼ》し召《め》しにそむけと？　奴隷《どれい》になったのも、ケフティフに来たのも、神々が決められたこと。もどらなければなりません、なにがあっても」

どうしていいかわからなかった。こうしているあいだにも、仲間たちは短剣を盗みだそうとがんばっている。自分も手助けをしないと。

「いっしょに帰りましょう」ユセレフがうながした。

それからは、いろいろなことがいっぺんに起きた。ピラは叫《さけ》び声《ごえ》をあげると部屋から飛びだし、ヒュラスたちをさがして、かがり火のたかれた迷路《めいろ》のような廊下《ろうか》をさまよい歩いた。そのうちつかまって、門のところでピラを返せとうったえるヘカビの元に連れていかれたのだった。

五叉路《ごさろ》の上空ではカモメが舞《ま》い、闇《やみ》に鳴き声をひびかせている。ヘカビがピラをせかした。

きみならどうするんだ。ヒュラスにはそうきかれた。

そう、いまならわかる。母と同じくらい、自分も薄情者《はくじょうもの》だ。ユセレフに死ねと言ったようなものなんだから。

おまけに、結局はそれもむだになってしまった。計画は失敗した。短剣《たんけん》はまだカラス族の元にある。そしてヒュラスは行ってしまった。

ヘカビがだしぬけに腕《うで》をつかみ、イバラのしげみの陰《かげ》にピラを引っぱりこむと、小声で言った。

「だれか来る！」

人影《ひとかげ》が五叉路《ごさろ》に近づいてくる。見ていると、帽子《ぼうし》をぬぎ、額《ひたい》をぬぐった。星明かりを浴び、金髪《きんぱつ》がきらめいた。

ピラはイバラの陰から飛びだした。「行かなかったのね」

*

ピラは真っ青な顔で、幽霊《ゆうれい》でも見るようにヒュラスを見つめていた。「逃《に》げたんだと思ってたわ。きっと――」

「説明してる時間はない」ヒュラスはさえぎると、ヘカビに向かって言った。「これを山に持っていかなきゃならない。そうでしょ？」

ヘカビは答えなかった。ヒュラスがにぎっているものに、目が釘《くぎ》づけになっている。「それは……」

「そうです」ヒュラスはじれったそうに言った。

「短剣ね」ピラは息をのんだ。「どうやって――」

「思ってたより、アカストスは盗《ぬす》みの名人だったってことさ。ヘカビ、山だ。そこに持っていかなきゃならない。火の精霊《せいれい》のすみかを見つけて、投げこむんだ。そしたら、〈火の女神《めがみ》〉がこわしてくれる」

ヘカビがヒュラスの手首をつかんだ。「やるのはあんたよ」

「もちろんよ」ピラも言った。「よそ者が剣をふるうとき、コロノス一族はほろびるだろう……」

「そうしたら、ようやくタラクレアは自由になる」

ヒュラスは手のなかの短剣に目を落とした。どうも気に入らない。自分には理解《りかい》できない力によって、あやつられているような気がする。

星明かりのなか、クレオンの要砦《ようさい》のそばでは、カラスの大群《たいぐん》があわてたように鳴きながら飛びまわっている。なんだか、それも関係しているような気がして落ち着かない。でも、いったいなにに？ なにか見落としていることがあるんだろうか。

「急がないと」ヘカビがせかした。「短剣を盗んだことが、いつばれてもおかしくないわ」

ピラは指を鳴らした。「馬よ！ くびれのところにいる馬を盗めたら……」

ヒュラスは動かなかった。星空を飛びかうカモメとカラスをじっと見つめていた。

「ヒュラス、どうしたの？」とピラがきいた。

ヒュラスは、野の生き物たちがおかしなふるまいをしていたことを思いだしていた。坑道《こうどう》の底から逃げだしていたネズミ。巣にもどらずにいる鳥たち。池からいなくなったカエル。夢《ゆめ》のなかで、イシも教えてくれていたじゃないか――お兄ちゃん、カエルはどこ？ カエルはどこにいるの？

アカストスのはれあがった親指から噴《ふ》きだした血。それに山腹《さんぷく》で見た、焼けこげた斜面《しゃめん》。なにか巨《きょ》大《だい》なものが噴きだそうとしているみたいに、ふくらんでいたっけ……。

そのとき、ヒュラスは気づいた。クレオンは大地を掘《ほ》りすぎた。そして〈火の女神〉の怒《いか》りは、思っていた以上に激《はげ》しかったのだ。

ヒュラスはピラを見た。「爆発《ばくはつ》するんだ」

「なにが？」

「タラクレアが」

35

火の精霊《せいれい》

「そんなことあるはずがない」ヘカビは息巻《いきま》いた。「山がお怒《いか》りになったことは前にもあるけど……自分の民《たみ》を傷《きず》つけようとなんてするもんですか！」ヒュラスの言葉が正しかったらという恐《おそ》れを寄《よ》せつけまいとするように、きつく腕組《うでぐ》みをしている。

ピラはヘカビが気の毒でたまらなかった。ヒュラスは正しいからだ。「赤き川がタラクレアをのみこむ」

ヒュラスがはっとピラを見た。

「思いだしたの。神がかりになったとき、ヘカビはそう言ったわ」

「神がかりになると、いろんなことを言うものなの」ヘカビがピシャリと言った。「それが本当になるとはかぎらないわ！　女神《めがみ》さまのことはよく知ってる。何千年も崇拝《すうはい》してきたんだから！」

「カラス族はちがう」ヒュラスが口を開き、鉱山《こうざん》の動物たちのようすが変だったことを手短かに話した。ヘカビが取りあわずにいるので、さらに山の斜面《しゃめん》のふくらみのことも伝えた。

それでヘカビも自分の意見を引っこめたようだった。首を横にふってはいるものの、現実《げんじつ》を受け入れはじめているのがピラにはわかった。

「ヘカビ。こういうときこそ、ここの人たちにはあなたが必要なのよ」

ヘカビはぼうぜんとピラを見かえした。

「村にもどって」ヒュラスも言った。「村の人にも、鉱山《こうざん》の奴隷《どれい》たちにも、危険《きけん》を伝えてください。島を出ろって！」そしてピラに向きなおった。「きみもだ、いっしょに行け」

「だめよ！　わたしはあなたと行くわ。ひとりじゃ無理よ」

「だいじょうぶさ、きみが残ったってしかたがない」

「ヒュラス、あの熱い割《わ》れ目《め》のひとつを見つけたら、すぐに短剣《たんけん》を投げこんで村にもどってきましょ。最後の小舟《こぶね》が出る前に！」

「聞けよ、きみが残ったってしかたが——」

「そっちこそ聞いて。しかたなくはないわ。あなた、村への行きかたを知らないでしょ」

ヒュラスはくちびるを噛《か》んだ。「行こう、時間がもったいない」

＊

野原の向こうにそびえる山からは、幾筋《いくすじ》もの噴煙《ふんえん》が立ちのぼっている。稲妻《いなずま》が闇《やみ》を切りさいた。馬がいななき、ふたりはふり落とされそうになった。

ヒュラスはたてがみにしがみつき、かかとを馬の腹《はら》に食いこませた。馬のおびえが伝わってくる。後ろにいるピラは腰《こし》にしがみついている。ヒュラスはひづめの音が追ってこないかと耳をすました。いまのところ、聞こえない。

アカストスの印章を見せ、山に捧《ささ》げ物《もの》をしに行くというつくり話をして、ピラはうまいことくびれを通る許可《きょか》をもらった。そうやってピラが番兵たちの気を引いているあいだ、ヒュラスは馬小屋にしのびこんだのだった。盗《ぬす》みだした馬はいま、黒曜石の道にひづめで火花をちらしながら、野原をかけぬけているところだ。びっくりするような速さで山がせまってくる。

やぶの入り口にたどりつくと、ふたりは馬をおり、ひと息つかせた。ピラが番兵たちから水袋《みずぶくろ》をせしめてきたので、ふたりはひと口ずつ水を飲んだ。おびえきった馬のほうは、ピラがヒュラスの両手に水を注いでやっても、口もつけなかった。

「もうすぐだよ」ヒュラスは馬の首をなでながら言った。

稲妻が走り、雷鳴《らいめい》がとどろいた。ヒュラスとピラは顔を見あわせた。〈火の女神《めがみ》〉は〈地を揺《ゆ》るがす者〉を目ざめさせ、今度は〈父なる空〉に呼《よ》びかけているのだ。不死なるきょうだいたちに声をかけ、いっしょに〈怒《いか》れる者たち〉をこらしめ、腹に嚙《か》みついている無礼な人間どもを退治《たいじ》しようとしているにちがいない。

目の前には、山の斜面《しゃめん》を黒くおおうハリエニシダのやぶがある。ピラはそのすぐ上に見える岩場を指さした。「あの岩場、見おぼえがあるわ。あの上に、火の精霊《せいれい》のすみかがあるんじゃなかった？」

「いいぞ。思ってたより近い」

馬は白目をむいて逃《に》げようともがいたが、ヒュラスはなんとかその背中《せなか》によじのぼった。ピラを引っぱりあげたとき、地面が揺れ、黒曜石の道がヘビのように波打った。馬は後ずさりをし、ふたりをふり落とすと、暗闇《くらやみ》のなかに走り去った。

ヒュラスは立ちあがると、ひじをさすっているピラを見た。「だいじょうぶか」

ピラはうなずいた。「短剣、なくしてない？」

ヒュラスは柄《つか》に手をかけた。

地鳴りはおさまった。山頂《さんちょう》からあがる煙《けむり》もうすくなり、奇妙《きみょう》な静けさがおりてきた。山が息をひそめている。

黒曜石の道がやぶのなかをつらぬいているので、のぼるのはずいぶんらくで、思ったより早く上まであがることができた。ヒュラスはほの赤い光のなかであたりを見まわした。黄色いものがこびりついた石も、シューッと音を立てる割《わ》れ目《め》もない。すっかりようすが変わっている。

「どこへ行っちゃったのかしら」

ヒュラスは首をふった。火の精霊《せいれい》たちは逃《に》げてしまった。ピラの目には、ヒュラスと同じ恐《おそ》れが浮《う》かんでいる。すみかがひとつも見つからなかったらどうしよう？

ピラはぐっと首をまわして、山頂《さんちょう》を見た。「上のほうにはたくさんあったわ」

ヒュラスは答えなかった。この落ちてくるものはなんだ？　なにかがはらはらと空から降《ふ》ってくる。黒っぽい雪みたいだ。でも、それは熱かった。ヒュラスはピラの肩《かた》につもったかけらをつまんだ。「灰《はい》だ」

静かに、とピラが合図をした。

舞《ま》いおりてくる灰の向こうから聞こえる音にヒュラスも気づいた。黒曜石を踏《ふ》みしめる、たくさんのひづめの音。カラス族だ。

ふたりはあわてて坂をのぼったが、じきに行き止まりにつきあたった。土砂《どしゃ》くずれで道がふさがっている。目の前には黒い岩でできた急斜面《きゅうしゃめん》がつづき、不気味な赤い光に照らしだされている。

「のぼらないと」ヒュラスは低く言った。

歩きだしたとたん、ピラに横から引っぱられた。次の瞬間《しゅんかん》、巨大《きょだい》な岩のかたまりがはがれ、ヒュラスが立っていた場所にすべり落ちてきた。

見ていると、岩はやぶのなかへ転がりこみ、こなごなにくだけた。

ピラは斜面から石をもぎとると、いともかんたんにそれをにぎりつぶした。「これ、石じゃないわ」びっくりした顔でピラは言った。「砂《すな》よ。砂なんてどうやってのぼればいいの？」

ヒュラスは首をのばした。斜面がくずれてきたら、生き埋《い》《う》めになってしまうか、野原までおし流されるかだ。でも、ひづめの音は近づいてくる。「やるしかない」

重みを分散させるために、ふたりははなれることにした。ヒュラスは一歩のぼった。足が沈《しず》みこんですべり、砂がバラバラと斜面を落ちていく。それがおさまるまで待ってから、もう一度足を踏みだした。今度は少しだけのぼることができた。でも、沈んだりすべったりしてばかりで、うんざりするほどゆっくりとしかのぼれない。斜面の途中《とちゅう》に岩が見つかり、そこによじのぼった。ピラも同じようにしている。そこから這《は》うように横に移動《いどう》し、ほかよりかたそうな場所をさがして……そのあいだも灰は舞いおり、斜面を黒くおおっていく。

ようやく、かたい岩でできた尾根《おね》までのぼりつめた。そこに体を引っぱりあげると、ヒュラスは倒《たお》れこんであえいだ。ピラもたどりつき、少しはなれた場所にひざをついている。黒曜石の道にもどれたのだ。

でも、火の精霊たちはどこだ？

「遠くはないはずよ」ピラが息をはずませて言った。

ヒュラスはよろよろと起きあがると、坂をのぼりはじめた。

いくらも歩かないうちに、道はいきなりとぎれた。山頂にたどりついたのだ。ただ、ここはナイフの刃《は》のようにせまくはなく、十歩ほどの幅《はば》があり、巨大な黒い岩が乱杭歯《らんぐいば》みたいにギザギザにならんでいる。あいだからのぞくと、火口の反対側のふちが見えた。その向こうの斜面は大きなできもののようにふくれ、煙《けむり》をあげている。爆発《ばくはつ》したら、タラクレアは終わりだ。

「火の精霊《せいれい》たちはどこ？」ピラが叫《さけ》んだ。

答えようとしたが、口のなかがカラカラだった。

巨大な歯のすきまから、ヒュラスは火口をのぞきこんだ。冷たい灰色《はいいろ》の石釜《いしがま》のようだったその場所は、ギラギラと赤く燃《も》えさかっている。灼熱《しゃくねつ》の火口の底は波打ち、うねり、どろどろとした火のかたまりを飛びちらせている。

空《から》っぽの穴《あな》だった山の中心は、火の池に変わっていた。

*

となりに立ったピラが、はっと息をのんだ。「投げこんで。火の精霊なんてどうでもいい。〈火の女神《めがみ》〉さまがこわしてくださるわ！」

たしかにそうだ。でも、それには火口のふちまで行く必要があるから、巨大な歯のあいだをぬけなければならない。

岩と岩はぴっちりとならんでいて、通りぬけられそうにない。

「ここから投げてみる」ヒュラスは言うと、短剣《たんけん》をさやからぬいた。力いっぱい投げれば、岩のむこうにとどくだろう。

ピラが後ろで悲鳴をあげた。

ふりかえると、そこにピラはいなかった。

「動くな！」叫び声がした。

五歩はなれたところにテラモンがいた。足を踏《ふ》んばり、弓には矢をつがえている。「ちょっとでも動いたら、命はないぞ」

36
ほろびるものは

「ピラはどこだ！」ヒュラスは叫んだ。

足元の地面に矢が刺《さ》さり、ヒュラスは飛びすさった。「約束を守ったのに！」テラモンが怒鳴《どな》った。「小舟《こぶね》を待たせておいたんだぞ！」

「だから行くつもりだったんだ。でも、きみが殺されそうだったから、警告《けいこく》してやったんだ！」

矢がもう一本、地面に刺さる。ヒュラスはまた飛びのいた。

「でたらめだ。短剣をこわす時間かせぎをしただけだろ！　それをこっちに投げろ！」

ギラギラとした赤い光のなかで、ふたりはにらみあった。山は揺《ゆ》れ、灰が毒をふくんだ雪のようにボタボタと落ちてくる。

テラモンは巧妙《こうみょう》だった。矢を射《い》ることで、ヒュラスを岩から遠ざけたのだ。もう火口からはなれすぎてしまい、短剣を投げたとしても、手前の地面に落ちてしまうだろう。

「本気だぞ」心臓《しんぞう》にねらいをさだめながら、テラモンが言った。

ヒュラスは短剣をにぎりなおした。左側の数歩はなれたところに大岩がならんでいる。そこなら矢をよけられるし、火口のふちを通りぬけられるかもしれない。

「いやだ」ヒュラスは言った。

テラモンの矢がさだまらない。「ヒュラス。短剣《たんけん》をこっちに投げるんだ」きびしい顔をしているが、声はふるえている。「それは一族のものだ！　きみには関係ないだろ！」

「イシにも関係ないのか？　スクラムにもか。カラス族に殺されたよそ者たちみんなにもか。やつらは悪者なんだ、テラモン。ここで終わらせなきゃ！」

テラモンの顔が引きつった。「ぼくの肉親だぞ！」ヒュラスが岩めがけてジャンプするのと同時に、矢がヒュンと飛んだ。てのひらひとつぶんほど後ろで、矢が岩に当たる音が聞こえた。

「弱虫！」テラモンが怒鳴《どな》った。「出てきて戦えよ！」

ヒュラスは岩のあいだにもぐりこんだ。すきまがある。せますぎて通りぬけられそうにない……。

「ヒュラス、上よ！」どこからかピラの叫《さけ》び声《ごえ》がした。

見あげると、テラモンが岩の上にしゃがみ、次の矢をつがえようと矢筒《やづつ》に手をのばしていた。ヒュラスは体を横向きにして無理やりすきまをぬけ、向こう側に飛びだすと、ひざをついた。

背後《はいご》でドサッと音がした。テラモンが飛びおりたのだ。目の前の煙《けむり》のなかには、さらに岩がならんでいる。よろよろと立ちあがったヒュラスの顔に熱い煙が吹《ふ》きよせた。山の吐《は》く息につつまれ、むせそうになる。テラモンもせきこんでいる。と、煙がとぎれ、岩の向こうが見通せた。赤い火のかたまりが脈打つ、火口の底が。ヒュラスは腕《うで》をふりかぶり——

「やめろ！」テラモンが叫んだ。

——力いっぱい短剣を投げた。

時が止まった。短剣はいくつもの岩を越《こ》えて飛んでいき、最後のひとつのふちに当たると、カタンと音を立てて落ちた。

ヒュラスはあぜんとしてそれを見つめた。

テラモンもぽかんと口を開けている。

コロノス一族の短剣は、こわされるのをこばんだのだ。

短剣は折れた牙《きば》のように火口につきだした大岩の上だ。そこまでは急な下り斜面《しゃめん》になっている。

ヒュラスはそちらへ近づこうとした。はるか下の火の池に小石がパラパラと落ちていく。

そのヒュラスの背中《せなか》がつかまれ、引っぱりもどされた。バタンと倒《たお》れると、テラモンにのしかかられ、胸《むね》がつぶれそうになった。もがいて逃《に》げようとするが、力ではかなわない。テラモンはヒュラスの髪《かみ》を片手《かたて》でつかむと、もう一方の手で腰《こし》のナイフをぬいた。ヒュラスはテラモンの手首を両手でつかんだ。だが、切っ先はじりじりとのど元に近づいてくる。両足に思いきり力をこめて体をひねり、テラモンをおしのけると、ナイフを手からはたき落とした。ナイフは音を立てて岩場を転がる。テラモンがそちらへ身を乗りだしたので、ヒュラスは長い髪のふさをつかんで引きもどした。

髪をにぎったまま頭を地面にたたきつけたが、テラモンのほうは両手の親指をヒュラスののどに食いこませ、窒息《ちっそく》させようとする。ヒュラスはその手をかきむしった。腹《はら》にひざ蹴《げ》りを入れられ、あおむけにされて、両腕《りょううで》をひざでおさえつけられた。のどがますますしめつけられる。目の前に黒い斑《はん》点《てん》がちらつき、熱い灰《はい》が口のなかに降《ふ》りそそぎ、視界《しかい》が暗くなって……。

と、テラモンは痛《いた》みに悲鳴をあげると、ヒュラスの胸から転げ落ちた。

＊

むさぼるように空気を吸《す》いこむヒュラスを見ながら、ピラはあわてて後ずさりをした。テラモンはぼうぜんとして太ももをおさえている。

よろけたピラはテラモンのナイフを落としそうになった。さっきなぐられたせいで、まだめまいがする。でも、テラモンの気をそらすことができれば、そのあいだにヒュラスが大岩の上の短剣《たんけん》を取りに行けるかもしれない。

「それでも戦士なの？」ピラはせせら笑った。「チクッと刺《さ》したくらいで、女の子みたいに悲鳴をあげるなんて」

テラモンはひざをついたままふらついた。太ももにおしつけた指のあいだから血がしたたり落ちている。苦痛《くつう》に顔をしかめながら、テラモンはピラから目をはなし、短剣に近づこうとするヒュラスを見た。

「意気地《いくじ》なし！」ピラはあざけり、ナイフを顔の前にちらつかせた。

と、テラモンがほおをこわばらせた。ピラは後ろをふりむいた。憎《にく》まれ口《ぐち》がのどに引っかかった。渦巻《うずま》く煙《けむり》のなかから、男があらわれた。黒い生皮の鎧《よろい》を着た戦士だ。ファラクスはオオヤマネコのようにすばしこく岩場をおりると、ヒュラスを片手《かたて》ではね飛ばし、大岩の上に落ちている短剣を取りあげた。

ヒュラスはよろけ、大岩をすべり落ちた。

ピラは助けようとかけだしたが、テラモンに腕をつかまれ、引きもどされた。

ファラクスが勝ちほこったように短剣をふりかざすと、刃《は》が深紅《しんく》にきらめいた。その足元では、ヒュラスが必死に大岩のへりにしがみついている。

「殺してください、ファラクス！」テラモンが叫《さけ》んだ。「そいつは、お告げのよそ者です！」

もがいても、蹴《け》りつけても、ピラはテラモンにかなわなかった。恐怖《きょうふ》におののきながら、ヒュラスが大岩の上によじのぼろうとするのを見守った。ファラクスがそれを見おろしている。ファラクスの冷ややかな声が、山鳴りとともにひびきわたった。

「よそ者が剣をふるうとき、コロノス一族はほろびるだろう……だが、ファラクスが剣をふるうなら
――ほろびるのはよそ者のほうだ」

ファラクスはヒュラスの手をかかとで踏《ふ》みつけた。

「やめて！」ピラは悲鳴をあげた。

だが、ヒュラスの姿《すがた》は消えていた。

37

〈火の女神《めがみ》〉

灼《しゃく》熱《ねつ》の赤い煙《けむり》のなかを、ヒュラスは落ちていった。斜面《しゃめん》を転がりながら岩にしがみつこうとしたが、どれもポロリとはずれてしまう。やがて背中《せなか》にガツンと衝撃《しょうげき》を受け、体が止まった。

空気は灰《はい》で黒くよどみ、苦いにおいがする。目がチカチカし、息を吸《す》うたびにのども痛《いた》む。打ち身とすり傷《きず》だらけだが、動くことはできる。

ヒュラスはせきこみながら腹《はら》ばいになり、ひざをついた。地面の揺《ゆ》れと熱さがてのひらに伝わってくる。いまにも中身が噴《ふ》きだして、ヒュラスをのみこんでしまいそうだ。渦巻《うずま》く灰の雲を稲妻《いなずま》が切りさく。シューッと火柱があがり、まわりの地面に落ちてくる。

首をのばして見あげると、はるか高いところに火口のふちが見えた。背後《はいご》には二十歩とはなれていないところに、赤く煮《に》えたぎる火の池が横たわっている。すごい熱気だ。ブクブクと泡立《あわだ》つその場所から、どろどろの火のかたまりが噴きあがり、闇《やみ》をまばゆい深紅《しんく》に染《そ》めては、また火の池へ落ちていく。

それが直撃《ちょくげき》すれば、一巻《かん》の終わりだ。

うす暗い火口の壁《かべ》のそばに、石が積みあがった小山が見えた。ヒュラスはよろよろとそこへ近づいた。たいして高くはないが、上までのぼってみると、つんとするにおいがほんの少しましになった。

驚《おどろ》いたことに、首にはまだライオンのかぎ爪《づめ》がぶらさがっていた。それで少し元気が出た。腰《こし》には短剣《たんけん》をかくすためにアカストスからもらった麻袋《あさぶくろ》もある。それで口と鼻をおおうと、息が少しらくになった。

火口の壁は巨大《きょだい》な釜《かま》みたいに外側に向かって傾斜《けいしゃ》がついているが、手をかけると、ボロボロとくずれてしまう。何度も何度もためしてみた。だめだ。どうしたってのぼれそうにない。

これで終わりなのか。ヒュラスはぼんやりと思った。短剣はカラス族の元にもどってしまった。なにもかもむだだったのか。

そのとき、火の池の向こうに、できもののようにふくらんだものが目に入った。とてつもなく巨大で、火口にできたこぶのようにせりあがっている。短剣なんてもう関係ない。あれが爆発《ばくはつ》したら、タラクレアじゅうの人々《ひとびと》が死ぬことになる。

なぜか恐怖《きょうふ》は感じなかった。奇妙《きみょう》なことに、気がらくになりさえした。万事休《ばんじきゅう》すだ。心配してもしかたがない。

でもやがて、ザンとコウモリとペリファスの顔が浮《う》かんだ。ほかの奴隷《どれい》たちの顔も。ヘカビと島の人々も。アカストスとハボックとピラも。胸《むね》のなかに怒《いか》りが燃《も》えあがった。なんでみんなが死ななきゃならないんだ。

よろよろと起きあがると、ヒュラスはふらつきながら小山の上に立った。「なんでぼくらを罰《ばっ》するんです？　ぼくらはカラス族じゃない！　なにもしてやしないのに！」

山はうなり、ヒュラスのまわりに、どろどろとした火のかたまりと石をまきちらした。

「そんなのこわくないぞ！　どうせ死ぬんだから！」

山は怒鳴《どな》り――ヒュラスも怒鳴りかえした。「ぼくはせいいっぱいやったんだ！〈飛びつき屋〉たちに地の底を返した。あなたのしもべの、ハボックだって助けたんだ！　短剣《たんけん》だって必死でこわそうとしたのに……そっちがじゃましたんじゃないか！　これ以上、なにが望みだっていうんです？」

稲妻《いなずま》が光り、山がふるえた。終わりだ、とヒュラスは思った。

と、そのとき、とつぜん山鳴りの音が低くなった。稲妻もぱたりとやんだ。できもののようなふくらみからあがっていた煙《けむり》も止まった。

ヒュラスはひざをつき、あえぎながら言った。「なにが望みなんだ」

どろどろとした火のかたまりは噴《ふ》きだすのをやめているが、赤く燃《も》える池の中央から、なにかがせりあがってきている。不死なる者の気配が空気をふるわせる。

燃えさかる池のなかから、〈火の女神《めがみ》〉があらわれた。

＊

〈火の女神〉はまばゆい火花につつまれ、燃える影《かげ》をたなびかせながら歩いてくる。炎《ほのお》の糸のような髪《かみ》が揺《ゆ》らめき、その顔は幾千《いくせん》の太陽よりも恐《おそ》ろしい。

ヒュラスは両腕《りょううで》で目をおおって、小山の上にうずくまった。「お願いです、みんなを逃《に》がしてください！」

〈火の女神〉の強いまなざしが真っすぐに注がれるのを感じた。〝なにと引きかえに？〟――その声は山火事のようにヒュラスをのみこんだ。

ヒュラスはライオンのかぎ爪《づめ》をにぎりしめた。「ぼ、ぼくの命と」

笑い声がわっとヒュラスをつつんだ――〝それはもうわたしのものだ！〟

「ほかの人たちを助けてほしいんです。待ってあげてください！」

目を閉《と》じていても、〈火の女神〉が腰《こし》をかがめたのがわかった。火がしたたり落ちてくる。見てもいないのに、闇《やみ》に輝《かがや》くまばゆい髪が頭に浮《う》かぶ。こちらをのぞきこむ〈火の女神〉の苦い息を感じる。燃えるような指でこめかみにふれられ、ヒュラスは痛《いた》みに悲鳴をあげた。

〝火はあたえる……〟女神はささやいた。〝そして火はうばう……〟

＊

ヒュラスははっとわれに返った。ふれられたところがズキズキと痛む――でも、〈光り輝く者〉は消えていた。雷鳴《らいめい》がふたたびとどろき、稲妻が雲を切りさく。できもののようなふくらみからは煙があがり、火のかたまりがまた池から噴きだしている。

胸《むね》にズキンと痛みが走り、ふいになにもかもが変わった。遠くからは、地の底にひそんだ〈飛びつき屋〉たちのうごめく音が聞こえる。ひとひら、またひとひらと山の斜面《しゃめん》に積もる灰《はい》の音も。池の上には、おぼろげな影が炎のように揺《ゆ》らめいている。か細く高い声が聞こえ、獰猛《どうもう》そうな奇妙《きみょう》な顔もちらついている。

ヒュラスは死を覚悟《かくご》した。火の精霊《せいれい》たちが自分をむかえに来たのだろう。

でも――傷《きず》はまだ痛むし、ザラザラとした苦い灰の味も感じる。だからまだ生きてはいるはずだ。

目をすぼめて火の池を見わたしていると、火の精霊たちのあいだから、小さくて明るい火の玉が飛びだした。恐ろしさは感じない。それははずむようにヒュラスのほうへ向かってきた。

夢《ゆめ》のなかで、子ライオンは悪い人間たちにつかまってはいなかった。こわくてせまくるしい枝《えだ》の檻《おり》に閉《と》じこめられてもいなかった。

夢のなかでは、しなやかで力強い体をしていて、大きい雌《めす》ライオンみたいに速く走っていた。坂をのぼり、焼けつくような山のおなかのなかへとくだる。夢のなかで、子ライオンは少年を助けに向かっていた。

少年はそこにはまりこみ、出られなくなっている。自分が穴《あな》に落ちたときと同じだ。今度はこっちが助けてあげないと。

子ライオンは炎《ほのお》のようにすばやく火の池をつっ切り、少年のそばに飛んでいった。なにをすればいいのか、自分でもびっくりするくらいはっきりとわかる。どこに足をつき、どんなふうにかぎ爪《づめ》を使い、いつ足を踏《ふ》みきってジャンプすればいいかも。

生まれて初めて、子ライオンは上手に坂をのぼっていた。

＊

火の玉が飛ぶようにやってくるのを見て、ヒュラスは両手で顔をおおった。玉はゆらりと揺《ゆ》れると、ハボックに姿《すがた》を変えた。

ただし——いつものハボックとはちがい、うすぼんやりとしていて、火花をちらしている。大きな金色の目で見あげているのは、ハボックの魂《たましい》だった。

どういうことなのか考えているひまはない。ハボックの魂は、片耳《かたみみ》をひとふりすると、すばやくヒュラスの横を通りぬけ、ハボックらしくない優雅《ゆうが》な身のこなしで斜面《しゃめん》の壁《かべ》につきだした大岩の上に飛びのった。それまで気づかなかったが、大岩はヒュラスの頭上の、それほど遠くはない場所にある。小山の上に点々《てんてん》とついたハボックの足跡《あしあと》が輝《かがや》いている。ふりかえったハボックの顔は、はっきりとこう言っていた。

ついてきて。

大岩はよじのぼるだけの広さがありそうだった。手がとどきさえすれば。でも、めまいがするほどくたくたで、手も足も石のように重たい。

それでも――光り輝くハボックの魂は、あきらめさせてはくれなかった。じれったそうにヒュラスを見ると、まばゆい尻尾《しっぽ》でバランスをとりながら、さらに高いところにある大岩を見つけ、そちらにのぼっていく。壁はくずれやすいが、そこならしっかりとした足場になる。ハボックがいなければ、気づきもしなかっただろう。

大岩の上にのぼったハボックは、待ちかまえるように耳をぴんと立て、ヒュラスを見おろした。さあ、あなたの番よ。ついてきて。てっぺんまで案内してあげる。

ヒュラスはよろよろと立ちあがると、のぼりはじめた。

38

この世の終わり

息苦しいほどの闇《やみ》につつまれながら、ピラは斜面《しゃめん》をくだっていた。一歩進むごとに、細かくて黒い灰《はい》のなかにくるぶしまで沈《しず》みこみ、おまけに二歩分すべり落ちる。

ヒュラスは生きているかもしれない。ピラは心のなかでそう言った。殺されるところをこの目で見たわけじゃないし、短剣《たんけん》が岩の上に引っかかったのだから、ヒュラスだってそうかもしれない。山育ちだから、どこだってのぼれるはずだし。

「のろのろするな、テラモン！」ファラクスの怒鳴《どな》り声《ごえ》が前方から聞こえた。

「こいつがおそいんです」後ろにいるテラモンが答えた。「置いていっちゃいけませんか」

「だめだ」ファラクスは冷ややかに言った。「大巫女《おおみこ》の娘《むすめ》なら、ケフティウの連中から身《み》の代《しろ》をせしめられる」

「たしかにそうですね」火口での争いのあと、テラモンは急に冷酷《れいこく》そうに変わった。これまで持っていた性格《せいかく》が、山に焼きつくされてしまったみたいに。

持ち物は調べられていないので、ピラの太ももには黒曜石のナイフがくくりつけられたままだった。でも、それに手をのばしたら終わりなのはわかっている。ファラクスにとって、ピラは都合よく利用するための、肉と骨《ほね》のかたまりにすぎないのだから。面倒《めんどう》を起こしたら、すぐにのどをかき切られてしまうだろう。

ファラクスとテラモンは、ふたりだけで山にやってきていた。家来たちには短剣が盗《ぬす》まれたことを秘密《ひみつ》にしているのだろう。その短剣をにぎり、ファラクスは恐《おそ》れるようすもなく歩いている。ファラクスにとっては、山でさえ自分の目的のじゃまをするものでしかないのだ。

ようやく夜が明けたものの、それは見たこともないような朝だった。太陽の昇《のぼ》る東から明るくなるのではなく、空全体が怒《おこ》ったような赤い光に染《そ》まっている。

この世の終わりだ。

＊

渦巻《うずま》く怒《いか》りのなかで生まれた朝は、長くはつづかなかった。山から降《ふ》る灰がすっぽりと空をおおい、ヒュラスはもうずっと、不気味な灰色のうす明かりのなかで馬を走らせていた。疾走《しっそう》する馬の筋《すじ》ばった首に顔をおしつける。体はくたくただが、毒気のある噴煙《ふんえん》からはなれたせいで、頭ははっきりしている。

ハボックの魂《たましい》にそばにいてほしかった。ヒュラスを連れて火口の内壁《ないへき》をのぼり、山をくだってやぶのなかまで来たところで、ハボックは火花とともに消えてしまった。まもなく、うったえるようなないななきが聞こえ、ピラといっしょに盗んだ馬が見つかった。手綱《たづな》が木の根にからまってしまっていたのだ。

ようやくくびれにたどりつき、ヒュラスは馬を止めた。あたりは不気味に静まりかえっている。番兵たちも逃《に》げてしまったあとだ。馬からおり、手綱を手首に巻《ま》きつけると、ヒュラスは野営地《やえいち》をあさった。水袋《みずぶくろ》を見つけてむさぼるようにのどをうるおすと、かいば桶《おけ》にも少し水を注ぎ、馬に飲ませた。

大の字に倒《たお》れた番兵のひとりにつまずいた。腹《はら》にはナイフがつき刺《さ》さっている。脱出《だっしゅつ》のどさくさのなかで殺されたのだろう。ヒュラスはナイフをぬくと、死んだ男のチュニックで刃《は》をぬぐって、ベルトに差しこんだ。霊《れい》に怒《おこ》られないかと気にしているひまはない。霊だって、こんなときに追ってきやしないだろう。

五叉路《ごさろ》へと馬を走らせる途中《とちゅう》、あたりはどこももぬけの殻《から》だった。みんな逃《に》げだしてしまったあとで、タラクレアに残っているのはヒュラスひとりなのだろうか。だが薄闇《うすやみ》に目をこらすと、クレオンの要砦《ようさい》から大勢《おおぜい》の人影《ひとかげ》が飛びだしてくるのが見えた。鉱山《こうざん》からもどっとあふれだしている。ハボックはどこだ？　ピラは？　ファラクスに山で殺されたのか、それとも連れていかれたのだろうか。

と、とつぜん地鳴りがし、目の前の地面にジグザグに亀裂《きれつ》が走った。馬はいななくと、ヒュラスをふり落とし、暗がりにかけこんだ。

ヒュラスは痛《いた》みをこらえて立ちあがった。北の方角に村への道がのびている。そちらへ行けば、小《こ》舟《ぶね》が見つかるかもしれない。南にのびたもう一本の道は、鉱山をぬけて入《い》り江《え》へとつづいている。ピラが生きていれば、ファラクスにそっちへ連れていかれたはずだ。

ヒュラスは亀裂を飛びこえると、南をめざした。

＊

入り江は大混乱《だいこんらん》だった。〈地を揺《ゆ》るがす者〉の怒りのせいで、西の崖《がけ》が大きくさけ、海にくずれ落ちている。炉《ろ》の丘《おか》は影も形もない。アカストスが逃げおくれていませんように、とヒュラスは願った。

浅瀬《あさせ》は灰《はい》でぬかるみ、浜辺《はまべ》には落石が転がり、あわてふためいた人々《ひとびと》が必死に船に乗りこもうとしている。戦士たちをぎゅうづめに乗せた船が三隻《せき》、入り江を出ようとしている。小さな釣り舟《つぶね》がいくつも波間に揺れている。そのなかのひとつにヘカビが乗っているのが見えた。ひとりでも多くの者を助けようと、村人たちとともにやってきたのだろう。沖《おき》には黒い帆《ほ》を広げたりっぱな船の姿《すがた》もぼんやりと見える。コロノス一族は下々《しもじも》の者たちを見捨《みす》てて、いち早く逃げだしたのだ。ハボックもそこに乗っていてくれるといいけれど。

海岸の先で、だれかが叫《さけ》んでいる。「ノミ！　おいノミ、こっちだ！」奴隷《どれい》をいっぱいに乗せたおんぼろの小さな船が浅瀬をはなれるところで、ペリファスがその上から手をふっている。「ノミ！　早く！」

「行けない！　ピラをさがさなきゃ」

「ピラってだれだ。もう時間がないんだ！」

荷車や、ロバや、人々をよけながら、ヒュラスは浜辺を走りまわった。ピラはいない。そのとき風が吹《ふ》き、灰の切れ間から一隻の船がぬっとあらわれた。くちばしのような船首に、大きな目のしるし。ケフティウの船が、ここでいったいなにをしてるんだ？

甲板《かんぱん》には、頭をそりあげ、目に黒いふちどりをした若者《わかもの》が立ち、こぎ手たちを怒鳴《どな》りつけている。ユセレフ。ピラのエジプト人の奴隷だ。声をかけようと口を開いた瞬間《しゅんかん》、だれかにぶつかられ、ヒュラスは木箱の上に倒れこんだ。

クーンと箱から鳴き声がした。ハボックだ。あおむけになり、おびえきって息もたえだえだが、生きている。カラス族にここまで連れてこられ、置きざりにされたのだ。

「ぼくだよ」ヒュラスは声をかけ、箱をひっくりかえすと、板のすきまから指をさしこんだ。ハボックはしきりに鳴き声をあげながら、必死に手をなめようとする。「ぼくはここだ。もうだいじょぶ、出してやる」

ナイフをぬいて箱を開けようとしたとき、ヒュラスはためらった。ここから出してしまったら、ハボックは一目散に逃《に》げてしまうだろう。そうなったら、二度とつかまえられなくなる。さまよい歩いているうちに、タラクレアは爆発《ばくはつ》するだろう。

困惑《こんわく》したまま、ヒュラスはケフティウの船を見あげ、またハボックに目を落とした。胸《むね》がしめつけられる。ハボックにはわからないだろう。自由にしてくれなかったと思うにちがいない。たしかにそうだけれど——死なずにはすむ。

「ユセレフ！」ヒュラスは叫《さけ》ぶと、ハボックの箱をかかえて、よろめきながら浅瀬《あさせ》を進んだ。

エジプト人はヒュラスを見ると、ぽかんと口を開けた。「だれだ？」

「そんなことどうでもいい！　受けとって！」ヒュラスは腕《うで》をふるわせながら、箱を持ちあげた。

「名前はハボック。あなたはライオンを崇拝《すうはい》してるって、ピラから聞いたんだ！　助けてやって！」

「ピラさまを知っているのか？　どこにいる？」

「受けとって！　お願いです！」

エジプト人はヒュラスがさしだした箱を持ちあげると、船に積みこんだ。櫂《かい》がきしみ、船は動きだした。灰色《はいいろ》の水に腰《こし》までつかったまま、ヒュラスは箱のなかでもがくハボックを見送った。灰が大粒《おおつぶ》の涙《なみだ》のようにはらはらと落ちてくる。ハボックの鳴き声が胸をえぐった——どうしてわたしを見捨《みす》てるの？

「ヒュラス！」後ろで声がした。

ピラだった。おかしなことに水袋《みずぶくろ》を肩《かた》にかけたままで、真っ黒に汚《よご》れているが、満面に笑《え》みをたたえている。「信じられない、無事だったのね！」

「そっちこそ！　どうやってファラクスから逃げられたんだ」

「地すべりがあって――」

「ピラさま！」ユセレフが叫び、こぎ手たちに止まれと合図した。ピラはユセレフとケフティウの船に気づくと、顔を引きつらせた。

ユセレフはケフティウ語でなにか叫ぶと縄《なわ》を投げた。

縄はピラのそばの浅瀬に落ちた。ピラは首を横にふった。「だめよ！　ケフティウにはもどれない！」

ヒュラスは目に入った海水を出そうとまばたきをした。小舟《こぶね》はもう残っていないし、タラクレアはいつ爆発してもおかしくない。

ピラはヒュラスのほうを向いた。「ほかの小舟を見つけて――」

「小舟だって？　もうひとつも残ってないさ！」

「言ったでしょ、わたしはもどらないわ！」

「これが最後のチャンスなんだ！」ヒュラスは縄をつかむと、水しぶきをあげながらピラに近づき、腰にくくりつけた。

「なにするのよ！」必死で手を引っかくピラにかまわず、ヒュラスはほどけないようにしっかりと結び目をつくると、ユセレフに呼《よ》びかけた。「引っぱって！」

「ひどいわ！」ピラがわめいた。ユセレフは暴《あば》れまわるピラを船にかかえあげると、ヒュラスにも縄を投げろと水夫に命じた。

「さあ、きみも！」ユセレフが叫《さけ》んだ。

ヒュラスは縄《なわ》に近よろうとした。だがこぎ手たちの力が強く、船はあっというまにはなれていき、縄に手はとどかなかった。

背後《はいご》ですさまじい音がひびき、崖《がけ》がまた大きく割《さ》け、海にくずれ落ちた。その勢《いきお》いで、巨大《きょだい》な波がおしよせた。灰色《はいいろ》ににごった水にもみくちゃにされ、上も下もわからなくなる。水面に顔を出し、灰だらけの水を吐《は》きだしたとき、ケフティウの船はすでに入《い》り江《え》を出ていっていた。

ヒュラスはよろめきながら岸へあがった。残っているのは、あわてふためいたロバが一頭と、置き捨《す》てられた荷物だけ。じきに終わりだな。ヒュラスはぼんやりと思った。

そのとき、舞《ま》い落ちる灰の向こうに、みすぼらしい小さな船が浅瀬《あさせ》で揺《ゆ》れているのが見えた。甲板《かんぱん》は逃《に》げだした奴隷《どれい》たちでいっぱいで、ペリファスが船べりから身を乗りだしている。「泳げ、ノミ！もう待ってられない！」

最後の力をふりしぼり、ヒュラスは水をかいた。やがてたくさんの手がさしのべられ、ヒュラスを船上へ引っぱりあげた。

こぎ手たちが船の向きを変え、沖《おき》へこぎだすと、ヒュラスは人をかき分けて船首に出た。

ケフティウの船はすでに帆《ほ》を張《は》り、速度をあげて灰色の海を走り去ろうとしている。ピラが船尾《せんび》に立っている。髪《かみ》はくしゃくしゃで、顔は怒《いか》りに燃《も》えている。

「もどらないって言ったのに！」ピラは叫んだ。「大っきらいよ、ヒュラス！　一生許《ゆる》さないから！」

39

秘密《ひみつ》

夕ラクレアを遠くはなれても、海は荒《あ》れ、灰が降《ふ》りつづけていた。どこもかしこも灰色におおわれている。波も、帆も、おびえてだまりこくった人々《ひとびと》も。

幽霊船《ゆうれいせん》みたいだ、とテラモンは思った。

灰色のこぎ手たちが、灰色の波をこいでいる。灰色の甲板は、飛びちった真っ赤な血でべたついている。航海の安全を祈《いの》って、〈父なる空〉と〈地を揺るがす者〉に雄《お》ヒツジが捧《ささ》げられたのだ。

体は疲《つか》れきり、ピラに刺《さ》された太ももはズキズキ痛《いた》むが、船べりをにぎる自分の手に目を落とすと、テラモンは無性《むしょう》に誇《ほこ》らしさを感じた。この手が自分とファラクスを地すべりから救いだしたのだ。山に殺されそうになったけれど、テラモンは負けなかった。〈怒れる者たち〉に助けを求め、その願いは聞きとどけられた。

〈怒れる者たち〉はテラモンを救ってくれ、一族を救ってくれた。短剣《たんけん》は行方不明《ゆくえふめい》になってしまったが、コロノス一族が無事に脱出《だっしゅつ》できたのだから、短剣もこわされてはいないはずだ。ほかの者たちもそう信じているようだった。

数歩先の船尾に、天幕《てんまく》がしつらえられている。クレオンがその下にすわり、鉱山《こうざん》を失ったことをくやしがっている。ファラクスは剣《けん》をとぎ、アレクトは髪《かみ》についた灰をくしでこそげ落としている。クロノスはいつものように考えの読めない顔で、じっと海を見つめている。この人たちは本当の肉親だ。テラモンは初めてそう感じた。

ふりむいた大族長と目が合うと、テラモンは頭《こうべ》をたれ、その場をはなれた。タラクレアを脱出《だっしゅつ》する直前に知ったことは、祖父《そふ》には伝えずにおくつもりだった。うまく利用できるときが来るまで、だまっておけばいい。

ヒュラスは生きている。船が岸をはなれるとき、浜辺《はまべ》にいるのが見えたのだ。怒《いか》りと、恐《おそ》れと、いきどおりが胸《むね》におしよせた。けれど、これまでのように、友情《ゆうじょう》を失った悲しみは少しも感じなかった。それでいい。なにもかも終わったということだ。

そのとき、すさまじい突風《とっぷう》が吹きよせて船を揺《ゆ》らし、テラモンは後ろにはね飛ばされた。人々《ひとびと》は口々《くちぐち》に叫《さけ》び、指をさし、お守りをにぎりしめ、ひざまずいた。水平線に黒い煙《けむり》が立ちのぼるのを、テラモンはぼうぜんとながめた。

「タラクレアだな」となりにやってきたファラクスが言った。

「この世の終わりでしょうか」こぎ手がきいた。

「そのときは、そのときだ」ファラクスは平然と言いはなった。

テラモンは尊敬《そんけい》のまなざしでおじを見た。この人は、この世の終わりをむかえるときも、いつもと変わらず、剣を手にしているのだろう。

そうだ、自分もそう生きよう。

〈怒《いか》れる者たち〉に救われた理由が、いまならわかる。クレオンでもなく、ファラクスでもなく、クロノスでさえなく、一族を守るのはテラモンなのだ。ケフティウを倒《たお》し、アカイア全土を征服《せいふく》するのも。自分こそが、一族を想像《そうぞう》もつかないほどの高みへとのぼらせることができるはずだ。
よそ者などに――うす汚《ぎたな》いはだしのヤギ飼《か》いなんかに――じゃまはさせない。

＊

甲板《かんぱん》にしゃがみ、箱のなかのハボックをなぐさめようとしていたとき、ピラは爆発《ばくはつ》を聞いた。

カモメが崖《がけ》を飛びたち、こぎ手たちが恐怖《きょうふ》の声をあげた。ユセレフは目玉のお守りをにぎりしめ、エジプトの神々《かみがみ》に祈《いの》りを捧《ささ》げた。船酔《ふなよ》いしどおしのハボックは、耳をぺたりと倒《たお》すと、体をちぢこませた。

黒煙《こくえん》がしだいに太陽をかげらせ、空気が冷たくなっていく。ケフティウが見える場所まで来ているというのに、海にはまだ灰《はい》が浮《う》いている。タラクレアのそばにいた者は、だれひとり噴火《ふんか》を生きのびられなかっただろう。

ユセレフが祈りを終え、ピラの横にひざまずいた。

「この世の終わりなの？」

「わかりません。ですが、書記だったわたしの父は、〝真実の言葉〟をたくさん知っていました。たとえば、こんな言葉を――われは地平の王なり。空を闇《やみ》につつみ、民《たみ》に別れを告げん。この世のすべてにわざわいをもたらさん……」

ピラはお守りをにぎりしめ、奴隷《どれい》たちでいっぱいのちっぽけなおんぼろ船に乗ったヒュラスを思いうかべた。〈火の女神《めがみ》〉がタラクレアを空まで吹《ふ》き飛ばしたとき、ヒュラスは安全な場所まで逃《に》げていられただろうか。

「海岸にいたのは、去年の夏に会った少年ですか。ヒュ……ラスとかいう」ユセレフがきいた。

ピラは体をかたくした。「二度とその名前を出さないで。大きらいなんだから」

「本心ではないでしょう？」

「本心よ」声がしゃがれるまで叫《さけ》びつづけてやったんだから、そうに決まってる。自分もあっちの船に乗れていたはずなのに。ヒュラスさえいなければ、いまも自由だったはずなのに。

甲板《かんぱん》がきしみ、船体が大きく揺《ゆ》れた。ケフティウが容赦《ようしゃ》なく近づいてくる。すでにユセレフには、女神《めがみ》の館《やかた》から遠くはなれた海岸におろしてとたのんでみた。そうしたら、少しはチャンスがあるかと。「母のところに連れもどさないで、二度と外に出してもらえないわ。空を見ることもできなくなる！」

でもユセレフは――やさしくて親切なユセレフは――耳を貸《か》してくれなかった。命が惜《お》しいせいではないのはピラにもわかっていた。従順《じゅうじゅん》なエジプト人らしく、大巫女《おおみこ》の命令にしたがうことこそが神々《かみがみ》の思《おぼ》し召《め》しだと信じているからだ。

ピラはハボックの箱のすきまから魚の切《き》れ端《はし》をおしこんでいるユセレフをながめた。ハボックも元気を取りもどし、鼻をフンフンいわせている。

「はなしてあげられなくてすみません、太陽の娘《むすめ》よ」ユセレフは小さなライオンにうやうやしく声をかけた。「でも、陸《おか》に着いたら、大きくてりっぱな檻《おり》をこしらえましょう。おもちゃもたくさんさしあげますし、肉も毎日食べられます。女神セクメトの聖獣《せいじゅう》として、あがめられるでしょう」

ユセレフは前を向いたままピラに言った。「あの少年は、ピラさまを助けたかったのです」

「自分のことは自分で助けられるわ」ピラは食ってかかった。「ほかの船にだって乗れたのに。ヒュラスはそうしたんだから」

「大勢《おおぜい》が乗っていて、船体が沈《しず》んでいた。あの子も助からないかもしれない。それでもよろしいのですか」

ピラはユセレフをにらみつけた。そしてそっぽを向くと、黒曜石のナイフを取りだしてかかげた。

「これを見て。ヒュラスがつくってくれたの」ピラはそれを波間に投げた。「ほら。ヒュラスもこうなっちゃえばいい」

ユセレフは眉《まゆ》をひそめた。「ばかなことを。せっかくのナイフをなくしてしまうなんて」

ピラは立ちあがると、その場をはなれた。

ナイフならあるわ。ピラは心のなかで言った。

それはユセレフにも秘密《ひみつ》にしてあることだった。地すべりのあと、地上に這《は》いだしてみると、埋《う》もれかかっていたファラクスの手のそばに、なにかが落ちているのが目に入った。

肩《かた》にかけた空《から》の水袋《みずぶくろ》のなかにピラがなにをかくしているか、ユセレフは知らないのだ。

袋に手をすべりこませ、ピラはひんやりとしたなめらかな青銅《せいどう》にふれた――コロノス一族の短剣《たんけん》に。

＊

立ちのぼった煙《けむり》が巨大《きょだい》な手のように南へのびていくところを、ヒュラスは見つめていた。その先にはケフティウがある。

風で髪《かみ》をもみくちゃにされながら甲板に立ちつくしていたピラの姿《すがた》が、頭からはなれなかった。

ヒュラスをにらみつけたあの目……大っきらいよ！　一生許《ゆる》さないから！

タラクレアを遠くはなれたいまも、灰《はい》は降《ふ》りつづけていた。少し前に、ペリファスが〈地を揺るがす者〉にカモメを捧《ささ》げたが、どうやら効《き》き目《め》があったようだ。ちょうどいま、水平線にうっすらと陸があらわれたところだった。自由を手にした奴隷《どれい》たちは、騒々《そうぞう》しく歓声《かんせい》をあげた。

ペリファスがひしめきあう人々《ひとびと》のあいだを縫《ぬ》うように近づいてきた。ほかの者たちと同じように、うす汚《よご》れ、やつれはてているが、茶色い目には明るい光が宿っている。

「どこに着いたのかな」ヒュラスはたずねた。

ペリファスは首を横にふった。「神々《かみがみ》はごぞんじだろうが、行ってみなけりゃわからんな」

ヒュラスは口ごもった。「だいぶ前、メッセニアの出身だと言ってましたよね」

「いかにも。なんでだ？」

「妹が……メッセニアにいるかもしれないんです。十歳《さい》の。そういう子のうわさを聞いたことはないですか」

ペリファスはまじめな顔になった。「悪いな、ノミ。知ってると言ってやればいいんだが。兄さんそっくりの、金髪《きんぱつ》で気の強そうな女の子をな。でも知らない。おれが聞いたのは、カラス族が皆殺《みなごろ》しにしそこねたって話だけだ」

ヒュラスはくちびるをきゅっと結ぶと、うなずいた。つまり、ふりだしにもどったということだ。短剣《たんけん》はカラス族の手中にあり、イシの行方《ゆくえ》は知れない。変わったことといえば、ハボックとピラをとらわれの身にしてしまったことだけだ。

ペリファスに肩《かた》をたたかれた。「元気を出せ、ノミ。死んだわけじゃなし」

ヒュラスは顔をしかめた。「なんで待っててくれたんです？」

「借りがあるからな。おまえから話を聞いて、まじない女がおれたちにも危険《きけん》を知らせてくれたんだ。助かったのは、おまえのおかげさ」ペリファスはそこで間をおいた。「ここにいるやつらだけじゃない、みんなそうだ。島人たちも、鉱山《こうざん》のやつらも、仲間の穴《あな》グモたちもな。みんな、おまえのおかげで生きていられるんだ」

そんなふうには考えていなかった。でもいま、ザンやコウモリやガリガリのことが――ペリファスの話では、島人の小舟《こぶね》に乗せてもらったらしい――目に浮《う》かんできた。ほかのみんなのことも。

船が急にかしぎ、また元にもどった。ぼやぼやするな、とペリファスが舵取《かじと》りを怒鳴《どな》りつけ、笑い声があがった。

こんなときに笑えるなんて、驚《おどろ》きだった。巨大《きょだい》な噴煙《ふんえん》が空を闇《やみ》につつんでいるというのに。この世の終わりが来るんでしょうか、とヒュラスはペリファスにきいた。

ペリファスはあごを引っかくと、目をすぼめて空をながめた。「さあな」そしてちらりとヒュラスを見た。「それより、オリーブの袋《ふくろ》がひょっこり見つかったんだ。だから、落ちこむのがすんだら、おまえも食べに来るといい」

ヒュラスは甲板《かんぱん》をもどっていくペリファスを見つめていた。

陸はぐんぐん近づいてくる。ヒュラスは船べりからぐっと身を乗りだし、灰《はい》だらけの海を見おろした。

ふいに、海鳥の群《む》れが船のそばに飛んできた。鳴き声をあげながら旋回《せんかい》し、灰色のうす明かりのなかで、真っ白な翼《つばさ》を輝《かがや》かせている。ヒュラスの心はふっと軽くなった。

ペリファスの言うとおりだ。自分がみんなを救ったのだ。ヘカビもザンも、コウモリもガリガリも。島人たちも、鉱山のみんなも……それに、もしもうまく逃《に》げだせていたら、アカストスも。神々が自分をタラクレアに行かせたのは、そのためだったのかもしれない。

ヒュラスは頭のなかでいどむようにピラに呼《よ》びかけた。怒《おこ》るのもわかるよ、ピラ。でも、生きてるからこそ、怒れるんだ。ぼくはきみを助けた。ハボックも助けたんだ。この次もきっと、同じことをする。

頭の上で円を描《えが》きながら鳴いている白い鳥たちを、ヒュラスは長いあいだ見あげていた。

それからオリーブにありつこうと、ペリファスのところへ向かった。


（第三巻《かん》につづく）

作者の言葉

この物語は、いまから三千五百年前の古代ギリシアを舞台《ぶたい》としています。有名な大理石の神殿《しんでん》が建てられたころよりはるか昔の、青銅器《せいどうき》時代のお話です。当時はまだ、神々《かみがみ》や女神《めがみ》たちにも、ゼウスやヘラやハデスといったはっきりとした名前はつけられていませんでした。

　青銅器時代についてわかっていることは多くありません。そのころの人々《ひとびと》は文字をほとんど残していないからです。それでも、その当時に驚《おどろ》くべき文明が栄えていたことはわかっています。それがミケーネ文明とミノア文明です。そこは神々と戦士たちの世界で、いくつもの族長領《ぞくちょうりょう》が大きな山脈や森にへだてられて点在《てんざい》していたと考えられています。さらに、現在《げんざい》よりも雨が多く、緑も豊《ゆた》かだったとされ、陸にも海にもはるかに多くの野生動物が生息していたと言われています。

　ヒュラスとピラの世界を生みだすにあたって、わたしは青銅器時代のギリシアの考古学を学びました。そのころの人がどんなことを考え、どんな信仰《しんこう》を持っていたのかについては、もっと最近の、いまも伝統的《でんとうてき》生活を送る人々の考えかたを参考にしました。以前にわたしが『クロニクル　千古の闇《やみ》』というシリーズ作品で石器時代を描《えが》いたときと同じです。ヒュラスの時代の人々《ひとびと》の多くは、石器時代のような狩《しゅ》猟《りょう》や採集《さいしゅう》ではなく、農耕《のうこう》や漁で暮《く》らしを立てていました。それでも、昔の狩猟採集民の持っていた信仰《しんこう》の多くは、まちがいなく青銅器《せいどうき》時代にも引きつがれていたはずです。ヒュラスのように、貧《まず》しい生活を送る人々のあいだには、とくに色濃《いろこ》く残っていたことでしょう。

ここで、物語に登場する地名について、かんたんにふれておきたいと思います。アカイアはギリシア本土の昔の名前で、リュコニアは現在《げんざい》のラコニアをもじって、わたしがつけたものです。ミケーネという名前は、よく知られているので、そのまま使うことにしました。クレタ島の大文明は、ミノア文明と呼《よ》ばれていますが、この作品では〝ケフティウ〟という呼び名を使っています（当時の人々が自分たちのことをどう呼んでいたかは、さだかではありません。ある文献《ぶんけん》には、彼《かれ》らが〝ケフティウ人〟と名乗っていたらしいと書かれていますし、別のところでは、それは古代エジプト人が使っていた呼び名だとも書かれています）。また、〝エジプト人〟という言葉も、もともとはギリシアでの呼び名だったとされていますが、ここではそのまま使用しています。ミケーネと同じように、変えてしまうとどうにも不自然になってしまうからです。

〈神々《かみがみ》と戦士たちの世界〉の地図には、ヒュラスとピラが生きている世界が描かれています。そのため、わたしがつくりだした島々《しまじま》もふくまれていますし、物語に関係がないためはぶいた島々もあります。ピラが〝黒曜石諸島《しょとう》〟と呼んでいる島々は、ギリシア本土の東にある現在のキクラデス諸島のことです。タラクレアの島は、いくつかの火山島（キクラデス諸島のミロス島やシフノス島、そしてエオリア諸島のヴルカーノ島やストロンボリ島）をおとずれた経験《けいけん》をもとに、わたしが創作《そうさく》したものです。クレオンの要砦《ようさい》については、シフノス島のアギオス・アンドレアスの丘《おか》に建つ壮大《そうだい》な遺跡《いせき》をたずね、そのようすを参考にしました。

鉱山《こうざん》の雰囲気《ふんいき》を知るために、わたしは北ウェールズのグレート・オルムの丘にあるヨーロッパ最大級の青銅器時代の銅山遺跡を見学しました。せまくるしい坑道《こうどう》にもぐりこんでみると、ヒュラスの気持ちをありありと想像《そうぞう》することができました。さらに、地中海のシフノス島では、アギオス・ソスティスにひっそりと残る青銅器時代の鉱山遺跡も歩いてみました。そこは人里はなれた場所にあり、連れもいなかったので、くずれかけた坑道には入ってみませんでしたが、それでも、ランプの明かりだけをたよりに、そんなせまい場所ではたらかされていた奴隷《どれい》たちの苦しさが、とてもよくわかりました。

タラクレアは想像上の島ですが、火山の描写《びょうしゃ》は、旅先で実際《じっさい》に目にしたものをもとにしています。ミロス島では、白い河口《かこう》や、色とりどりの岩や洞窟《どうくつ》や、温泉《おんせん》を見ることができました。なによりも印象深かったのは黒曜石の尾根《おね》で、そこには何千年も前の石工たちが捨《す》てた黒曜石や石鎚《いしづち》がたくさん残されていました（ヤマナシの木も本当にありました。ときどきその木陰《こかげ》に腰《こし》をおろして、尾根を見まわっているハヤブサをながめたものです）。

ヴルカーノ島からは、タラクレアの黒い野原や、ハリエニシダのやぶや、いやなにおいのする緑の泥《どろ》だまりや、煙《けむり》をあげる火口のイメージをもらいました。もちろん、頭が痛《いた》くなるような火山のにおいも。何度かひとりで火山にのぼってみましたが、そこで噴気孔《ふんきこう》を目にしたのも忘《わす》れられない思い出です。シューッと音を立てる、硫黄《いおう》のこびりついた割《わ》れ目《め》は、物語のなかで、火の精霊《せいれい》のすみかとして描《えが》かれています。息がつまるような煙を浴びて、引きかえさなければならないこともたびたびありました。火の精霊は見あたりませんでしたが、ヒュラスのような青銅器時代《せいどうきじだい》の少年がそんな場所を見れば、どんなに驚《おどろ》いたことかと想像《そうぞう》することができました。

噴火中の火口にまでは入れませんでしたが、かわりにその惨事《さんじ》を体験し、生きのびた方々《かたがた》の証言《しょうげん》を参考にさせてもらいました。さらに自分の目で噴火を見るために、シチリア島のそばのストロンボリ島にある活火山にものぼってみました。日暮《ひぐ》れどきに山頂《さんちょう》に着き、溶岩《ようがん》が火口から噴《ふ》きだすようすをながめることができました。同じように忘れがたいのは、夜中に灰《はい》の積もった斜面《しゃめん》をくだったときのことです。これは物語のなかで、ピラが下山する場面のヒントになりました。

＊

ミロス島やシフノス島、ヴルカーノ島、ストロンボリ島をおとずれたとき、数えきれないほどたくさんの方々から手助けをいただきました。また、ユニバーシティ・カレッジ・ロンドン考古学研究所でエーゲ海考古学を研究されているトッド・ホワイトロー教授《きょうじゅ》にも深く感謝《かんしゃ》します。こころよく時間をつくってくださり、先史時代のエーゲ海世界についての質問《しつもん》にいくつもお答えくださったうえに、ミロス島やシフノス島をたずねるさいに、どこをたずね、なにを見るべきかなど、非常《ひじょう》に有益《ゆうえき》なアドバイスをくださいました。さらに、研究所所蔵《しょぞう》のミケーネ文明やミノア文明の工芸品に、たくさんさわらせてもくださいました（もちろん手袋《てぶくろ》をはめて）。青銅器時代の捧《ささ》げ物《もの》らしき小さな粘土《ねんど》細工の牛を手に取ったり、職人《しょくにん》が残した刷毛《はけ》の跡《あと》や指紋《しもん》を見たりすると、はるか昔の人々《ひとびと》をとても身近に感じることができました。

最後になりましたが、いつも変わらず、根気よくわたしを支《ささ》えてくれるすばらしいエージェントのピーター・コックスにも感謝します。それから、大変有能《ゆうのう》な編集者《へんしゅうしゃ》のエルヴ・ムーディは、ヒュラスとピラの物語をこのうえなく熱心に読んでくれ、たえずわたしをはげましてくれました。

二〇一三年

ミシェル・ペイヴァー

神々《かみがみ》と戦士たちの驚《おどろ》きにみちた世界を、さらにくわしく知るために

●本物の青銅器《せいどうき》時代の鉱山《こうざん》をたずねてみよう。

イギリスにはヨーロッパ最大級の青銅器時代の鉱山が残されています。グレート・オルム鉱山というところで、ウェールズのスランディドノの近くにあります。なかに入って、坑道《こうどう》がどんなにせまくるしいところか、自分でたしかめることができます。五歳《さい》の子どもしか入れそうにないほど細い坑道もあります。詳細《しょうさい》はこちらをごらんください。 www.goes.org.uk、 www.greatormemines.info

さらに、ヒュラスよりもいくらか前の時代の人々《ひとびと》が緑の石（銅鉱石《どうこうせき》）を掘《ほ》りだし、精錬《せいれん》するようすも以下の動画で見ることができます。ここはヨルダンの鉱山跡《あと》で、銅は地表近くにあります。地下でこれと同じ作業をするのがどんなに大変か、想像《そうぞう》してみてください。 www.youtube.com/watch?v=_OrBw4L490Y

●地震《じしん》が起きたらどうする？（パニックにならないために）

屋内にいるときは

・窓《まど》からはなれ、テーブルや机《つくえ》の下にかくれるか、出入り口のそばに行きましょう。
・エレベーターにはぜったいに乗らないこと！

屋外にいるときは

・木や建物や崖《がけ》など、上からものが落ちてきそうな場所からはなれましょう。
・丘《おか》の途中《とちゅう》にいるときは、頂上《ちょうじょう》に向かいましょう。地すべりが起きる危険《きけん》があるので、斜面《しゃめん》ではなく、上にいたほうが安全です。

●ヒュラスにならって、薬草を使ってみましょう。

・タマネギは、切り傷《きず》に貼《は》ると、消毒作用があります（ただし、ひりひりするので気をつけて！）。
・ローズマリーやタイムなら、それほどしみないでしょう。
・生のニンニクを食べると、ニキビを予防《よぼう》できます（でも、息がくさくなるので、歯みがきを忘《わす》れずに）。
・切り傷をクモの巣でおおうと、出血を止められます（できればクモは取りのぞいて）。
・風邪《かぜ》を引いたときは、ライムの花のお茶を飲みましょう（なおりはしませんが、元気が出ます）。
・虫よけには、ノコギリソウの葉をつぶして、肌《はだ》にすりこみます。
・ノミヨケソウも効果的《こうかてき》です（でも、すりこむだけで、食べないように）。ネコみたいなにおいがしますが、ノミはいなくなります（あなたのネコが気を悪くするかも？）。
・カモミールのお茶は心を落ち着けてくれます。試験の前夜に飲むと、よく眠《ねむ》れるでしょう。
・タンポポの葉は解熱《げねつ》作用があると言われていますが、トイレに何度も行きたくなるかもしれません（だから、フランス語ではタンポポのことを〝ピサンリ〟――おねしょ――と呼《よ》びます）。

＊注意――自分の家で育てているものを使うのでない場合は、野草についての本を用意して、まちがった植物を選ばないように気をつけましょう。キツネや犬の尿《にょう》がついていることが多いので、道端《みちばた》に生えているものはさけ、かならずよく洗《あら》ってから使うようにしてください。

作者にきいてみました

●動物は本当に地震《じしん》や火山の噴火《ふんか》を予知できるのですか。

地震や噴火の数日から数週間前に動物たちが騒《さわ》いだり、おかしな行動をとることについては、たくさんの報告《ほうこく》が寄《よ》せられています。とは言っても、もちろん、動物たちはなにが起きるかを知っているわけではなく、不安を感じているだけなのでしょう。

たとえば次のような行動が目撃《もくげき》されています——ハチが巣からいなくなる。鳥がいつものように巣に帰らなかったり、変な時間に飛んでいたりする。家畜《かちく》が落ち着かなくなる。犬がそわそわして、遠吠《とおぼ》えする。二〇〇九年のイタリアで、大地震《おおじしん》の五日前にヒキガエルがいっせいに池からいなくなったことは、とくによく知られています。

影響《えいきょう》を受けるのは動物だけではありません。噴火の前には、偏頭痛《へんずつう》になる人が増《ふ》えるという報告もあります。クレオンの頭痛もそうです。

●もしもハボックになったら、どんな感じですか。

ハボックをふくめ、あらゆるライオンの目は、距離《きょり》を見さだめるのに大変すぐれています。猛《もう》スピードで走りながら、獲物《えもの》に飛びかかるタイミングを判断《はんだん》するためです。さらに、ハボックは昼だけでなく夜もよく目が見えます。夜間の視力《しりょく》は、ヒュラスの七倍ほどもあると考えられています。大きくなって、闇《やみ》のなかで狩《か》りをするときにそれが役に立つのです。

ハボックの聴覚《ちょうかく》はヒュラスと同じくらいだと考えられていますが、大きな耳をまわすことができるので、ヒュラスよりも、音がどこから来ているのか、正確《せいかく》に感じとることができます。

嗅覚は、すべてのライオンにとって、とても大切なものです。獲物を見つけるのにも、なわばりにしるしをつけるのにも、ライオンどうしのやりとりにも使われます。ハボックの顔には、臭腺《しゅうせん》というものがあります。ヒュラスに額《ひたい》やほおをこすりつけるのが好きなのは、ひとつにはそれが理由で、自分のにおいをつけようとしているのです。もうひとつの理由は、ライオンにとって、ふれあうことが非常《ひじょう》に大切だということです。体をこすりつけることで、ハボックはヒュラスが愛する群《む》れの仲間だと伝えようとしているのです。

●これから先、ヒュラスとテラモンは友だちにもどれるでしょうか。

むずかしいのはたしかでしょう。テラモンはヒュラスを殺そうとしているカラス族の一員ですから。でも、ヒュラスとテラモンは、四年のあいだ大の親友でした。カラス族に生まれたのはテラモンのせいではないですし、よそ者に生まれたのも、ヒュラスのせいではありません。さあ、あなただったらどうしますか……?

第三巻《かん》の舞台《ぶたい》はケフティウです。タラクレアの噴火《ふんか》によってケフティウも被害《ひがい》を受け、ヒュラスとピラは、生きのびるために、いまだかつてない戦いを強《し》いられることになります……。

訳者《やくしゃ》あとがき

青銅器《せいどうき》時代のギリシアを舞台《ぶたい》にした『神々《かみがみ》と戦士たち』シリーズの第二巻《かん》『再会の島で』をおとどけします。

〝よそ者が剣《けん》をふるうとき、コロノス一族はほろびるだろう〟

紀元前千五百年、アカイア一円《いちえん》を支配《しはい》する冷酷非道《れいこくひどう》なコロノス一族――またの名をカラス族――の短剣《たんけん》が盗《ぬす》まれ、このお告げが出されたとき、〝よそ者〟として山奥《やまおく》でひっそりと暮らしていた十二歳《さい》の少年ヒュラスの運命は変わりました。カラス族の戦士たちに狩《か》りたてられ、妹のイシとはぐれ、めぐりあった青銅の短剣に導《みちび》かれるようにたどりついた無人島。ところがその短剣こそが、盗まれたコロノス一族の家宝《かほう》だったのです。島で出会ったケフティウの大巫女《おおみこ》の娘《むすめ》ピラとともにカラス族と戦うヒュラスですが、短剣は一族の手にもどってしまいます。

それから一年。二巻目の本書は、妹をさがし歩いていたヒュラスが奴隷《どれい》商人にとらえられ、タラクレアという火山島に売りとばされるところからはじまります。

待っていたのは、暗くてせまくるしい坑道《こうどう》の底からひたすら銅鉱石《どうこうせき》を運びだす〝穴《あな》グモ〟としての過酷《かこく》な生活でした。そこには〈飛びつき屋〉と呼《よ》ばれるえたいの知れない精霊《せいれい》がひそんでいて、なにやらたくらんでいるようです。島の奥には人間をこばむように不気味な噴煙《ふんえん》をあげる山。さらに悪いことに、その島にはコロノス一族のひとり、クレオンが族長として君臨《くんりん》していたのです。正体がばれたら、たちどころに殺されてしまう……。

まさに逃《に》げ場《ば》なし。自由を求めて女神《めがみ》の館《やかた》を抜《ぬ》けだし、タラクレアにたどりついたピラとともに、ヒュラスは危険《きけん》なその島から脱出《だっしゅつ》できるのでしょうか。火山に宿る〈火の女神〉は、それをゆるしてくれるのでしょうか。今回もまた、息つくひまもないほどスリリングな冒険《ぼうけん》の連続です。

十三歳になったヒュラスとピラ。どちらも少し大人に近づいたようです。あいかわらず意見が食いちがうときは遠慮《えんりょ》なくぶつかりあうふたりですが、とくにピラは、自分でつけたほおの傷《きず》をヒュラスに見られるのをいやがったり、温泉《おんせん》の泥《どろ》をすりこんで消そうとしたりと、どうやら乙女《おとめ》心《ごころ》も芽生えてきたようす。これからふたりがどんな関係になっていくかも楽しみなところです。

一方テラモンは、死んだと思っていた元親友のヒュラスの無事を知り、だまされたのではないかと怒《いか》り、苦しみます。自らの弱さをいつも意識《いしき》しているテラモンのつらさ、よくわかる気がします。自分より強くてすぐれた友だちがいる場合、仲がいいあいだは、その友だちが自分の欠点をおぎなってくれる気がするもの。ですが、友情《ゆうじょう》がこじれてしまったら……相手にすなおになるのは、かんたんではありません。ヒュラスとピラというまっすぐなふたりにまぶしさとねたましさを感じながら、コロノス一族の一員としてどう生きるべきか悩《なや》むテラモンも、複雑《ふくざつ》で印象深いキャラクターです。

そしてペイヴァーさんの作品で忘《わす》れてならないのは、物語のなかに、ところどころ動物の視点《してん》から語られる部分があること。今回も、群《む》れを失ったいたずらっ子の雌《めす》のちびライオン、ハボックが登場します。動物の目から見た世界を生き生きと描《えが》くために、ペイヴァーさんは、多くの文献《ぶんけん》を読み、登場する動物たちの生態《せいたい》を目で見てたしかめることを欠かさないそうです。このシリーズの原書版のウェブサイトには、動物園をおとずれて若《わか》いライオンを観察するペイヴァーさんの姿《すがた》が動画で紹介《しょうかい》されています。英語サイトですが、ご興味《きょうみ》があればぜひのぞいてみてください。http://www.godsandwarriors.co.uk/

またこの第二巻《かん》では、ヒュラスが鍛冶師《かじし》の助手として働く場面で、古代の青銅器《せいどうき》づくりの工程《こうてい》がとてもわかりやすく描写《びょうしゃ》されています。ちなみに日本の場合、青銅器は弥生《やよい》時代に鉄器とほぼ同時期に伝えられたとされています。そのため、日本には青銅器時代と呼《よ》ばれる時代がありません。また青銅でつくられるのは、銅鐸《どうたく》や銅鏡など、実用品というよりは祭祀《さいし》用の品々《しなじな》が多かったようです。とはいえ、現代《げんだい》でも青銅は広く用いられていて、身近なところでは、毎日使っている十円玉も、銅に少量の錫《すず》と亜鉛《あえん》を加えた青銅の一種です。

第一巻にくらべ、本書では登場人物がぐんと増《ふ》え、ケフティウやミケーネのようすも描かれて、当時のエーゲ海世界の全体像《ぜんたいぞう》がしだいに見えてきました。

第三巻の舞台《ぶたい》はケフティウ。豊かで平和で先進的なミノア文明の中心地です。ところが、そこでヒュラスが目にしたのは……今度はどんな運命が待ちうけているのでしょうか、どうぞ楽しみにしていてください。

二〇一五年八月

中谷友紀子

神々と戦士たち
II
再会の島で

2015年10月30日 初版発行
2018年 4 月20日 2刷発行

著者
ミシェル・ペイヴァー

訳者
中谷友紀子

ブックデザイン
鈴木成一デザイン室
(協力=遠藤律子)

イラストレーション
玉垣美幸

発行人
山浦真一

発行所
あすなろ書房
〒162-0041 東京都新宿区早稲田鶴巻町551-4
電話03-3203-3350(代表)

印刷所
佐久印刷所

製本所
ナショナル製本

 ISBN978-4-7515-2759-7 NDC933 Printed in Japan